ジルヴェスト
エンブリアナ皇国の皇帝。結婚相手に興味など無かったが、エレスティアに対して溺愛が止まらなくて…!?
『あぁぁかわいいっ』
冷徹皇帝の甘すぎる心の声で…

結婚初夜、押し倒されて聞こえてきたのは
（……これ、もしかして彼の心の声？）
エレスティア
引きこもり公爵令嬢。優秀な魔法師一族の中で唯一まともに魔法が使えない落ちこぼれ。なのに、いきなり皇帝の第一側室になってしまい…！

# プロローグ　守るモノのために臨んだのは……

今日、オヴェール公爵家の引きこもり令嬢、エレスティア・オヴェールは人生最大の節目を迎える。

いや、すべての終わりだ。

先程、生まれてからずっと呼ばれていた『エレスティア・オヴェール』という名がなくなり、エレスティア・ガイザーという名に変わった。

ガイザーとは、この皇国で唯一とある人が持つ姓だ。

侍女たちが、うつむき加減で歩くエレスティアを恭《うやうや》しく奥の寝所へと導く。

「到着いたしました。こちらがご寝所でございます」

ヴェール越しにはっと顔を上げたエレスティアの若草色の瞳に、その場所が映し出される。

彼女は途端に足がすくんだ。

薄暗く落とされた照明、そして天幕が美しく飾りつけられたキングサイズのベッドがある。そこには初夜の準備が完璧に整っていた。

(——ああ、とうとう来てしまった)

エレスティアは、緊張で心臓がどうにかなってしまいそうだった。

そんなことにも気づかず、侍女たちはうっとりとして祝いの言葉を述べていく。

「我が皇帝の一番目の側室に迎えられるなんて、うらやましいですわ」

「お美しいですわよエレスティア様、このハニーピンクの御髪《おぐし》も、大変素晴らしいです。皇帝陛下が来られるまで、ヴェールは外されませんよう」

まるで貢物のようにベッドに座らされ、初夜のための婚礼衣装を裾の先まで整えられてエレスティアは寝所に一人きりにされた。

見た目も整えられたのは、今から入室する〝皇帝〟のためだ。

エレスティアは震え上がる。

とうとう、皇帝第一側室として初夜を迎えることになってしまった。もし、この初夜で妊娠してしまったら、身分や家柄からしても彼女が自動的に皇妃へと繰り上がるだろう。

(皇妃にだけはなりたくないっ)

二度と、前世のような愛されない日々を過ごしたくない。

十七歳の彼女は、前世で、十五歳で嫁いでから十八歳で毒によって死ぬまでの〝妃〟だった頃を思い、体の震えを止められなかった。

# 第一章　それまでのことと前触れもない結婚の知らせ

エンブリアナ皇国は、魔力を持った人々が暮らす魔法国家だ。

国内には魔法師と呼ばれる特殊能力者たちが存在し、彼らは魔力によって魔法を使う。ここ、オージニアス大陸では他にも魔法国家はあるが、魔力だけでなく、個人の素質による強力な魔法もあるのがエンブリアナ皇国だった。

そのうえ、この皇国にしか存在していない『家系魔法』と呼ばれる遺伝性の魔法は、他国で類を見ないほど強力だった。

魔法剣士や戦闘魔法師団の戦力は他大陸も恐れて注視しているほどで、これまで無敗で戦勝してきたという実績でも各国に力が示されていた。

今では、オージニアス大陸で第七次魔法戦争を起こさないための、抑止力としても重要視されている超大国である。

大陸間大戦争、同大陸内の第六次魔法戦争でも勝ち続けたエンブリアナ皇国は戦力だけでなく、産業、貿易共にこのオージニアス大陸の三十二の国々の中でも群を抜く経済大国である。

十七歳のエレスティアは、国内有数の優秀な魔法師一族、オヴェール公爵家の末娘だった。

物心ついてしばらくした頃に亡くなった母と、瓜二つのハニーピンクの柔らかな長い髪。若草色の瞳は父や兄たちと同じだ。

オヴェール公爵家の国内での順位は、現在、皇位の『ガイザー』、皇帝に代々仕えた功績から大貴族の『ドゥ』の位を与えられたバリウス公爵に次ぐ上位貴族である。

国一番の優れた魔法師を輩出し軍の指揮をとったとして、オヴェール公爵位を賜った。貴族である一方では、国軍魔法師としても活躍している。

強力な魔法によって転移装置も開発し、高い交渉能力から国交関係にも皇国に貢献していた。今やオヴェール公爵家は、貿易においてもバリウス公爵家をしのぐ。

だが、上の二人と違い、末子のエレスティアだけが魔法の才能はからきしだめだった。

彼女が使える魔法といえば、たった一つだ。

『〝仲よくしましょう〟』

魔法師が聞いたら、子供が遊びでつくったようなへんてこな呪文だと顔をしかめるだろう。

実際、そんな呪文はこの皇国にはエレスティアが発するまで存在していなかった。

幼い頃、暴走しかけた兄の〝心獣《しんじゅう》〟にびっくりしたエレスティアが、『仲よくしましょう』と叫んだのが、偶然にも効果を出したという、彼女のオリジナルの魔法呪文だ。

そこは、優秀な魔法師一族、オヴェール公爵家の娘ともいえる。

だが、それだけだった。エレスティアは家族のように強大な魔力もなく、心獣さえも持たずに生まれたことで〝凡人〟と認定されたも同然だったのだ。

――心獣。

優秀で強い魔法師が生まれる際に、その胸元から同時に生まれてくる獣だ。雪国にいるような毛並みがふわふわとした真っ白い狼の姿をしていて、主人の成長に合わせて幼獣から成獣へと姿が変わる。

成体の大きさは魔力量に比例しており、オヴェール公爵家の心獣たちも人間が二人は騎獣できる大型だった。

心獣は魔法師の魔力そのものであり、その人間の器に収まりきらない魔力を預かってくれる貯蔵庫のような役割も果たしている。

そのことから、主人の性格が一部反映されることがあった。

彼らにとっては魔力の持ち主である主人がすべてだ。意思疎通による説得や命令は効果がなく、他者には牙をむき、徹底して主人を守る性質があった。

他の心獣とも睨《にら》み合うが、相性が合うと仲間と見なすのか襲いかかることはない。

この皇国内では、自身の心獣を持っているかどうかが、強い魔法師に分類できる一番の〝目印〟だ。

エンブリアナ皇国が強国として各時代の戦争で勝利を掴《つか》んだのも、この特殊な体質で膨大な魔力を操る魔法師とその心獣の存在のおかげだ。

心獣は、魔力の源でもある主人に向けられた害意を感じ取ると、自分で判断して行動した。そのため強い魔法師の守護獣、とも言われている。

戦地では魔法師の武器となっても活躍し、襲いかかられた敵国の軍からは『白い悪魔』として恐れられた。

心獣は主人の成長と共に大きくなる。しかし、魔力で生まれた彼らは食べ物を必要としなかった。

睡眠も基本的に不要で、目を閉じて休んでいることがあっても動物のように夢は見ない――とされている。

だが、個体によっては主人が口にしているものを好んで食べる心獣もいる。

それゆえ生物なのか、妖精なのか、その実態についてはいまだ議論が尽きない不思議な存在でもあった。

一族の中で、たった一人、劣等生として生まれたエレスティアには心獣はいない。

（そのおかげで心獣の教育はなくて、楽しい日々を過ごしたわ）

そう彼女自身は前向きに考えている。

エレスティアは物心ついた頃に覚醒する魔力もなく、魔法師の素質さえもないとわかり、『普通の女の子として育てましょう』という母の強い希望で、すぐ魔法教育から外された。

小さなエレスティアが魔法の才能がないことに気づいて嘆いてしまわないよう、そのきっかけをいっさい与えないようにしたのだ。

魔力や素質がなくとも、大切な娘だと、好きなことをしていいと言われてエレスティアは蝶よ花よと家族に愛情深く育てられた。

社交もできるだけ免除され、社交界の嫌みからも引き離された。

過保護気味に安全な屋敷でほとんどを過ごしたエレスティアは、母の願い通り、心優しく穏やかな性格の娘に成長した。

過保護気味に屋敷からほぼ出ない暮らしに、彼女は満足していた。

好きなことをしていいと言われて、大好きな絵本を読むことに専念した結果、読書が一番の趣味となった。

『父様の書斎の本も読みたいの！』

令嬢教育が始まる前、読書欲のためだけに自ら進んで教育開始を両親に宣言した。

そして、なんと幼少期で難解文字もすべて覚えて、本を読みふけった。

これはできると、母が驚きつつも彼女が好きな本でつって最高の教育も受けさせた。それをエレスティアが、教科書の文字を読むのが楽しいからという理由だけで難なくこなしてしまったというのは、親族の間でも有名な話だった。

そんなわけで、エレスティアは勉学ができる少女として、オヴェール公爵一族の中で自身の立場をつくった。もしかしたら親族も味方にならないかもしれないと考えていた父のドーラン・オヴェールは、親族が味方になってくれたことで心底安心したという。


その日、エレスティアは宮殿で昼下がりから行われた王家主催のパーティーに出席していた。大広間に家族と一緒に入場したところで、見慣れない光景に感心して、口を開けたまま眺めてしまう。

会場内は貴族たちで溢《あふ》れ、実に優雅な空気に満ちていた。

とはいえ、かしこまった集まりではなく、本日は立食形式で昼食を取りがてらのパーティーだ。みんな好きに飲み食いしながら談笑している。

本日は王家主催の、何かを祝ってのパーティーだ――とエレスティアは聞いた内容をぼんやりとだけ頭にとどめていた。自分たちの後ろからも家族連れで貴族が会場入りしてきているので、予定にある誰かの祝辞の開始をのんびり待っているのだろう。

だが、彼女はパーティーの目的も出席の二の次なのだ。

「お父様、おじ様は今日いらしていないのですか？」

エレスティアは家族と進みながら、きょろきょろと左右を見る。

「彼もエレスティアと博士論文のことで話したがっていたよ。領地視察で戻るのは一ヶ月後くらいになる――いやぁ、うちの子はほんとにかわいい」

「お父様？　聞いてらっしゃるの？」

「うんうん、聞いてるよ。今日は宮殿のケーキを父と食べよう」

ドーランは、精悍《せいかん》な顔をした大男だ。魔法騎士部隊の現役大隊長として知られており、彼が持つ魔法素質は〝火〟だ。

業火と表現される炎の魔法を使える人間は、才能と強靭な精神と、強い魔力を持ち合わせた一握りの魔法師しかいない。彼は存在している火系のすべての魔法を使えるうえ、高火力で練り上げた炎のオリジナル魔法も最多で持つ大隊長だった。

冷酷な炎の大隊長として、味方からは畏怖され敵からは恐れられる男――とはいえ、子供の前では一人の父親だ。末子の娘にでれでれとしている彼の顔を見た近くの貴族たちが、目をむいたのをエレスティアは見た。

同じく、それを横目に見た長兄のリックスがため息をついた。

「父上、冷酷公爵という名がついているのですから、ここでは抑えてください」

「私がつけたわけではない。まったく、ネーミングセンスを疑う。こんなに子供たちを愛しているのに！」

「この年齢で抱擁するのはおやめください！」

ドーランは、息子の足が浮くぐらい両腕で強く抱きしめた。リックスの悲鳴がパーティー会場内に響き渡った。

彼は二十二歳の大人なのだが、ドーランはとても大きな男だ。細身の第三魔法師師団長である長男なんて、頭一つ分以上も背が高い父の手にかかれば子供に見える。

（お父様が大きすぎるのよね）

エレスティアは、約二メートル近くはあろう大男を見上げた。

すると、二十歳の次男で、第五魔法師師団長のギルスタンも加勢に入った。

「父上、悪目立ちしているのでおやめを！　今日は、ようやくエレスティアが参加してくれたのですよ!?」

「う、うむ、そうであったな」

ドーランが長男を下ろした。すると襟元を整えながらリックスが、「僕がモテなくなって婚期が延びたら父上のせいだ……」とげんなりしていた。

（そんなことはないのに）

エレスティアはくすりと微笑む。

長男のリックスの魔法属性は〝氷〟で、彼が得意とする攻撃手段は氷魔法だ。彼は才能に溢れていて、オリジナルを含めてかなりの数の氷魔法を操る。

その一方で、次男のギルスタンの魔法属性は〝風〟だ。風魔法を駆使して攻撃や防御をするだけでなく、剣での息もつかせない怒涛《どとう》の混合戦闘を得意とした。

けれど、ギルスタンは性格が大らかで感情豊かな人だった。

プライベートでは戦場の冷静沈着さは見せず、エレスティアを喜ばせ、風属性の浮遊魔法を編み出して楽しませたりしてくれた。

二十二歳と二十歳の兄たちは、端整な顔立ちをしていた。貴族令嬢たちから彼らに贈り物や誘いの手紙も多く届いていることは、同じ公爵邸に暮らしていて知っている。

（——その一方で、妹の私は小さくて色っぽさは皆無なのよね）

『いやいやっ、父上が溺愛するくらい美貌の母上にそっくりだって！』

今朝も、パーティーのために身支度を進めながら、エレスティアが容姿に自信がないことをこぼしたら、なぜかギルスタンがツッコミを入れてくれたけれど。

礼儀と礼節を大事にする長兄に比べ、ギルスタンは明るくて笑顔の多い次兄だ。陽気な性格と嫌みのないころころと変わる表情には正直者の気質が現れており、場を和ませる優しさと聡明さも持ち合わせていた。

エレスティアが数時間前の家族とのやり取りを思い返していると、突然自分を揶揄《やゆ》する言葉が耳に入ってきた。

「オヴェール公爵令嬢は、引きこもりで本の虫だとか」

「見て、またお兄様たちを引き留めていらっしゃるわ。話したい令嬢もたくさんいますのに、空気が読めないのかしら」

こうして社交界にたまに出ると、女性たちが囁《ささや》くように嫌みを言う。

父と同じく、過保護な兄たちはエレスティアにつきっきりだったので、周囲の女性たちにとって彼女は邪魔な存在だった。

「また、エレスティアの文句を言っているな」

気づいたリックスが、社交に響かないよう密《ひそ》かにこぼした。

「こちらはオヴェール公爵家だというのに、これだから魔力もなく、教養も低い令嬢は好かない——

ちょっと注意してくるよ」

「いいのです。能力を蔑まれているわけではございませんから」

一族の中で魔法において十分な才能は受け継がなかったとされているが、エレスティアの心獣の噛《か》みつき行動を制限するという最弱で風変わりなその能力は、認められてもいた。

心獣に対しての防御魔法は皇国でも珍しく、エレスティアのオリジナル魔法呪文は何より注目されているのだ。

それに、たとえ最弱で風変わりといわれても、エレスティアにとっては、獣に痛い目に遭わされないで済むラッキーな能力なのだ。

おかげで心獣に怯《おび》えることなく、安心して一人でも出歩ける。

「それにほらっ、バリウス様からこんなに貴重な本をいただきましたの！」

エレスティアは、ぱっとその本を掲げてきらきらした目で家族に自慢した。

途端にドーランが、手に額を押しつけた。

「はぁ。お前が久しぶりに出てきてくれたかと思ったら、やはりエレスティアは、バリウス様の本につられたのか……」

皇国で皇位に続く大貴族のバリウス公爵は、オヴェール公爵家とは、一族で付き合いがあった。両家の現当主は同世代で、いずれも従兄弟はいても兄弟がなく、二人は政務と軍で、兄と弟の幼なじみのように育ったという。

バリウス公爵は国のためにとてもがんばっている人で、前皇帝時代から忠誠を捧げて現在も独身だった。多くの貴族、軍人からも信頼が厚い。エレスティアを娘のようにかわいがっていて、彼女の文通相手もしてくれていた。

（二百年前の貴重な本をくださるなんて！）

この前、オヴェール公爵家にパーティーの招待状が届いたあと、父が全員に確認を取って出席の返事を出して間もなく、エレスティアは屋敷でバリウス公爵からの手紙を受け取ったのだ。

今回、出席した目的は、もちろん本だ。

引きこもりを謳歌《おうか》していた彼女は、今日がどんなテーマのパーティーなのかも知らないでいた。説明はされた気はするが、頭の中は貴重な本のことでいっぱいだった。

「見てくださいっ、アルマン戦記第七章の原題の本です！　古語のまま！　タイトルにもロマンが溢れて、もう目次のページだけで素晴らしい文字の羅列が――」

「ああわかったたっ、わかったからっ」

ぐいぐい来られたギルスタンが、もう説明は十分だと言わんばかりにエレスティアの説明を遮った。

彼の隣にいたリックスが、やれやれといった感じで彼女が持っている本を眺め、父へ意見を仰ぐ。

「父上、あのお方はいつもそうでしょう。僕としても、何か裏があるのではないかと心配です」

「リックスお兄様、どうしてそう思うの？」

「俺も今回ばかりは兄上に同意だなぁ。そもそもバリウス様のお姿は見えないが、エレスティアはいつ本を？」

ギルスタンが、あやしいものを見るように本を指差してエレスティアに尋ねた。

「入場して、お兄様たちが受付の方とお話ししている時です。お忙しいそうで、ご挨拶はまた今度、と。運悪くもう一冊を取り忘れてしまったとかで、私が執務室まで取りに行く約束をしたのです！」

それを聞いた瞬間、ドーランが「不安だ……」とこぼした。

「あの抜け目ないバリウス様が『忘れた☆てへぺろ』だとっ？　あやしい、あやしすぎる……」

「父上、落ち着いてください。昔からもてあそばれすぎた後遺症が出ていますよ。でも、確かに、父上には企みが見破られそうで回避した可能性大ですよね」

リックスが、心配そうに考え込んでいるドーランに同意を示す。

「リックス兄上もその類いだろう、嘘を見抜くのは得意だから」

オヴェール公爵家は外交と貿易でも活躍している一族なので、魔法力と一緒にそこも磨かれていた。

ギルスタンも、心配そうに妹を見た。

「しかも『一人で来い』だろ？」

「はいっ！　平気です、お父様たちの社交の足は引っ張りません。もう一冊くださるそうなので、私は一人で取ってまいりますね」

にっこり笑い返すと、リックスが「まったく、困ったお人だ」とバリウス公爵のことをつぶやき、ため息をつきながら髪をかき上げた。

「当のエレスティアが、こうではなぁ」

ギルスタンもため息を漏《も》らした。長身揃《ぞろ》いの家族に覗《のぞ》き込まれたエレスティアは、よくわからないまま微笑む。すると長兄が「仕方ない」と小さく微笑み返し、手を差し出した。

「その本、戻ってくるまで僕が預かっておこう」

「ありがとうっ、さすがリックスお兄様ね！」

エレスティアは両手で渡すと、長兄にぎゅっと抱きついた。

リックスが目を優しく細めるのを見て、ギルスタンが大袈裟《おおげさ》に身振りを交え「だめだなこりゃ」と言った。

「エレスティアがこうなのも、父上とリックス兄上が甘やかすからでは？」

「お前も散々甘やかしているだろうに」

ドーランが、唇を尖《とが》らせて指摘する。彼の父としての姿を知らない周りの者には、恐ろしい顔に見えたようで、ざっと人混みが割れていた。

「ギルスタン、考えてもみろ。我が一族はなかなか女子が生まれないだろう。僕は、かわいくない弟よりも、かわいい妹を贔屓《ひいき》する」

「そりゃそうだ。俺も同感」

「息子たちよっ、お前たちはほんっと妹思いのいい子に育って……！」

ドーランが感動を噛みしめた瞬間、兄たちが抱擁を警戒して父からさっと距離を取った。

「それでは、行ってきますね」

そのかたわらで会場内の人混みへと進んでいった本のことしか頭にない妹を、兄たちはやっぱり心配そうに見たのだった。


エレスティアは、すぐに戻るつもりで会場を抜け出した。

（バリウス様がくださるという、もう一冊の本が楽しみで仕方がないわ）

廊下を足早に進んでいく。髪も結い上げておらず、父考案のフリルたっぷりのドレス姿も、十七歳にしては愛らしすぎた。

警備中らしき騎士が、彼女ににこっと笑いかける。

エレスティアも足を止めないまま、にこやかに会釈して彼らの前を通り過ぎた。

(『同じ二百年前の本』と、お茶目にヒントを残してくださったのよね)

宮殿内は滅多に歩かないが、好きなことに没頭している間は一人で行動するのも平気だった。

引きこもりだのなんだのと言われているが、それは社交に限ったことだ。

エレスティアは、新刊を買いに馬車を出して本屋にも結構通っている。

あまり顔は知られていないという面でも、彼女の心の自由度は高い。彼女は、自分が地味なのであまり目立たないのだろうとも思っている。

そして彼女が堂々と単独で行動できるのは、何より心獣に噛まれないことが起因していた。

(さっきくださったアルマン戦記第七章の原題の本以外で、二百年前のものだとすると、聖アブヌストの大陸間抗争の手記とか……!)

今やエレスティアは、バリウス公爵がくれるというもう一冊の本のことを考えるのに夢中だ。

大昔にあった宗教が違う二派が国々を巻き込んで大戦争になった聖アブヌストの大陸間抗争の手記は、先月、エレスティアが彼と話していた際に聞かされた彼の蔵書コレクションの一つだった。

(たしかバリウス様の執務室は、この廊下を曲がって――)

そう頻繁に訪ねられない場所だ。道順を思い出しながら角を曲がったエレスティアは、驚いて足を止めた。

廊下の真ん中に、とても大きな〝心獣〟がいた。

エレスティアは二人どころか三人乗せても平気そうなその大きな心獣に圧倒されて、目を見張った。

そして窓からの日差しに輝く黄金の毛並みが、彼女の目を一瞬にして引きつけ、離せなくした。

(こんな大きな心獣、見たことないわ。しかも白じゃないのも初めて)

これだけ大きいとなると、とても強い魔法師の心獣なのだろう。心獣自身の力も狂暴性も高いはずだ。

エレスティアはごくりと息をのんだあと、緊張にこわばりそうになる口を開く。

「……〝な、仲よくしましょう〟っ」

そう魔法呪文を口にした。こんなに大きな心獣は初めてだが、とにかく、噛まれないことが大事だ。

すると黄金の心獣が、ぴたりと足を止めた。

「ふぅ、よかった」

エレスティアは、思わず胸を撫《な》で下ろした。大きさが違っていても、やはり『仲よくしましょう』の、噛まれないための魔法呪文は効いてくれるようだ。

今のうちにと思って、先へ進もうとした。うなるそぶりもなくエレスティアを目で追っていた心獣が、不意に前を遮ってふんふんと彼女の匂いを嗅いだ。

「ひゃっ。あ、あのそこを通してね……？　私、奥の方へ用があって」

エレスティアはどうにか脇をすり抜けようとしたのだが、彼女が右に足を進めると、心獣もそちらに顔を寄せ、左から通り抜けようとすると同じ方向に動いて妨害してくる。

本来、心獣は主人の近くから離れないものだ。

魔力が意思を持って獣の姿で生きているというのは不思議だが、確かに自我はある。

(何か好奇心を刺激されることでもあったのかしら？)

心獣は、主人である魔法師の性格が反映されることも一部あると聞く。次兄の心獣は菓子の甘い香りに反応した。

エレスティアは、今はお菓子など持っていない。甘いものを探しているという感じでもないので、ただの好奇心なのかもしれない。

「……えーと、あなたのご主人様はどこ？　散歩している、とすると主人はきっと近くにいるのよね。なら、そちらにお行きなさい、私も大切な用事が――」

その時、心獣が、大きな頭をすりっとエレスティアの頬にこすりつけてきた。

彼女はびっくりした。噛まれるのではないかと身構えたが、柔らかく上質な羽毛のような暖かさにすりすりとされ続け、緊張感も解け笑みを浮かべた。

「まぁ、あなた心獣なのに懐っこいのね」

危害を加えるつもりはいっさいないみたいだ。

しかし父や兄の心獣も触らせはしなかったので、この状況に戸惑ったが、念のためエレスティアはその心獣が満足して離れてくれるのを待った。

その時初めて、エレスティアは周りのざわめきが聞こえてきた。

「お、おい、他人の心獣なのに、噛まれていない貴族令嬢がいるぞ」

「というかあれって、皇帝の心獣だろ……？」

（――え？）

とんでもない単語が聞こえた。

その時だった。通行途中につられでもしたみたいに足を止め、その様子を見ていた騎士や軍人魔法師や貴族たちが、はっと緊張し、道を開けるようにして廊下の端に寄った。

エレスティアは、人が割れた先に、その心獣と同じ〝黄金〟の髪を見て目を見開いた。

ざわめきと共に現れたのは、とても美しい男だった。

（……皇帝、陛下）

エレスティアは、その貫禄と気迫にごくりと息をのむ。その人の顔はエレスティアも八年前の皇位を受けた式典で見ていた。

このエンブリアナ皇国の皇帝、ジルヴェスト・ガイザー。

両親が急逝したことにより、十代後半で即位した最年少の皇帝になる。輝く黄金の髪、深い青の瞳。凛々《りり》しい精悍な顔立ちをしており、即位前から国軍の最高指揮官としても知られている軍人王だ。

それと同時に、エレスティアも知るほど『冷酷な皇帝』という呼び名は有名だった。

そんな彼がどんどん近づいてきて、とうとう彼女の目の前で足を止めてしまった。

「――私の心獣が申し訳ない。普段は離れることがないんだが」

ジルヴェストの顔がゆっくりとしかめられていく。

すっかり固まってしまっていたエレスティアは、慌てて深く頭を下げた。

「い、いえっ、こちらこそ大変申し訳ございませんでしたっ」

最高位の経緯を示す淑女の礼をとったが、ドレスのスカートをつまむ指が震えた。

十代で皇帝となり『ガイザー』という新しい称号を得た。彼が国民の期待に応えると約束してから八年、見事な采配でこの大国をまとめ上げた。

それを可能にしたのも、軍人時代から変わらない仕事っぷりと厳粛な姿勢にあった。

（お父様も、ご即位の際には緊張しておられたわ）

皇子から皇帝となった彼は、父王よりも厳しく臣下たちの仕事をチェックした。階級に甘んじて不正利益を得ることも、断じて許さなかった。

「これは私の落ち度だ。顔を上げてくれ」

頭の上から降ってきたよく通る男の声に、どきっとする。

「……お許しいただき光栄に存じます」

恐る恐る顔を上げると、ジルヴェストは心獣を自分の後ろへと下がらせていた。彼の深い青色の目は、エレスティアを真っすぐ見つめている。

「パーティー会場に向かおうとしていたのだ。恐らく私の心獣は、それをくみ取って廊下を確認していたのかもしれない」

現実感が追いつかなくてじっと見つめてしまっていたら、ジルヴェストが小さく咳払《せきばら》いした。

「ところで、君も出席者なのか？　見ない顔だ」

「えっ。あ、わ、わたくしは――」

彼が雑談してくれるとは思っていなくて、今の状況もエレスティアにとっては緊急事態だった。

皇帝と話をしている。直接言葉を交わしてしまっている。そのことで緊張して、先程の言葉への返事もつい忘れてしまっていた。

（ど、どうしよう、なんて答えたら）

そうパニック気味に思った時だった。

「皇帝陛下！　そちらにいらっしゃいましたかっ」

かなり年配の男の声が響き渡って、エレスティアはびくっとした。

彼は、会場に向かうところだと言っていた。何か、皇帝の祝い事に関わるパーティーだったのかもしれない。

（ああっ、お父様の話をきちんと聞いていればよかったっ）

下手《へた》な言葉で礼を欠いてしまっては大変だ。そして、邪魔になってもいけない。

「そ、それでは、わたくしはここで失礼いたします」

エレスティアはすばやく頭を下げると、呼びに来たらしい側近と入れ替わるようにして小走りでその場をあとにした。

◆◆◆

――ジルヴェストとエレスティアのやり取りを、隠し通路の陰からじっと見ていた者たちがいた。

「見たかっ？　皇帝の心獣が、自ら頭をすり寄せたぞ！」

会場へ向かったジルヴェストの姿が見えなくなったところで、そう興奮の声を上げたのは、前皇帝時代からの側近の一人だ。

「ああ、バリウス様のおっしゃった通りだったな」

「これは驚いた、彼女ならば相手がどんな心獣でも、相性などは関係ないのか。いや、魔法呪文を唱えたあと、あんなにも近くで見つめ合っていたから、そもそも陛下の心獣との相性もよかったのかもしれぬ」

「とにもかくにもっ、心獣が受け入れるかどうかの問題は確かに彼女にはナシだった！」

「その通りだ！　最強の大隊長、オヴェール公爵の娘だ。オヴェール公爵家といえば、今この国内で最も味方につけたい強力な貴族ともいえる」

「バリウス殿には感謝しかないな。うむ、これは早急に話し合おうではないかっ」

彼らは、そそくさとパーティー会場と反対方向へ移動を始めた。

◆◆◆

ついその場を逃げ出してしまったエレスティアは、バリウス公爵の執務室を通り過ぎ、次の角を曲がったところで、ようやく走るのをやめた。

「はぁっ……お、驚いてしまったわ。あのお方が、皇帝……」

緊張で、どっどっとうるさく鳴り続けている胸に手をあてる。

先程見た美しいジルヴェストを思い返した。少し機嫌が悪くなったのだろうか、顔がほんのわずかにしかめられただけで、震え上がるほど威圧感があった。イメージ通り冷酷そのものだった。

(彼の心獣が、あんなに懐っこいのは意外だったけれど……)

とんでもない偶然もあったものだ。

恐ろしさに震えそうになる足をどうにか動かして、目的の執務室を目指す。

訪ねる約束をしていたバリウス公爵は、エレスティアが到着した時、忙しそうに書面にペンを走らせていた。

「おや、何かあったのかね？」

彼は入室を許可するなり外から隠れでもするようにさっと入ってきたエレスティアを、どこか面白がって眺めた。

「じ、実は、そ、そこでっ、皇帝陛下のお顔を見てしまったのです……！」

「ほぉ？　ははは、まぁ落ち着きなさい」

バリウス公爵はエレスティアの父親と同世代とはいえ、低くてハンサムな声をしている。

撫でつけられた焦げ茶色の髪も似合い、優雅さを漂わせつつもユーモアに溢れた、エレスティアの〝素敵なおじさん〟である。

「ここは彼の宮殿なのだから、彼が歩いているのも当然だろう。とくにこのあたりは、宮殿内部の奥にあたるわけだからね」

さすがはバリウス公爵だ。エレスティアは驚きの余韻が鎮まっていくのを感じた。

「――確かに、その通りですね」

「ふっふっふ、そうだろうとも。ところで、ほら、これが渡したかったもう一冊の本だよ。先月に話して聞かせたら、君が古語を読解しながら読みたいと言っていた聖アブヌストの大陸間抗争の手記だ」

「まぁっ、さすがはバリウス様ですわ！」

彼が持ってひらひらと見せてきた本に、エレスティアは慌てて走り寄ると、飛びつくようにぱっと両手を伸ばして受け取る。

「素敵ですわ！　ありがとうございますっ」

「ふふふ、そういう愛らしいところは、昔から変わらないね」

「……えぇと、お兄様たちには今の仕草は内緒でお願いいたしますわ」

「どうして？　怒らないと思うけれどね」

「淑女としては、いけない行動ですわ。お母様みたいな素敵な女性にならなくては」

そう答えながらも、エレスティアは満足げなため息を漏らして愛おしげに本を胸に抱いた。

バリウス公爵が「くくっ」と肩を揺らす。

「なるほど、母君か。我らのマドンナは確かに皇国一の美しい女性だったよ。ところで、皇帝の第一印象はどうだったかな？」

「え？　私が顔を合わせるだけでも恐れ多いお方です、印象なんて申し上げられません」

「ふうむ、そうかな？　君はオヴェール公爵家の直系の娘だ。身分としては、皇帝と言葉だって交わせる立場にある」

「私は普通の公爵令嬢ですわ」

エレスティアは困ったように微笑んだ。

両親や、優秀な兄たちとは違う。国に貢献できる身分でもない。

（唯一貢献できることがあるとすれば、オヴェール公爵家のために、できるだけいいところに嫁ぐことくらい……）

魔法師一族の女性は、強い魔法師を産めるとして人気があった。

ただ、魔力が弱いエレスティアは、その可能性すら期待されず、見放されてしまっている。

それでも、公爵家の血筋とあって彼女を欲しがる貴族が出てきてくれるはず。その小さな希望が彼女を惨めな気持ちにさせないでくれていた。

「皇帝は、噂されているより美形ではなかったのかな?」

「いえいえっ、ものすごく驚くほどの美形ではございましたがっ、お噂通りの怖そうなお方だと――あ」

エレスティアは、頬杖をついてにやにやしているバリウス公爵にハタと気づく。

「……今の『印象』の件は、どうかお忘れになってくださいませ。皇帝陛下と対面した際に、驚きで危うく公爵家の恥となるところでした。以降は気をつけます」

「それはよかった」

バリウス公爵がもたれていた椅子から背を起こし、いい笑顔でぱんっと手を叩いた。

「今回のことで君が私のところに訪れないと言い出したら、どうしようかと思ったよ」

「そんなことしませんっ。バリウス様は、父のご友人で、私が尊敬しているおじ様で、本について語り合える大切な仲間です!」

「嬉《うれ》しいね。それから、心獣のことは悪かったよ」

唐突に彼の口から『心獣』と出て、エレスティアはきょとんとした。

すると彼が「おっと」と言って、ベルを鳴らす。まるで待ち構えていたように騎士が二人入室してきた。

「帰りは彼らが送ってくれる。すまないね、このあと行かなければならないところもあってね。君の父と兄たちによろしくと伝えておいてくれると助かるよ」

「はい、お任せください」

やはりバリウス公爵は忙しかったのだ。

（それなのに、いち早くご本をくださったなんて嬉しい――）

読み終わったら、しっかり感想を伝えようとエレスティアは思った。

◆◆◆

エレスティアが執務室の前の廊下を歩き去っただろうタイミングで、バリウス公爵は何食わぬ顔で早速動きだした。

彼が向かったのは、ジルヴェストの側近たちのもとだ。

護衛が立つ扉をノックして入室すると、皇室の重鎮たちが勢揃いしていた。

「おぉっ、バリウス殿！　お待ちしておりました」

「これはこれは、イリバレット大臣まで」

「あなた様のご提案と聞き、これは馳せ参じねばと思いましてな」

パーティーに出席していた面々まで招集されている。バリウス公爵が手を差し出すと、大臣が喜々として両手で握り返す。

（ふっふっふ、よほど好感触だったらしい）

バリウス公爵はにんまりと笑ったが、そうしていてもダンディで爽やかな印象は薄れず、人のいい紳士そのものだった。

貴族や庶民から、バリウス公爵は大勢から信頼されていた。

有能かつ実に優秀で、交渉力にも長けているため、冷戦が続いていた国と和解し、さらに貿易の利益も上げた。現在もあらゆる方面において発言力があるのは、過去の多大な実績だけでなく、今もなお、政務に貢献し続けているからである。

『我が人生すべてを国にそそぎ、領民や国民のことを考えていたいのだ』

結婚せず身を尽くす彼の言葉は、人々を感動させた。

とはいえ、友人たちは仕事は彼の趣味だと知っている。

どんなことでも面白がる性格で、困った問題が起きた時ですら楽しんでしまう。やられたら〝二倍にして返す〟努力さえも愉快だと断言する男、それがバリウス公爵だった。

彼は、前皇位が大変頼りにしていたアドバイザーだ。ジルヴェルトが王太子教育を始める前から教育係長として任命され、現在、皇帝がジルヴェストへ代替わりしても引き続きアドバイザーの役目を担っている。

そして前皇帝より戦闘面でも政治面でも優れていると言われている現在の皇帝が、いまだ何を考えているのか唯一推測できない有能すぎる男だった。

「それで、皇帝陛下の心獣との様子はどうだったかね？」

うまく事を運んだ。

それは、バリウス公爵がジルヴェストを幼少から見ていたからできたことだった。

心獣の行動まで計算したうえで、彼が出席するパーティーが開催される今日を待った。友人のドーランに知られたら殴られそうなので、しばらく回避だ。

思いついた今回の計画については、バラす予定はちゃんと入れてある。

ドーランと久々に魔法で殴り合うのも楽しみだ。

バリウス公爵は今回、まんまとエレスティアを皇帝の心獣に会わせた。それから皇帝ジルヴェストにも会わせることにも成功したのだ。

「えぇ、ええバリウス様がおっしゃった通りでした！　彼女は素晴らしいです、最弱の魔力なんてとんでもない。心獣に効くあの魔法呪文は、さすがオヴェール家の人間と評価できる、稀有《けう》で素晴らしい魔法ですよ！」

それについては現場に居合わせた全員の、意見が一致しているようだ。

バリウス公爵は、そこにも満足した。

エレスティアの評価が低いことは、彼は常々遺憾に思ってもいた。彼女はもっと評価されるべき令嬢だ。

昔から姪のように愛でてきたので、贔屓の日もまぁまぁあるが、それを抜きにしてもエレスティアは素晴らしい女性だった。

彼女は、妃教育レベルの教養を持ち、あと二割ほど宮殿の専門教科を学べば妃教育も完了する。

妃教育で待つ必要がないことは、早くジルヴェストに妻《めと》を娶らせたい側近たちには魅力的だった。

それでいて、心獣の相性うんぬんに関しても、彼女は除外だ。

(さて、ここからが最も肝心なところだ)

バリウス公爵は、聞きたくてたまらなかったとは顔に出すまいと思って、にーっこりと笑って彼らに尋ねた。

「皇帝陛下の反応は？」

「あ、そういえば珍しくお声をかけていらっしゃいましたな」

「ほぉっ」

バリウス公爵の目が光る。ずいっと顔を寄せられた男たちが「ひゃ、精悍で顔がイイ！」「無駄にイケオジ」「いい香りがする」などなど混乱しつつ、言う。

「た、たしか、心獣が驚かしてしまったことを皇帝陛下は謝っておられましたっ」

「それから話題を続ける際には、咳払いされて――」

「咳払い！　あの皇帝陛下が！」

途端、室内にヴァッハハハと、上品とは言えない笑い声が響いた。

それでも許せるくらい、声がいい。言葉の羅列に変換すると下品なのに、ひーひー言って大爆笑しているバリウス公爵のことを不思議とみんな許せるのだ。

「……相変わらずよくわからないお人だなぁ」

「我らより先を見すぎているせいか、時々、彼の笑いのツボがわからぬ」

「まぁ、必要な内容なら教えてくださるだろう」

彼はジルヴェストの幼少時代から、よき助言者としてそばにいた。

側近たちは各々納得すると次の行動に移るべく、パーティーへと出席し、密かに要人メンバーへ声をかけていったのだった。

◆◆◆

パーティーの翌日、今月に入ってから十日間は、いつもと変わらず穏やかに過ぎていった。

エレスティアがその間ずっと引きこもって熱中していたのは、バリウス公爵からいただいた古本である。

彼女は古語をほぼ読み解ける。知らない単語が出てきたら辞書を引っ張り出し、新しい文法の発見にも楽しみを見出し、毎日が充実していた。

「お嬢様の勉学の向上心は素晴らしいですわねぇ」

「読書は趣味よ」

「無自覚な勤勉家ですわ。オーリヒ語ももう習得を？」

侍女が、棚に戻されている外国語の教材に気づいて、目をまたたかせる。

「翻訳版が出されていない『ラルーツ四世の哲学』、素晴らしい内容だったわ。お兄様が国境での合同演習の際にもらったものを譲ってくださったから、早速読んでみたのだけれど、文法的には母国語のラシール語と共通するものが多くて、とても面白かったわ」

「……そう、ですか」

何がなんやらという顔をして、侍女たちはそそくさと仕事に戻った。

そんなエレスティアは、今、バリウス公爵からもらった貴重な二冊の古本に夢中だ。解読しながら読み進めていくのに彼女が一週間以上もかかる本も、なかなかお目にかかれない。

「はぁっ、なんて素敵なのっ」

一冊目の三割まで堪能したところで、胸に抱えてうっとりとする。

侍女たちは優しい顔で苦笑した。

「今月いっぱいは続きそうですわね」

「ひとまず、お食事は忘れていただかないようにがんばりましょう」

そんな日々が、秋が深まる月明けまであたり前のように続いていくのだろう――とエレスティアだって思っていた。


五日後。一冊目の本をちょうど半分まで読み進めたところだった。

兄たちもまだ師団長として従事している時間だというのに、ドーランが強面《こわもて》をさらに厳しくして突然帰宅した。

屋敷の者たちは驚いたし、執事は何か察したようにすぐ彼の短い指示に応じた。

二階の私室にいたエレスティアは、急ぎ呼ばれて応接間に足を運んだ。

「お父様？　部隊の件で何かあったのですか？」

ドーランが、大隊長のマントも取っていないことを不思議に思った。

彼はすぐ言葉を発さなかった。ためらうように彼女を見つめてきた。彼のそばに控えている執事も使用人たちも、つらそうな顔でエレスティアに注目している。

それに気づいて彼女は動揺した。

「いったい何が――」

「皇帝陛下の第一側室として、お前の名があがった」

エレスティアは、心臓が止まるかと思った。

「ま、まさか」

「宮殿がそれを決定した。私たちの方で、その件について話をまとめた皇帝陛下の側近たちには交渉していたのだが、本日正式に我が家に通達があり、後宮入りの婚礼の日が決まった」

その知らせを聞いて、エレスティアは愕然《がくぜん》とした。

急なことで頭が追いつかない。

つまり政略結婚の相手として、冷酷な皇帝に嫁がされることが決まったのだ。

後宮入りとは、妻の証として宮殿の主に純潔を捧げることである。

「そ、それは……ゆくゆくの皇妃のご指名で……？」

「いや、今回はあくまで第一側室として後宮へ召し上げられることになった」

皇妃ではなく、あくまで側室――それを不思議に思いつつも、今はそんなことなんてどうでもよくて。

（私が？　皇帝の一番目の側室に？）

引きこもりである彼女に、皇帝の側室なんて大役は無理だ。

エレスティアは、とんでもない決定に震えた。今にも倒れそうだった。

「そんな……どうして、私に」

「魔法師の筆頭に立つ我が公爵家の娘、それでいて、お前なら皇帝の心獣も平気なので、すぐにでも、と」

「あっ」

エレスティアは先日、皇帝の心獣に出くわしたことを思い出した。

あれが、第一側室に選ばれるきっかけになってしまったのか。

ドーランの話によると、今週末に、エレスティアは嫁入り道具を持って宮殿へと住居を移すことになる。

通常、皇帝への嫁入りは心獣への心構えなどの教えを受けてから、徐々に心獣に慣らしていって、最後に後宮に上がるのが習わしだという。

現在、二十八歳の皇帝ジルヴェスト・ガイザーは、両親が不慮の事故で亡くなって十九歳での急な即位だった。

それから八年、彼は側室さえ迎えておらず、後宮は使われないままになっている。

側近たちとしては、跡取りを思えばもう待っていられないと考えたのだろう。

(そして心獣に関してまったく問題にならない私を指名した――あり得《う》るわ。けれど……)

現在、皇妃の席も同じく空のままだ。

第一側室が後宮入りの儀式で子を宿しでもしたら、他に側室がいないことからも、そして側近たちの思惑からも皇妃へと押し上げられるだろう。

「……わ、私に皇妃なんて無理です」

宮殿に上がれる貴族の女性は、魔力が強いか魔法能力に長けた者たちだ。

まず、エレスティアが入っていい世界ではない。

倒れそうになるエレスティアに気づき、ドーランが慌てて立ち上がり、彼女のいるソファに座り直して体を支えた。

「私としても、魔法の強さばかりを重視している場所にお前を嫁がせたくはない。しかし、社交経験の不足を訴えても相手にもされなかったのだ」

「お、お兄様たちは」

「知っている。せめてとの思いで、後宮の警備についての会議に加わって、お前に害意がない者たちを厳選してくれている。そのあとでここへ戻るだろう」

宮殿が決定したことだ。覆すことなどできない。

兄たちはそれをわかって、師団長の仕事をいったん止めて動いてくれているのだ。

「エレスティアは、妃にはなりたくないのだな？」

「なりたくないです、妃は、嫌……！」

なぜか、胸と同時に頭の奥がずぐんっと痛んだ。

（ああ、どうしてこんなに必死に訴えているのだろう）

エレスティアは、自分でも不思議だった。決まったのは第一側室だというのに、妃という言葉に、過剰反応してしまっている。

きっと、パニックになっているせいだ。

肩を抱いて支えているドーランが、そんなエレスティアを痛ましそうに見つめて目を細めた。

「わかった。それなら結婚後、どうにかお前を救い出そう」

「結婚後……？」

そんなことが可能なのかと、エレスティアはドーランを見上げる。

「第一側室だ。心獣の件が問題なかったために、お前が真っ先に指名されただけだろう。このあと第二、第三の花嫁たちが後宮に入るはず。彼女たちが皇妃にふさわしい女性であれば、誰もお前を引き留めないだろう。子ができないよう、避妊薬も持たせる」

避妊薬と聞いた途端に、頭の奥がずきんっと痛んだ。

（ああ、不安で苦しい……）

きっとそのせいだとエレスティアは思った。

相手は秀でた魔力を持って生まれた皇帝だ。果たして、魔法の避妊薬は効くのか。

「急な話で混乱しているのはわかる。だが、これがお前を救える一番の――エレスティア？」

「うぅっ、頭が、いた……っ」

「エレスティア！」

ドーランが何か言っている。誰かと叫んでいる。

――王に愛されない妃になんて、なりたくない。

エレスティアの胸の中で、心が張り裂けんばかりの思いが溢れた。頭も割れそうなくらい痛くて、彼女は崩れ落ちる。

直後、ひどい頭の痛みと共に、頭の中で悲痛な自分の叫び声を聞いた。

『お願いっ、避妊薬をちょうだい！　子が生まれたら、あまりにもかわいそうすぎるわ……お願い、わたくしを救うと思って、どうか……！』

（ああ、そうだったんだわ）

エレスティアは痛みの中で悟った。

（私……前世のどこかの大陸でも〝妃〟だったことがあるんだわ）

結婚を知らされた時から感じていた胸の痛み、その理由を理解したエレスティアは、強烈な頭痛で意識を失った。

# 第二章　第一側室としての後宮入りと、政略結婚

エレスティアが目覚めた時は、翌日の昼になっていた。

目覚めに気づいた侍女たちは喜んだが、前世の記憶が戻ったエレスティアが真っ先に尋ねたのは、昨日告げられた宮殿の決定である皇帝との婚姻のことだ。

「あの話は……っ」

喉が渇いていたのか、うまく声が出せなかった。

昔からエレスティアの面倒をよく見てくれていた母よりも年上の侍女が、慌ててエレスティアの肩を撫でた。

「すぐ起き上がってはいけませんわ。大丈夫、ゆっくりでいいですから」

「でも、私、宮殿の決定について返事を、していなくて」

グラスをもらったエレスティアは、震える手で水を急ぎ口に入れて少し喉を潤し、すぐにそう切り出した。前世の姫だった頃の記憶があるので、返事をしないことは重罪になる時があることを知っていた。

すると、いつも身の回りの世話をしてくれる若い侍女たちも泣いた。

侍女たちの話によると、婚姻の儀式の日取りも変更がないままだという。エレスティアは自身の返事は必要なかったのだと安心した直後、鬱屈とした気持ちに包まれてグラスへと視線を落とした。

（……そう、よね。宮殿の決定は、ほぼ王命に近いものがあるから、私個人の意見なんて関係がない

のだったわ）

前世と、同じだ。

元乳母も、他の侍女たちと共に嘆いた。彼女たちが強く同情し、悲しみに暮れているのは、今回皇帝と宮殿の決定へ忠誠を示すため、エレスティアは侍女を連れてはいけずその身一つで輿入《こしい》れしなければならないからだ。

皇帝に危険が及ぶ可能性を避けるため、当日家を出る時の肌着も、婚姻衣装も宮殿から送られてくるものを身につける。

持っていけるのは、宮殿に申請して許可をもらった数少ない私物だけだ。

「おいたわしいお嬢様。こんなことのために、旦那様も大事にお育てになったわけではないのに……」

嘆く侍女たちのかたわらで、エレスティアだけが冷静だった。

どうにか自分の心を押し殺していた。

「仕方ないわ、――それが宮殿からのお達しならば」

眠っていた時にうなされていたようで、だいぶ汗をかいたらしい。その後、エレスティアは濡《ぬ》れたタオルで丁寧に体を拭かれ、着替えさせられた。

けれど、眠り足りないようなぐったりとした疲労感は引き続き残ったままだ。

（精神的なことも関わっているのかも）

侍女たちに心配をかけて悪いとは思ったものの、瞼《まぶた》の重さに逆らえず、そのままベッドで休ませてもらうことにした。

目を閉じたら、再びうとうとと泥水に沈むように眠りに落ちた。

それはエレスティアが十七年間生きてきた記憶に加え、結婚にまつわる前世の記憶もよみがえったせいだった——。


エレスティアが思い出したのは、自分がとある王国の姫だった頃の記憶だった。

恐らくは古い時代だと思う。大陸の名前にも、国名にも覚えがない。

自分がなんという名前で呼ばれていたのか、エレスティアは思い出せないが、周りの者たちは、彼女を『姫』と呼んだ。

隣国を相手に大きな戦争があった。彼女のいた国の戦況は、よくなかった。

そして彼女が十五歳の時、終戦と和平の条件として正妻の指名を受け、敵国の『王』へと嫁いだ。

ただただ金髪が珍しいという理由だった。

正妻という位置づけは、彼女の国や他国への建て前に過ぎなかった。

その王にとって前世の彼女は、戦利品の一つだった。

『私が欲しいのは、その金髪だけだ。相手にするのは面倒だが、お前は今日私の妻となった。夫婦の義務を果たす——すぐ、済む』

そう告げられ、組み敷かれた初夜はひどいものだった。

王には、十数人もの愛人が後宮にいた。

エレスティアは敗戦国からの貢物だといじめられ、月に一度の『王のわたり』で、配慮もなく夫婦の義務を済ませると、彼はすぐ愛人のもとへと戻った。

『金髪の美しい子を産めば、それでお前の役目は終わる。その時には自由にしてやろう』

子など、産むものかと思った。

味方になった数少ない者たちによって届けられる避妊薬だけが、彼女の心を支えてくれた。強い副作用にも耐え続けた。

二番目、三番目の妻には、王が元々気に入っていた令嬢たちが側室に迎えられた。

エレスティアは、避妊薬の副作用と心労のため生気を失い、その金髪もくすんだ。

そうすると王は興味を抱かなくなった。そして十八歳を超えた頃、彼女は王と妻たちの毒味係になり下がっていた。

そして彼女はその年、毒であっさりこの世を去ったのだ。


——悲しくて、残念で仕方がない前世だった。

再び目覚めたエレスティアの瞳から、涙がはらはらと溢れて止まらなかった。

(皇妃になんて……なりたくない)

前世を、すべて詳細に思い出したわけではない。

しかし、嫁ぎたくない、望まれない妃になんてなりたくないと、前世の自分の嘆きが悲痛なくらい彼女の胸に響いてきた。

昨日、父から政略結婚の嫁ぎ先が決まった話を聞いた時の、おぞましさの正体に納得する。

(私は生まれ変わったのは、また同じことを繰り返すため？)

そんなの嫌だった。

いっそう、皇妃になってはいけないと思った。ぶるぶる震えた手を――しかし力強く掴む大きな手が、いたわるように撫でた。

「あっ……」

ベッドの横に父のドーランがいることに気づいて。

「お父様……」

目覚めを待っていたらしい彼は、痛ましい顔でエレスティアの手を握って見つめていた。

「エレスティア、父を許しておくれ、そんなにショックだったとは……お前のために今回の話を撤回しようと奔走したが、側近らの意見を変えることはできなかった……避妊の話など、確かにお前にはとてもつらかろう」

病で母が亡くなってから、ドーランは男手でエレスティアを育ててくれた。

昨日エレスティアが倒れた時、ドーランには亡き妻と娘の姿が重なって見えただろう。

そう勘ぐった彼女は、ぐっと力を入れて上体を起こすと、ドーランが握る手の上から自身の手を優しく重ねた。

「心配をかけてごめんなさい。大丈夫です。……ここ数日、本に夢中になってしまっていたから」

そんなエレスティアの微笑みも、ドーランには健気な強がりにしか見えなかったようだ。『冷酷公爵』と呼ばれている彼の目が、くしゃりと潤む。

ここでエレスティアが嫁がなければ、ドーランは貴族の義務を果たさないことを責められる。

彼女もそれを十分理解していた。だから、撤回してはいけないのだ。

ドーランと見つめ合って数秒、ふと、慌ただしい足音が近づいた。

「目覚めたか、大丈夫か⁉」

扉を蹴破る勢いで入室してきたのは、兄のリックスとギルスタンだった。

「お兄様、日中はお仕事のはずでは――」

「そんなことをしていられるか！」

ギルスタンみたいな口調で言って、リックスが駆け寄りエレスティアを抱きしめた。続いてギルスタンも、彼の腕の上から同じように彼女を抱く。

「僕たちとて、妹が嫌なことはさせたくない」

「兄上の言う通りだ。なんで、よりによって相手が皇帝なんだ。指揮官として優秀で素晴らしいお方だが、冷酷な軍人としても有名で、プライベートでも冷徹な男だと聞く。そんな相手に純潔を散らされて、後宮女になるなど……」

「ギルスタン、不敬だぞ。せめて心の中だけで思え」

リックスも内容は認めているらしい。すると、ドーランが眉をつり上げた。

「お前たち、後宮女という言い方はやめないかっ。側室だ」

「同じようなものでしょう。前皇帝時代から続く皇帝の側近たちは、皇帝の意思に関係なく、後宮に子を産める可能性がある女性を入れることにした、――そしてエレスティアが選ばれた！」

エレスティアを弟の腕に任せ、リックスが顔を赤らめて父に噛みつく。

（やはり、冷酷なお方であることは軍でも知られているのね……）

軍人王だ。そちらの方が噂も多いだろう。

ギルスタンが、なだめがてら父のこわばった太い肩を撫でた。リックスが代わりにエレスティアの手を握り、言う。

「エレスティア、二番目、三番目の側室が上がるまで耐えてくれ」

「二番目？　……あ、まさか、あのお話の」

「そう、父上からも聞いたと思う。エレスティアは第一側室にはなるが、正妻の位置づけではない。他の女性たちが見つかったら、解放してもらえる方法だってあるはずだ。我ら公爵家も発言力はある。エレスティアが第一側室になるにあたっては、他の〝優秀な側室〟も入った場合には、我らと君自身の意志を尊重するよう皇室にかけ合ってきた。皇帝陛下は了承してくださった」

皇帝も、望んでいない〝妻〟を娶らされることになった立場だからだろう。

「お兄様……ありがとう、ございます」

我慢しようと思ったのに、エレスティアは涙を抑えきれなかった。

父と兄たちが、慌ててエレスティアを慰める。彼女は、おかげでいよいよ涙が止められなくなってしまった。

（なんて、温かい大きな手なの――）

大切な家族を守りたいと思った。

つらくて涙が止まらない、胸が痛い。皇帝が、オヴェール公爵家側が出した条件をのんだことからも、エレスティアは自身が望まれていないのだと悟った。

（前世と同じだわ……また、愛されないあの惨めな生活は嫌……）

皇妃には絶対になりたくない。〝王〟の側室にだって――。

しかし、断れば家族に迷惑が及ぶ。

エレスティアは三人を愛しているからこそ、『行きたくない』とは言えなかった。

連日のように贈り物が届き、エレスティアに悲しむ暇など与えないかのように屋敷は毎日慌ただしかった。

父のドーランは、手続きや挨拶などにも追われて自宅と宮殿を行き来した。

そして週末、第一側室として後宮入りする日を迎えた。

「お嬢様……お美しいですわ」

その日、エレスティア・オヴェールとして最後の身支度をした侍女たちが涙ぐむ。この結婚が、冷酷皇帝の第一側室になれという命令によるものでなければよかったのに……と彼女たちがエレスティアの身を案じていることが見て取れた。

その思いは、父や兄たちの方が強いだろう。

「——それでは行こうか、エレスティア」

手を取ってくれたリックスも、普段の柔和な表情を厳しめに曇らせていた。

「はい、リックスお兄様」

静々と従う彼女は、かえってとても痛ましく見えたのかもしれない。ギルスタンも、そして父のドーランも引き留めたいと言わんばかりの顔で唇を閉じていた。

今は絶望も不安も顔に出さない、それがエレスティアにできることだった。

宮殿から届けられた婚姻衣装は、嫁入りにふさわしい赤と金の刺繍《ししゅう》が入ったドレスで、それを身につけた彼女はとても美しかった。顔が見えないように覆うヴェールは、アビニ産の最高級の絹で作られたものだ。

美しく、めでたい花嫁衣裳だ。

しかし着飾ったその姿を美しいと褒めた直後で、兄たちは唇を噛んだ。ドーランもつらそうな顔をした。

身支度の直前に、魔法の避妊薬を飲ませたことにも胸を痛めているのだろう。

エレスティアはそれについて何も言わず、軍の正装をした父と兄たちと馬車に乗り込んだ。


宮殿に到着すると、皇帝との顔合わせのため、皇帝護衛魔法騎士隊によって王の間へと案内される。

下車する際にも、移動の際もエレスティアはヴェールを下ろして顔を隠していた。

皇帝への嫁入りのヴェールは、寝所で夫となる相手に外されるまで取ってはいけないとされていた。

一番目に見せるのは夫となる皇帝であり、寝所入りまで花嫁の顔を晒《さら》すことは許されない。

当の皇帝ですら、その時がくるまで相手の顔を見ることができないのが、この国の最高権力者である皇帝への婚姻のしきたりだった。

それに従って、エレスティアはヴェールを上げることなく、父に手を取られてエスコートされていた。その左右を兄たちが固め、王の間へ向かう。

その道中、会場に入りきらなかった貴族たちの視線が集まった。

向けられる視線は、引きこもりの令嬢の顔がどんなものなのか見ようとする気配がうかがえて、エレスティアは余計に緊張した。

（なぜか側室の召し上げ……それは、幸いだったけれど……）

普通は正妻を先に決めるものだ。

ドーランも『ナメられたものだ』と言って、勝手に皇帝の花嫁を決定した宮殿には腹を立てていた。

皇妃の役目を果たせそうな他の側室が入れば、エレスティアが去るのも認めよう――そう答えた皇帝の態度からも、第一側室に興味がないことは見て取れたからだろう。

宮殿の決定を最終承認するのは、皇帝だ。

彼がうなずいて婚姻が決定した時点で、エレスティアの結婚は王命と同等に、重い。

（けれど側室なのは妥当かも……家柄で結婚が決まってしまっただけで、私はただの引きこもり……魔法師の素質も最弱だわ）

自分がオヴェール公爵の出来損ないだと自覚しているエレスティアは、皇妃の仕事など務まらないと思っている。

正妃でなかったことは本当に幸いだった。

――それでも、状況が悪いことには変わらない。

「第一側室のご入場！」

ファンファーレのようなラッパの音と共に、華やかな入場が始まった。

王の間には大勢の貴族たちが集まっていた。皇妃を選びよりも先に、側室の第一弾として後宮入りが決まったエレスティアを早速見に来ているのだ。強い魔法師たちが多いようで、人々の間から白い心獣たちの姿も見られる。

「――さ、エレスティア。行こうか」

「――はい、お父様」

小さく声をかけられ、エスティアはドーランの手を取る。そして彼に導かれるままに、ヴェール越しで見えづらい皇帝の玉座まで続く赤い絨毯の上を進む。

二人の美しい兄の付き添いを受け、ドーランに手を添えて静々と歩く赤と金の刺繍入りの婚礼衣装を着た花嫁の姿は、大変美しかった。

あちこちから、うっとりとしたため息が漏れる。

けれど自分に自信のないエレスティアは、ヴェールの下を期待されているのだろうと思った途端に、今後のヴェールなしでの日々を思っていっそう気が重くなる。

（この大勢の令嬢の中に、第二、第三の候補にしぼられ始めている子たちもいるはず……）

そう思うと、彼女は劣等感でますますうつむいてしまうのだ。

ヴェールをかぶったまま、玉座の前で家族と並ぶ。

王の間を見渡せる玉座に座っているのは、皇帝ジルヴェスト・ガイザーだ。

家族と揃って見上げた瞬間、エレスティアは黄金の髪をした彼の美しさに見とれてしまった。

ヴェール越しでも彼の髪は輝きをもって彼女の目を惹きつけ、堂々と座っている姿は神々《こうごう》しいほどに絵になった。

けれど、彼の深い青の瞳は凍えるほど冷たく感じられた。

今日、結婚を迎えた男の顔ではない。見定めるような目だと受け止めた途端に、エレスティアは気持ちも冷えてヴェールの下で蒼白した。

（これをかぶっていてよかった、皇帝陛下からも見えないわ――）

そう思いながら、父たちが深く頭を下げるのと合わせて、エレスティアも最上級の敬意を示す淑女の礼の姿勢を取ってから、口を開く。

「オヴェール公爵家の長女、エレスティアにございます。こたびの僥倖《ぎょうこう》を家族一同嬉しく思っていることと、喜びと共に申し上げます。本日の婚姻は一族の誉れ、喜びの門出に、家族総出で皇帝陛下の前に馳せ参じました」

三拍の間を置き、父たちと一緒にゆっくりと顔を上げる。

ジルヴェストは鷹揚《おうよう》にうなずく。

その時、二階の窓から黄金の心獣が現れて、一瞬、会場内が小さくざわついた。

それは馬よりも大きなジルヴェストの心獣だ。心獣は降り立つなり、ジルヴェストを守るように彼の玉座の周りを歩いて会場の奥に小さく見える貴族たちを睨んだ。

「お前はいつも気ままに離れては、現れるな」

ジルヴェストが淡々とした口調で言って、心獣の胸あたりの黄金の毛並みを撫でた。

皇帝自ら場の空気をほぐしてくれたのだろう。

表情を見ると硬いままなのでそうは思えないが、貴族たちがほっとしたような様子で、控えめな声で言葉を交わしだす。

(やはり会場内にいるどの心獣よりも大きいわ)

エレスティアは、ここへ来るまでに見た会場内の心獣たちの光景を思い返す。

強い魔法師には心獣がいる。

それはこの皇国では一種のステータスだが、厄介なのは嫁取りと婿取りだった。本人たちの相性に続き、次は相手の心獣に気に入られるかどうかが確認される。それから、心獣同士が牙をむかないかどうかも大切だ。

ジルヴェストの目が、再びエレスティアたちを見た。

「婚姻に関わる一連の儀式を経たのち、そなたは第一側室として、我が住居となっている後宮のすべての施設について権限を持つ。ある物は自由に使うといい」

「ありがたきお言葉、感謝申し上げます」

エレスティアは恭しく頭を下げた。気持ちは同じだと示すように、続いてドーランと兄たちが軍人として右手を胸にあてて一礼する。

「私は多忙だ、必要なものがあれば言伝を。それでは婚姻の儀までゆるりと休まれよ」

ようやく話し始めたかと思ったら、ジルヴェストの話は呆気なく終わった。

顔合わせは短かった。

望まれていないことをひしひしと感じた。

『いちいち妻の希望を聞くのに時間を割くつもりはない。何かあれば、誰かに言伝を頼め』

前世の、敵国の〝王〟の言葉がエレスティアの脳裏をよぎった。

（――ああ、彼もそう言いたいのね）

エレスティアは納得し、ヴェール越しに絶望感でぎゅっと目を閉じた。

退出する皇帝に家族で頭を下げて見送ったのち、騎士たちが来てエレスティアたちも退場を促された。

皇帝が去っていった玉座の右手奥を振り返り、ドーランが手に拳をつくっているのに気づいた彼女は、慌てて歩みを促し、その手をいたわるように包んだ。

「大丈夫です。私は、大丈夫ですから……」

寄り添って父に聞こえるだけの声量で囁いた。

何も、大丈夫なことなんてない。

けれど、今のエレスティアに、他に何ができるというのか。

ドーランたちとは、王の間を出たところで別れることになった。これからエレスティアは後宮へと向かう。

周りには人もたくさんいるので、込み入った話などできない。

つらそうな三人の目が、エレスティアに『その時まで耐えてくれ』と語っていた。

（……ああ、私、こんなところで暮らしてゆけない）

彼らを引き留めたくなったが、エレスティアは拳を握りしめて耐えた。

そしてドーランたちを見送ったのち、宮殿の侍女と騎士たちに導かれて、彼女は宮殿の奥にあるという後宮へと移動した。


数刻後。

後宮でたっぷり時間をかけて支度を整えられたのち、初夜の時を迎えた。

エレスティアは体の隅々まで宮殿の侍女たちに磨き上げられ、肌触りのいいネグリジェと初夜用のナイトドレスを身にまとった。

「絹のような明るい透明感のある御髪にとてもお似合いですわ」

「ありがとう、ございます……」

それはお世辞だろう。エレスティアは侍女たちが彼女の素顔を見た時、平凡な娘だと感じたことだろうと思った。

早急に必要とされたため、家柄だけで選ばれた皇帝の妻だから。

「さあ、こちらを」

侍女はそう言うと、エレスティアに再び婚儀用のヴェールをつけさせた。

「夜の後宮はこのままですと見えづらいでしょうから、どうぞ、わたくしたちの手をつかまえてくださいませ」

エレスティアは礼を言い、左右についた二人の手を取って後宮内を歩きだした。

夜の空気は、頼りない薄い生地のナイトドレスから覗く素足に冷たく感じた。

月が照らし出す中央庭園を越え、さらに奥を目指す。

一つだけ扉が開けられ、光がぼんやりと漏れている部屋があった。

「――こちらが、ご寝所でございます」

そう言って、天幕があしらわれたキングサイズのベッドに上げられ、絵画の貴婦人のように裾の位置まで演出を整えられた。

〝妃〟だった頃を思い、体の震えを止められなかった。


扉が閉まり、一人きりにさせられる。

その途端、エレスティアは悲鳴を上げたい衝動に駆られた。

（嫌、嫌っ）

それは、前世で十五歳の時に後宮入りした記憶のせいだった。

他の詳細は思い出せていないが、心に深い傷を与えられた出来事を覚えている。すぐ済むと言われた通り、ひどい初夜だった。

このまま閨《ねや》の儀を終えてしまえば、皇帝の妻になってしまう。

そのまま繰り上がって皇妃になってしまうことも、絶対に避けたい——。

(でも、私に何ができるというの?)

ベッドに広がったドレスの裾に置いた手に、震えながらゆっくりと拳をつくる。

最も効くとされている、魔法の避妊薬は飲んだ。

父の話によると、二週間は効くらしい。前触れもなく皇帝の夜伽《よとぎ》の相手をすることになったら困るからだ。

避妊薬のカプセルは、噛むととろりとした苦い液体が口内に広がった。

あの味は、不思議と前世に飲んでいたものと同じだった。

魔法の避妊薬は、父が急ぎ用意できた分だけを持ってきていた。母の形見の品だと偽り、嫁入りの荷物に忍ばせて持ち込んだ。あとでまた機会を見計らって追加でもらう予定だ。

——かたんっ。

その時、物音が聞こえてエレスティアはびくっとした。

「あっ……」

はっと目を向けて、拍子抜けする。

使用人用の出入り口から、窮屈そうに体をぐりぐりと押し込んで入ってきたのは、あの黄金色の毛並みをした皇帝の心獣だった。

（そういえば皇帝陛下は、いつも気ままに動いていると言っていたわ……）

彼は守護獣だ。

もしかしたら先に、側室の様子を見に来たのかもしれない。

しばし考えたエレスティアは――心獣に噛まれないための魔法呪文を、唱えないことにした。

「安心して。私は、皇帝陛下に危害を加えることはありません」

心獣に弱々しく微笑みかけた。

前世でも耐えることしかできなかった。

逃げ出したくとも、彼女にそんなことはできない。

けれど今、ここでもし心獣に誤って噛み殺されるという〝事故〟が起これば、この呪いのような運命から逃げられるかもしれない。

後宮入りが決まってから今日まで、絶望し続けて疲れていた。

エレスティアは、近づいてくる心獣をぼんやりと眺めた。

心獣がベッドのそばまで来た。匂いを嗅ぎ、首を伸ばしてきたので、彼女はいつ襲われてもいいようにに目を閉じようとした。

すると、ヴェール越しに頬を鼻先でこすられた。

（……あら？　慰めてくれている、のかしら……？）

どうやら心獣との相性は悪くないようだ。魔法を使わなくても、皇帝の心獣に噛まれる心配はないらしい。

そう納得した時、エレスティアのそんな心境でも察したみたいに、心獣がうなずいて額を合わせてきた。

すると触れ合った箇所が、ぽぉっと暖かく光った。

(えっ、何⁉)

その時、扉が開く音がした。

心獣がすばやく離れた。ひとっ飛びで馬車二台分も向こうに着地して座るのを見て、エレスティアは驚きのあまり声も出なかった。

入室してきたジルヴェストが、目を上げた拍子に、固まったエレスティアを見てそっと眉を寄せる。

「なんだ、心獣が来て驚かせたか」

彼女が驚いたのは、彼の入室の方だった。

心臓がばくばくしてきた。エレスティアが一生懸命呼吸を整えている間にも、ナイトガウン姿のジルヴェストが歩いてくる。

「心獣は、寝所だろうとそばを離れない。私のためにならないと感じれば勝手に部屋から出ていく。そなたの父、ドーラン・オヴェール大隊長と兄たちにも心獣はいるだろう。どの心獣も同じだ。気になるだろうが、あれは気ままに出入りするので慣れてくれ」

彼が心獣の方へ目を向けて、そう言ってきた。

「い、いいえ、存じ上げております。問題ございません」

エレスティアは、ベッドの上で慌てて頭を下げた。近づいてくる彼のナイトガウンが見えて、とうとう婚姻の儀式がされてしまうと震え上がった。

これからどんなひどいことをされるのかは、前世の記憶で知っている。

痛い、熱い、苦しい、嫌――。

前世の、たった十五歳だった頃の自分の悲鳴が胸の奥からぐぅっと込み上げる。

ジルヴェストがベッドに上がった。両肩に手をかけ、ゆっくりと押し倒されてエレスティアの喉から「ひっ」とこわばった声が出た。

「すぐ済む。まずはヴェールを取るまでがしきたりだ」

ジルヴェストの手が伸びる。

（――『すぐ済む』）

エレスティアは、彼の言葉を心の中で繰り返して息が詰まった。

やはり彼が子種を注ぐだけで終わる初夜なのだ。

前世でも、痛いという感想以外何もなかったことは先日鮮明に思い出したばかりだ。

彼の指がヴェールをつまむ。

心臓の鼓動が痛いくらい大きくなった。ジルヴェストの手によって、ヴェールがゆっくりとめくられる。

そしてジルヴェストの深い青の瞳に、とうとうエレスティアの顔が映された。

エレスティアは、彼の深い青の瞳の中に、ベッドに髪を広げた自分の姿を見た。

（ああ、とうとう儀式をされてしまうんだわ）

家族のためにと覚悟したつもりだったが、ヴェールがめくられた彼女は、怯えて咄嗟《とっさ》に目をぎゅっと閉じてしまった。

だが、その次の瞬間だった。

『あの時の愛らしい彼女ではないかっ』

一瞬、幻聴かと思った。あの怖い皇帝がそんな発言をするだろうか――しかし、続いて聞こえてきた言葉に驚く。

『なんてことだ。こんなに小さくなって怯えている女性にまたがるなどと、俺はなんと愚かなことを――』

（え？　何……？）

エレスティアは、ぱちりと目を開けた。

目の前にあるのは、あの怖い顔をした美しい皇帝だった。

ジルヴェストは唇一つ動かさず、ただじっとエレスティアを見ている。

『濡れる瞳もなんとも愛らしい……いや、早く安心させてやるべく、声をかけてやらないといけないのに、俺はバカかっ』

エレスティアは大変混乱した。

（……俺？　バカ？）

その声は王の間で聞いた時と違って、ずいぶん人間じみているように感じた。冷酷な皇帝というより、どこにでもいる同世代の男性のような――。

（わ、私の耳がおかしくなったのかしら……）

強面をしげしげと見つめると、ジルヴェストの表情がピシャーンッと固まって、いっそう怖い顔になった。

『かわいいと思った女性に嫌われたくはないが、体が、動かんっ。……ああーっ！　まずい、なんだこのかわいい生き物っ！』

目の前にいる彼本人は仏頂面だ。

しかし、〝もう一つの彼の声〟から察するに、組み敷いたままでいるのはただ動けないだけだと思える。

（……これ、もしかして彼の心の声？）

でも、どうしてそんなものが聞こえるのか。

訳がわからない。こんなにもはっきりと聞こえるのに、彼自身にはまったく聞こえていないようだし——。

『俺よ動くんだっ、このままでは「この男サイテー！」と彼女からの第一印象が最悪になってしまうぞっ！』

——そして意外と優しい、気もする。

（すみません皇帝陛下っ、台詞《せりふ》があなた様のイメージと全然重ならないです……！）

彼がそんなことを思うだろうか。

「私は、古いしきたりなどに従うつもりはない」

ジルヴェストがヴェールを手に取り、エレスティアから離れた。ベッドの端に座り、乱れたガウンの襟元を整え直す。

「今回、私がずっと妻を決めなかったせいで父を支えた側近たちが動いた。今回の婚姻は皇妃に迎えるにふさわしい相手かどうかを見極めるためのものであるが、その……私は君の意思を無視して今すぐ事を進めるつもりはないので、そう怯えないでくれるか」

最後、彼は息をため込んだのち、一呼吸でそう言った。

話を聞きながらエレスティアは身を起こしていた。引き続き聞こえてくる心の声に、呆然としていた。

『あぁぁぁ嘘だろ……まさか、第一側室に来るというオヴェール家のエレスティア・オヴェール公爵令嬢が、あの彼女だったとは……怯えられているなんてショックだ、今日の王の間からすべてやり直したい……』

彼女にだけ聞こえているらしい彼のもう一つの声に、ぽかんと口を開けてしまう。

(そんなに?)

思わず、彼の心の声に応えたくなる。

ベッドの縁に座ったジルヴェストは押し黙っていて、落ち込んでいる感じには見えないので、とにかく内心とのギャップがすごい。

とはいえ彼は、自分の膝の上のヴェールを握ったり開いたりしている。

(……心の声の通り、落ち込んでいるようね)

心の声が聞こえていなかったらわからなかっただろう。

「エレスティア嬢。いや、公には一応妻となったので、名前を呼ばないと周りの者も不審がる。エレスティアと呼んでも？　よいか？」

「えっ？　あ、もちろんでございます、はい……」

ジルヴェストはヴェールを、いっそうもぎゅもぎゅしながら話しかけてきた。まだ振り返る様子はない。

「それで、先程のことだが――怯えないで欲しい」

「は、はいっ、怯えませんっ」

エレスティアが慌てて答えると、彼が小さく息をついた。

今になってヴェールを膝に置いたままだと気づいたのか、そっとサイドテーブルへと置く。

（い、いったい、何が起こっているのかしら……）

エレスティアは、もはや怯えてはいなかった。

絶賛、困惑中である。どうやらもう一つの声は彼の心の声のようであるが、なぜ聞こえてくるのだろうか。相手の心の声を聞く魔法なんて、聞いたことがない。

彼女に背を向けているジルヴェストの実際の言動も、廊下や王の間で見た皇帝のイメージとはかけ離れすぎていた。

『今、振り返っても大丈夫だろうか。……しかし、怯えた顔を見たら立ち直れそうにないかもしれない……いや、明日仕事にならない……』

彼の立場上、仕事にならないのは大問題だ。

エレスティアは、とにかくますます混乱して頭が回らなくなってきた。

だが、彼から目をそらしたところで、彼の心の声がどこから出ているのか気づいた。

（まぁっ、心獣だわ！）

聞こえてくる声に耳を澄ましてみると、その方向にいたのは心獣だった。口は閉じられているし、その体からジルヴェストの声がダダ漏れて流れているようだ。

『どうせ二番目三番目と寄こされるだろうから、適当に表向きにだけ儀式を済ませて、いっさい誰にも手をつけないまま三年後に側室を解散し帰すつもりだったんだが……第一側室にと言われたエレスティアが彼女だったとは。それなら、一番目を正妻で娶った方が、側近らもおとなしくさせられたか？』

「えっ！」

エレスティアがつい大きな声を出したら、ジルヴェストが振り返った。

『なんだ？　怯えはなくなった、のか……？』

ジルヴェストが、じっとエレスティアを見つめる。

一方のエレスティアは、その前に彼が心の中で言った言葉に仰天していた。内容が内容だけに、口をパクパクしてしまった。

正妻なんて、とんでもない言葉だった。それでいて、皇帝の側室の解散も大ニュースである。

けれどジルヴェストと同じ視線の高さで見つめ合い、彼女は不意に年頃の恥じらいが込み上げた。

エレスティアを見つめる彼は、着飾っていなくとも大変美しかった。エレスティアは改めて彼自身がまとっている魅力も認識した。

（な、なんという色気……！）

着飾っていた時以上に危険かもしれない。

エレスティアは、彼を男として意識して何も言えなくなってしまう前にと思い、心臓がばくばくし始めた中で慌てて口を開く。

「そ、その、皇帝陛下っ、発言をお許しいただけますでしょうか」

「ジルヴェスト、と」

「……え」

　エレスティアは思わず固まった。

「何を不思議がっている？　夫妻になったのだから、外で君が私のことを『皇帝』と呼ぶのはおかしいだろう」

　先程は『そなた』だったのに、今は『君』だ。

　素の口調はそうなのかもしれない。いや、今はそんなことではなくてと思って、エレスティアは急ぎ考える。

「え、えぇと……そう、なのでしょうか？」

「そうだ」

　戦記物では『皇帝』と呼んでいた気がするのだが、皇帝の彼がそう言うのなら、そういうものだと納得することにする。

　大事なのは、そこじゃないのだ。

「そ、それでは、……ジルヴェスト、様」

「なんだ？」

　エレスティアは皇帝の名を口にして、背筋がひやりとした。しかし次の瞬間、彼がベッドに両手と片膝をついて身を乗り出して顔を近づけてきたので、びっくりして慌てて続けた。

「えぇと初夜の儀式はしない、のですよね？」

「そうだ。しない」

ベッドで殿方と二人きりなんて心臓に悪すぎる。

エレスティアは色っぽい雰囲気に絶対にならないようにっと、願いを込めて一気に喋《しゃべ》る。

「ああの、そのっ、何かご事情があって、宮殿からの私の側室入りを受け入れられたのかな……というふうに受け取りました。差し支えなければお話を聞かせていただけたらと、思っております。理由あってのことでしたら、私もご協力できるかと」

うまくいけば夜伽もなしで過ごせる。

エレスティアは、あくまで協力者であることを推しつつ述べた。

（正妻に、一時的、なんて言葉はありえないわ）

側室と違って解散、つまりは離縁なんてできない立場だ。エレスティアはこのまま側室という協力者の立場でないと困るのだ。

間もなく、彼の顔がぐっとしかめられた。

エレスティアは怖くてびくっとしたのだが、その直後――。

『はーっ、不慣れな会話を必死にしているさまが、また小動物のように愛らし――いかん、何を喋っていたか忘れたぞ！』

エレスティアは拍子抜けした。

（皇帝陛下、しっかりなさってください）

彼女の方は、彼の心の声も加わって大変混乱しているのだ。しかも訳がわからないうえ、先程から『かわいい』だの『愛らしい』だの言われて、頬は勝手に見る見るうちにりんごのように染まってしまった。

混乱を引き起こしている最大の原因は、少し離れた位置で座って眺めている、あの心獣のせいだ。

（あそこからずっと、彼の声が流れているのよね……）

冷酷な皇帝の仕事ぶりは知られている。

その一方で、軍人の魔法師として皇子時代から各地で魔獣戦争に勝利を収め、皇帝となった以降も他国の救援要請で自ら援軍を率いて、圧倒的な戦闘能力と魔法の力で先頭を切って戦い戦勝を勝ち取ってしまう。それゆえ彼は、絶対的な英雄として、自国内の多くの女性たちの憧れの的でもあった。

皇国の最大の権力者である皇帝という立場に加えて、無表情であったとしても絶世の美しさを誇る国の若き王だ。

冷酷であったとしても偉大な王——容姿に惹かれてお近づきになりたいとする女性も後を絶たず、側室でもいいから彼のお相手になれないだろうかと希望する令嬢も大勢いるほど、彼は絶大な人気があった。

皇帝という立場を使わなくとも、彼は大勢の美女を好きなようにできるだろう。

しかし本人は女性遊びにさえ興味を示さない『冷酷な皇帝』とも知られていた。その冷酷という言葉は、彼が政治と戦い以外にまるで目を向けない姿勢からもきている。

結婚にももちろん興味がないようで、皇帝となって来年で十周年を迎えるはずだが、彼は二十八歳になった今年も、見合いをしたという話さえ聞いたことがない。

そのため、エレスティアは彼が『かわいい』とあっさり褒めて冷静ではない様子の心の声に、戸惑ってしまっていた。

（どうして私なんかに、こんなに取り乱していらっしゃるのかしら……）

そう考えて、ハタと気づく。

（あ、もしかして）

エレスティアは、軍人仕事一筋で『女性への接し方がわからん』と言っていたギルスタンのことをふと思い出す。

彼と同じように、ジルヴェストも女性に慣れていないのだろうか。

彼がエレスティアみたいな魅力もない女性を心で褒め、動揺していることの説明はギルスタンに重ねると説明がつく。

（ううん、彼に限ってそれはないわね。皇帝一族として閨教育もしっかり受けているはずだもの）

少し考えればわかることだ。エレスティアは、男性である彼がどんな閨教育を受けたのだろうと思って想像した途端、自分が恥ずかしくなる。

（まさか皇帝陛下が女性に慣れていないなんて、そんなことあるわけないもの――）

『いかんっ、やはり小動物だ！　あぁぁかわいいいっ』

だが、またしても聞こえてきたジルヴェストの〝声〟に、エレスティアの思案も消し飛ばされる。

『かわいすぎる！　彼女のことで頭がいっぱいで、考えていたことが全部飛んだ！　戻ってくる気がしないいっ！』

エレスティアの緊張感も戻ってくる気がしなかった。

でも、正妻うんぬんについて、彼の考えが戻ってこないのは都合がいい。そして彼の過剰な賛辞についてもひとまず聞き流すことにする。

「皇帝陛下、ご事情があってのわたくしの側室入りでしたら、お名前を呼ぶわけにはまいりませんわ」

さりげなく話を戻してあげた。

『おお、そうだった。その話をしていたな』

心獣から彼の思考もダダ漏れなのが、大変いたたまれないけれど。

（あぁ、心獣さん早く離れてくださいっ）

結婚する気が今もないままでいる彼は、三年後、側室をすべて解散することを密かに目論んでいた。

エレスティアは、皇帝がまだ臣下にも明かしていない重大な機密の一つを知ってしまった事実にも震え上がった。

彼の心の声が心獣からダダ漏れになっている状態だと、今後も国で一握りの者しか知らないような機密情報なども知ってしまう恐れがある。この皇国の最大の権力者である皇帝の政治や軍の計画が筒抜けの状況なんて、彼女には荷が重すぎる。

エレスティアがあれこれ考えていると、ジルヴェストが残る足もベッドに上げ、背筋を伸ばしてさらに彼女に近づき、向き合った。

「エレスティア、初夜を実行すると勘違いをさせ、君を怯えさせてしまった詫びだ。君には、私の名を呼ぶことを許す」

「ですが、その――」

断ろうとしたエレスティアは、聞こえた〝声〟に言葉を遮られた。

『名前を呼んで欲しいのだが、どうすれば彼女に俺の名前を呼ばせることができるっ？　ああっ、皇帝という立場は面倒だなっ』

（……皇帝陛下、あなた様がそんなことを思ってはいけません）

エレスティアは笑顔を固まらせ、大変困った。

早く、心獣がどこかへふらりと行ってくれないか切に願った。仏頂面でわかりにくい彼の様子が伝わるのはありがたいが、この状況、とてもいづらい。

「そうだ。それでも気がほぐれるのが難しいというのなら、俺も普段の話し方をしよう」

「えっ？」

「君が疑問に思っていた側室の件も答える。これで、おあいこだ」

「お、おあいこ、ですか……」

こじつけの気もしたが、名前を呼んで欲しいというのが彼の望みであるし、相手は皇帝なのでうなずくことにする。

「は、はい、それでは、ジルヴェスト様とお呼びいたします」

困りつつも、どうにかにこっと笑い返したら、その途端ジルヴェストがため息と共に手に顔を押しつけてしまった。

（えっ、もしかしてお気を悪く――）

『まずい、かわいすぎるぞ！　誰だ、こんなかわいい令嬢を隠していたのはっ？』

心獣から聞こえてきた声に、エレスティアは固まった。

『やはりあいつかっ、あの熊のようなドーラン・オヴェール公爵。娘を溺愛しているとは聞いていたが、一家揃って愛らしさを独占とか、うらやましすぎだろう！』

皇帝陛下、落ち着いてください。

大男である父が『熊』と呼ばれていることは知っていたが、彼にもそう思われていたなんて、このタイミングで知りたくなかった。

（いえ、私の方こそ落ち着きましょう）

エレスティアは、意識して深呼吸する。今は早く、心獣に離れていってもらいたい……。

その時、ジルヴェストがエレスティアの手をそっと取った。

持ち上げられ、彼女はぎくんっと身を固くする。

「な、何か……⁉」

「ああ、すまない。何もしない。ただ、それが知られるのはまずいので、二人だけの秘密にして欲しいのだが――その、結婚指輪をはめた方の手の甲に、一つ痕を残してもいいだろうか？」

彼の目の下が、じわりと赤くなった。

心の声を聞かなくとも、彼が照れているのがわかった。エレスティアまで頬が熱くなってしまった。

（こ、この人、側室を娶った〝王〟なのでしょう？　なのに、どうしてそんな……）

手に触れるだけで、そんなに優しくしてくれるのか。

一人の紳士として許可を求めてくる〝王〟の姿には、動揺しかなかった。

「……あ、痕、と申されますと」

前世の記憶が一部戻ったエレスティアも、彼が何をしたいのかはわかっていた。けれどうろたえ、そんなことを尋ねた。

「少し、強めに吸いつく。……もしかしたら、痛みがあるかもしれない」

そんなこと、本来ここで起こるはずだったことに比べれば、全然大したことがない痛みだろう。

（それなのに、この人は……）

エレスティアはどきどきした。気づいたら手から力も抜け、彼の大きな手に身を委ねて、小さな唇をそっと開いていた。

「……わ、かりました。大丈夫です」

聞き届けるなり、ジルヴェストが手の甲に唇を寄せた。

前世でとても不快だと思っていた行為だったのに、なぜか彼の唇の感触も、その姿も神聖なものに思えた。

ちりっと小さな痛みのような熱が走った。

びくんっと反応したエレスティアの手を、彼がいたわるように撫でる。

「急にこんなことをしてすまなかった。よくわからなくて、不安だろう」

言いながら、優しく彼女の手を元の位置に戻してくれた。

「これは、営んだ男女がつけるキスマークと呼ばれているものだ。これを見れば、周りの者も何も聞かないだろう」

「は、はい、ありがとうございます……」

エレスティアは、結婚指輪の上の手の甲に咲いた痕を包み込む。

前世で知っている痕なのに、彼からのものだと思うと鼓動が速まった。白い肌についた花弁のようなそれを、なぜか気持ち悪いとは思わなかった。

「側室を迎え入れた件は、側近らが動いたことだ。俺も二十八歳だ、父も祖父もこの年齢では跡継ぎがいたと言われてしまうと、今回は逃げられなかった」

「とすると、妻を取るつもりはなかったのですか……?」

「今のところその予定はない。側室を取れば、側近らもいったん納得すると思った。あれ以上仕事に関係のない話を何度もされてはたまらないし、時間の無駄だからな」

それで、エレスティアを第一側室としてすんなり受け入れたようだ。

時間の無駄だと彼は言いきった。エレスティアは、期待が膨らんだ。

「それでは皇帝陛下は、皇妃を決めるつもりも今のところないと――」

「ジルヴェストだ」

「そ、そうでした、ジルヴェスト様は、しばらくの先も、皇妃をお迎えするご予定はないのですね？」

『よしっ、俺の名前を呼んだな』

「そうだ」

ジルヴェストが鷹揚にうなずくが、向こうから聞こえ続けている彼の〝もう一つの声〟が紛らわしくて、面倒臭くなってきた。

その心の声を聞いていると、無表情が基本のような怖い彼の顔に、喜びの感情が滲《にじ》んで見えてくるような気さえした。

「我が国を住処《すみか》にしようと目論んでいる魔獣の侵略の件も、まだ落ち着いてはいない。だから俺は、民が安心できるまで正妻を迎えるつもりはないのだ」

「魔獣……」

自身の保身にぬか喜びしたことを、エレスティアは反省し、うつむいた。

それは彼女の父と兄たちの部隊も、魔獣討伐のために各地で被害が出たところへと迅速に派遣され、日々対応にあたり尽力していることだった。

魔獣は、心獣と正反対のような存在で、負の魔力を宿していて理性はなく破壊的だ。その容姿は様々で、見た人々は『化け物そのものだ』と言った。

おぞましいというその姿を、幸いにしてエレスティアは見たことがなかった。

心獣を持った魔法師たちが東の国境や、各地でがんばってくれているおかげで皇国の中心近くにはいない。

魔獣は数十年前まで、この皇国の全土にいて土地を破壊し作物や人々を食い荒らしていた存在だった。地方の森や洞窟のほとんどは彼らの住処であり、夜になるとそこから出てきた魔獣に家畜や人が襲われる事件はしょっちゅう起きたという。

その当時、最後の英雄に名を連ねた偉大な大魔法師が、国軍と力を合わせて国内の魔獣たちを国外へと押し出した。

それからというもの、魔獣は再びこの地に戻ろうとして国境から押し寄せているのだ。

隣国との国境の間には、生物がいない乾いた大地デッドグラウンドがあった。

そこは、魔獣が住処にと好む緑も湿地帯もない場所だ。魔獣たちは破壊が本能であり、心地よい居場所と獲物を求めて、デッドグラウンドから人々が暮らす皇国を目指すのだ。

――破壊だけが、彼らの本能に刻まれた生き方だから。

彼らの侵略を、魔法師たちが国境で戦って抑えていた。しかし大群の中から少しずつ包囲網を抜け、王都から遠く離れた土地の森には魔獣が潜伏している。発見次第、国軍や自警団などが派遣されて討伐にあたっている。

魔獣の大群の侵略を数十年抑え続けている国境の方は、いまだ魔獣との戦争が終わらない地だ。

（とくに被害がひどいのは、お父様たちが頼りにされている東の国境――）

そこはまさに戦場で、国境の中で唯一そこからは国外へ出ることはできず、外国からの入国者たちも避ける場所だ。

魔獣たちは討伐しても減らず、国境に押し寄せる大群も変わらない。

討伐によって現状を維持するのが、現在精いっぱいの解決策だ。

どうすればこの戦争が終わるのか誰もがずっと考え続けている。魔獣との戦いがなくなる未来を願って、強い魔法師たちは男女共に軍事の教育を受け、魔法の才能がある者はオリジナルの魔法をつくって解決方法を探りながら討伐している。

『ああ、怖い話をしてしまったかもしれないな』

「えっ？」

深く考え込んでしまっていたエレスティアは、心獣から流れてきた声に、ハタと顔を上げる。

「まぁ簡単に言えば、正妻を持つタイミングではないと俺自身が考えているからだ。それから、側室に関しては、国の王だけが第二の妻、第三の妻を持つことについて元々疑念を抱いていたからだな。俺の父も、母一筋だったから」

それを聞いて、エレスティアは「あ……っ」と思った。

彼は王ではあるが、それと同時に、結婚するのなら一人の男として、一人の妻を大事にしたいと考えているようだ。

そんなことを考える、冷酷とは到底思えない目の前の『皇帝陛下』にエレスティアは親しみと尊敬の念を覚えるのを感じた。もう怖くないことを自覚した際、彼女の肩から力が完全に抜けたのを見て取ったのか、ジルヴェストが優しい目をした。

「君も輿入れで疲れているだろう。まずは眠ろう」

彼はベッドの上のシーツや掛け布団を手早く整えた。続いて、二人の枕へ手を伸ばして置き位置も確認する。

それを見て、エレスティアはびっくりした。

「えっ、あのっ、皇帝陛下もここでお休みに――」

「ジルヴェストだ」

ああ、そうだった。

（そうなのだけれど、王の名前を呼ぶのは本当に慣れないのよっ）

けれど、ここにいる間はそうしなければならないのだろう。

皇帝であるジルヴェストが、そう望んでいるのだから。

「ジ、ジルヴェスト様も、こちらでお休みになられるのですか？」

「すぐに出ていったら疑われるぞ。明朝侍女たちに、俺が清拭したと言えば、皆何も疑わないだろう。俺も眠い。こんなに早く体を休められるのならありがたい」

彼は国一番の魔力を持った魔法師であり、軍人王としても魔獣のことに力を注いでいる。

とても忙しい御身を思えば、休息の邪魔になることなんて言えない。

「ああ、それから、今後も寝所や部屋などは一緒だ」

「えっ」

掛け布団に潜り込みながらあっさりと告げた彼の言葉に、エレスティアは驚く。

「第一側室なんだ。仲がいいと思われれば、すぐに他の側室を寄こされずに済む。君のように理解ある女性であればいいが、大抵はそうではない。俺も仕事に専念したいので、側室は君一人だけの方が、都合もいい」

「……確かにそう、ではございますが……」

夫になった人と一緒に休むということが、前世でもなかった。

記憶がよみがえる前は、共寝をして穏やかに朝を迎えることを夢見ていた。それは前世で体験できなかったからだと、前世の記憶がよみがえってからエレスティアも気づいた。

（で、でも、皇帝と就寝するなんて……っ）

その時、エレスティアは、心獣が歩み寄ってきてハッと警戒した。

なんでこのタイミングで近づいてくるのか。咄嗟にジルヴェストの方を見たと同時に、心の声が大きく聞こえてきて思考がパンクしそうになった。

『だめなのか？　頼むっ、いいと言ってくれ！』

彼は、心の声そのもので切なくすがるような表情をしていた。

（そんなお顔もできるなんて、反則ですっ）

そのギャップは本当に勘弁して欲しい。心の声が心獣からダダ漏れになっているせいで、強面の彼の顔に、わんこみたいな切ない表情まで見えてくるのだろうか。

彼は冷酷な皇帝であるはずだった。

それなのに王の衣装を脱いで寝所にいる彼は、日中に王の間で見た時とずいぶん印象が違っているようにも見えた。

『必死に言葉を探そうとする顔もかわいい。こんなにかわいい令嬢はほんと見たことがないぞ。俺がこうして隣にいて、不埒《ふらち》な者がかすめ取っていかないよう守らねば！』

つまるところ、彼が共寝しようと言っているのは、護衛の意味も兼ねているのか。

とても厳重に守られている後宮に、いったい誰が忍び込むというのだろう。けれどエレスティアは混乱続きで、思考も疲弊していた。

「……そう、ですね。夫婦なら一緒に眠るものですよね」

かわいいやらなんやらと心の中で言われて大変気になるのだが、予想外にも何も行われなかった初夜も含めて、今夜は情報量が多すぎた。

これ以上聞いていたら、本気で卒倒してしまう。

（ああ心獣さん、どうか離れてください……っ）

これ以上、皇帝のプライベートがダダ漏れになり続けるのは、精神的につらい。彼にもかなり後ろめたかった。

「さ、君は隣に」

「はい……」

彼が掛け布団をめくったので、おずおずと隣に潜り込んで横になる。

すると、心獣がふいっと優雅な尻尾を翻して離れた。

気づいたジルヴェストが、そちらへ目を向ける。

「珍しいな。ああ、安全を確認したので外を守ることにしたのか、それではまた朝にな」

心獣が、そう言っているのだろう。

兄たちからも『喋る守護獣みたいな感じだ』とは、エレスティアも聞いていた。彼らは魔力でできた獣だが意思があり、ぎこちないながら言葉を伝えてくるのだとか。

とにもかくにも皇帝の心獣が去ってくれた。

エレスティアは、心獣が使用人用の出入り口から出ていくのを見届けるなり、ほっと息を吐いた。

「やはり大きすぎる獣は怖い、か……」

「え？」

「なんでもない、俺たちは休もう」

ジルヴェストが手早く掛け布団をかけ直す。

「あの、ジルヴェスト様がそんなことをなさらなくとも」

心獣が離れたから、もう彼の心の声は聞こえない。心がダダ漏れでなくなったのはありがたいが、そうなったらそうなったで、彼の気持ちが読めないことにエレスティアは戸惑ってしまった。

「今日、俺たちは夫婦になったのだ。俺は夫だ、妻の世話も当然する」

「し、しかし」

「気にするな。皇帝も、プライベートはただの一人の男だ。さて、様子を見に来た者たちに疑われないように腕枕をしようか」

顔を向けてきたジルヴェストの顔に、ふっと笑みが浮かぶ。

エレスティアは頬が熱くなった。

それは、想像していた冷酷さの欠片《かけら》も感じないとても優しいものだった。年齢が十一も離れているから、子供扱いしているのだろうか。

先程、散々『かわいい』だの言われたことを思い出す。

気を取り直すためにも、そういうことにしておこうとエレスティアは思った。

どきどきしつつ「失礼します」と言って、彼の腕枕に収まる。すると抱き寄せられ、甘く上品なコロンの香りがした。

「さあ、これでいい。おやすみ、エレスティア」

「お、休みなさいませっ、ジルヴェスト様っ」

エレスティアは、しっかりとした胸板の感触に心臓が早鐘を打った。

（こ、この人、仮面夫婦なのに妻にとんでもなく甘いのではなくって……!?）

彼は早々にあくびを漏らし、寝入ってしまった。

本当に、話しただけで終わってしまった。

エレスティアは前世の初夜とは対応が違いすぎて、嘘のように恐怖がなくなってしまったことにも戸惑った。

ここへ来た時の怖さはもうなかった。彼の腕に抱きしめられるような体勢に、ただただ恥ずかしくて、どきどきしながら徐々に眠りに落ちていったのだった。

# 第三章　意識の高い魔法師たちのいる宮殿と、皇帝の心獣

その翌日、エレスティアは何事もなく後宮で朝を迎えた。

寝所と二間続きになっている私室で、ジルヴェストと優雅な食事をしたのち、彼は皇帝としての仕事のため宮殿へと向かった。

それを見送ったあとは——エレスティアの自由だ。

ジルヴェストは『秘密の共有者のようなものなので苦労はかけさせない』と彼女に約束し、側室としての社交も今は入れないでくれるという。

好きに過ごしていいと、彼はエレスティアに言った。

（思っていた以上に好待遇だわ……）

輿入れしたばかり。初夜後の滋養のため後宮で休んでいると言えば、皆納得するだろうとジルヴェストは言っていた。

その話は、父たちの耳にもすぐ届くことだろう。

何かしら配慮はされているとは、勘づいてくれるかもしれない。

後宮に配属された皇帝付きの侍女たちも素晴らしかった。ジルヴェストがいなくなったあとも、ティータイム後の化粧直しまで丁寧だった。

「お体は本当に大丈夫でございますか？　マッサージなどは——」

「いえっ、皇帝陛下が考えて行ってくださいましたのでっ」

「まぁ、よきことですわね」

侍女たちは、すっかり納得しているのか新婚を微笑ましく見守る母のような眼差しで、めでたいなどと言っていた。

実のところ仮面夫婦で、話の口裏を合わせているだけ、などとは誰にも明かせない。

ジルヴェストは、怯えさせてしまった詫びだと言ってエレスティアに妻を取りたくないことを打ち明けてくれた。

彼は二番目、三番目の側室を取りたくない姿勢だった。

他の側室が来ない間は、父たちが考えていた『エレスティア脱出作戦』も実行には移せないだろう。

（とすると……しばらく様子見、かしら？）

エレスティアは第一側室として、波風を立てずに生活を送るしかないのだろう。

しかし、そこには大きな問題がある。〝皇帝の心獣〟だ。

（皇帝の心の声が流れてくるなんて……とんでもないことになったわ）

エレスティアはこれからの宮殿の後宮生活を思い、不安になった。侍女たちの仕事ぶりを眺めていられず、ため息を隠すようにうつむく。

心獣に額を合わせられた際、触れ合った箇所が暖かく光った。

あれが何かしらの魔法だったりするのだろうか。

（でも心獣自身が魔法を使うなんて、聞いたことがないわ）

エレスティアも心獣と仲よくする呪文の他に使える魔法はない。

（あの光がなんだったのかは不明だけれど、心獣がそばにいる間はあのお方の考えていることがずっ

と聞こえていたのは確かよ。気をつけなくては）

　離縁の際、国家機密を持って帰らないことが重要だ。

　エレスティアはあれこれ思いを巡らせていたが、そんな時間はすぐに中断された。

　ジルヴェストが出て間もなく、彼に命じられて皇国軍第三魔法騎士団の騎士が訪れた。エレスティアの護衛騎士だという。

「アインス・バグズと申します。皇帝護衛部隊の副隊長です。本日、この時をもって皇帝第一側室様につかせていただきます」

　やって来たその騎士は、精悍な顔立ちをした男だった。青味が交じった黒い髪をしていて、年齢は皇帝と同じく二十代後半くらいだろうか。

「まぁ、副隊長様が私の護衛に？」

　それは申し訳ないと感じたエレスティアの感情を見て取ったのか、アインスが言う。

「どうぞ、アインスとお呼びください、皇帝第一側室様」

「い、いえっ、わたくしのこともどうぞエレスティアとお呼びになって。ところで――」

「部隊の方は、隊長と私の補佐官が見てくれていますので問題ありません」

　アインスは聡い男のようで、エレスティアが尋ねる前にそう答えてきた。

「私が護衛につくことによって、本来宮殿内で第一側室様付きとなるはずの護衛小隊は必要なくなります。移動される際に一小隊分がつくよりも、私一人の方が気も休まるだろうとの皇帝陛下のご配慮です」

「え？　皇帝陛下が、じきじきにあなたに？」

「はい。エレスティア様には、好きなようにお過ごしいただきたい、とのことです」

それは朝にも本人から聞いたことだった。

急な第一側室の指名によって、家族のもとから引き離され、親しい侍女の一人も連れてこられなかったことを心配してもくれた。

それを考えて、エレスティアは胸がむずむずしてしまった。

（皇帝陛下は私のことを考えて……？　いえ、協力してくれるのなら〝勝手に〟過ごせということよね）

公務からも退けてくれるというのも、彼にとって妻として紹介したくないからかもしれない。

顔が広まってしまったら、離縁する際に面倒が増えるだろう。

「まだご心配がおありですか？」

「えっ？　いえ、別に」

慌てて愛想笑いを浮かべたら、アインスは何を思ったのか、少し考えて口を開いた。

「一部の者は知っておりますが、私は皇帝陛下とは剣術の同期でもあります。皇帝陛下よりじきじきに指名を承ったことは名誉です。今回、こうして頼まれたことは個人的にも嬉しく思いました」

「あのお方と以前からお知り合いなのですか？」

「はい。皇帝陛下にはご兄弟がおられなかったので、代々皇帝に護衛騎士として仕えている我がバグズ家の当主だった父が剣術を指南し、共に育ちました。これからしたいことなどございましたら、私になんなりとお申しつけください」

そう言われても困る。エレスティアはとくにしたいこともないので、後宮の一室に引きこもる考えでいた。

多くの人の目に晒される状況にも、慣れていない。

（皇帝がようやく娶った第一側室……注目されてしまっているわよね）

好きに過ごせというのなら、エレスティアは〝空気〟のような存在でいい。放っておいて欲しい。

持ち込める私物の数に制限がある中で、幸いバリウス公爵からもらった貴重な二冊の本も持ってきている。

しばらくはそれを読んで引きこもっていられればいいのだ。そう考え、エレスティアは『とくにない』と答えようとした。

だが、様子を見ていたアインスが、察したように先に口を開いたことで彼女の目の色が変わった。

「皇帝陛下から、『第一側室となった特権だ』とのことで、宮殿内の全書庫の管理者に通達がされ、エレスティア様がすべて自由に立ち入れる許可が出ました」

「え……えっ、そ、それはほんとですかっ？　すべて⁉」

「はい。皇帝陛下は朝、オヴェール公爵を宮殿内で見かけ、そこでお声をかけて、本が好きであると聞き出したとか」

（お父様、心配で情報を収集しに来たのね）

直接話したとすると、ドーランも訝《いぶか》りつつも、ひとまず冷遇一徹の状況ではないとは安心しただろう。

（皇帝陛下が、お父様の出仕の際にわざわざ私の好きなことを尋ねてくださった）

エレスティアは、胸が不思議な熱を灯して甘く高鳴った。

嬉しかった。宮殿の本が自由に読めるのだ。好きなだけ読むことをジルヴェストが許してくれた。

直後、彼女はようやく言葉を理解したみたいに、本の話題に食いついていた。

「宮殿内の本を、好きなだけ、どれでも読んでいいのですか⁉　借りてこちらで読んでもいいと⁉」

思わず前のめりになる。

周りに控えていた侍女たちが微笑ましげな顔をする。案内した警備兵の口元もそっと上がって、それに気づいて彼女は恥ずかしくなった。

「ご、ごめんなさい、私ったら……」

「いえ……。バリウス様から話は聞いていましたが、そんなに喜ばれるとは思いませんでした」

「え？」

唐突にバリウス公爵の名が出て驚く。

アインスは生真面目な表情のまま胸に手をあて、続ける。

「どの本でも好きなだけ借りられますよ。たとえば閲覧制限がある皇室専用の書庫、ほとんどの書物が集まる宮殿屈指の公共図書館。皇帝陛下の父君である、前皇帝の趣味である戦記ものが集められた専用ラウンジや、蔵書コレクションの部屋もございますが――いかがなさいますか？」

なんと、宮殿がそんな宝物に溢れている素晴らしい場所だとは知らなかった。

エレスティアは目を輝かせた。

「……ど、どうしましょう、どこから案内してもらえばいいのかしら？　どれもこれも魅力的で、あ、選べないわっ」

両手を頬に添えた彼女を見て、侍女たちが「なんと愛らしいのでしょう」と微笑む。

「普段、心の中でおっしゃっていることが口に出てしまっているみたいですわ」

「バグズ副隊長様、やりますわね」

「実はバグズ副隊長殿は、皇帝陛下が『そう説明したら喜ぶのでは』とエレスティア様の父君に言われていたのを目撃していました。どうやら皇帝陛下がエレスティア様への提示と説明の手順を指示されたようです」

「まぁっ、結婚を渋っていた皇帝陛下は、側室様にご興味がっ？」

「だと思いますよ。あとで報告をと命令していたのを聞いて、婚姻して意識が変わったんじゃないかって噂になっています――」

警備兵が侍女たちの話に加わったのも、エレスティアは気づかない。

頬を薔薇色《ばらいろ》に染めて一人ハイテンションな彼女の様子をしばし眺めていたアインスが、無表情のままうなずく。

「わかりました。実際にご案内し、一度すべての施設を見ていただいてから、どこの本を見て回るのか選んでいただきたいと思います」

「いいのですか⁉」

「……はい」

立ち上がったエレスティアに、また前のめりに確認されたアインスは、さりげなく「近いです」と言って距離を取り直していた。

エレスティアは大好きな読書に心奪われ、バリウス公爵の名が出たこともすっかり忘れていた。

うきうきとした気持ちを隠せないまま、侍女たちに、後宮から出て宮殿に上がるための身支度をすばやく整えてもらう。

エレスティアが目立たないようにと希望したら、派手めではない衣装にしてくれて助かった。

周りは初夜後だと思っているので、やや軽装仕立てになっても不審ではない。衣装についても好きなように——とは、またジルヴェストが彼女たちに指示してあったことだとか。

（あのお方は、今頃お仕事に追われているのかしら）

後宮から出るため、アインスに続きながら、ふと思う。

正妃がいたとしたら、負担も少し減ったかもしれない。エレスティアはそう考えると、それから逃げている我が身を思ってどうしてか心がちくりと痛む。

だが、アインスと宮殿に上がったところで、エレスティアの思考は目の前に全部向いた。庭の方から大きな黄金の毛並みの心獣が飛び込んできたのだ。

「ひぇ……」

それは、皇帝の心獣だ。

思わず『出た』と思ってしまったのは、仕方がない。

アインスが初めて片眉を動かした。皇帝の心獣は胸元の見事な毛並みを見せつけるように胸を張り、尻尾を揺らして真っすぐエレスティアを見る。

「おや、珍しい」

「心獣がこのように近づいてくるということは、皇帝自身が、あなた様に興味がある証拠なのでしょうね。この大きさですし、あなた様は心獣をお持ちではないのでやはり怖いですか。じき、慣れますよ」

アインスはエレスティアの反応を見て、『怖い』と思っていると勘違いしたようだ。

エレスティアは、怖いのではないのだ。

ジルヴェストの心の声が、彼の心獣から〝ダダ漏れになるので困る〟のだ。

すると、別方向から白い心獣が現れてアインスのそばにつく。

（あ――アインス様の心獣ね）

魔力の源である主人を守りに来たのだろう。心獣を持った同士だと、敵意を向けられても互いの心獣が守ってくれるので問題ないのだ。

皇帝の心獣は、気まぐれに第一側室の様子を見に来ただけのようだ。

アインスの心獣に一瞥をくれたのち、黄金色の毛並みを揺らし、軽々と走りだし庭から皇帝の執務室のある棟の二階の方へと消えていった。

（……要注意ね、距離を置きましょう）

もし普段から近くにいるようなことになってしまえば、ジルヴェストと遭遇した際に彼の心の声を聞いてしまう。

だから彼のためにも、心獣と距離を置かないと――そうエレスティアは思った。


図書館に出入りし始めて五日。

なぜかエレスティアの思惑に反して、心獣とはあれからよく会うようになっていた。

宮殿を歩いている時、そして後宮のラウンジでゆっくりしている時にも、皇帝の心獣は不意に現れた。

一日に数回は見かけ、たびたび脅かされている。

「おや、またいらしてますね」

後宮のテラスで読書にふけっていたエレスティアは、アインスの声にびくーっと肩をはねさせた。

彼が護衛騎士としてついている手前、「ひぇ……」という淑女らしくない声は心の中だけにどうにか押しとどめた。

心獣が皇帝とセットになったらと考えると、おののくしかない。

エレスティアは一日に一回、宮殿から本を借りて後宮に持ち込んだ。

アインスが紹介してくれた場所のうち、身分に関係なく利用でき、出入りを許された公共図書館に通うことにしたのだった。

第一側室の特権を使って宮殿の施設を利用すると、余計に非難される。

後宮から宮殿へと出たところ、『身の程をわきまえては？』と言わんばかりの冷たい空気からも、居場所がない感はひしひしと伝わってきた。

そこでエレスティアは、外部の者の出入りも許されている公共図書館なら非難の対象になりにくいだろうと考えたのだ。

宮殿での自分の立場のなさは、四日前に痛感済みだった――。

◇◇◇

嫁いできた翌日、エレスティアにはアインスという護衛騎士がつくことになった。

彼の提案で書庫や図書館を案内してもらうことになったのだが、そこで、早速エリート思考が強い宮殿の魔法師たちの洗礼を受けることになったのだ。

男性たちからも突き刺すような視線を向けられて、エレスティアは後宮から出るべきではなかったと後悔した。

国一番の魔力を持った、皇帝の一番目の側室。

そこにオヴェール公爵家の出来損ない、最弱の魔法師の引きこもり令嬢があてられて自分たちの上に立ったのが、気に食わないのだろう。

世間知らずなエレスティアでも、それくらいは感じ取れた。女性たちだけでなく、まさか男性の魔法師たちにも露骨に毛嫌いの目を向けられるとは思っていなかっただけに、後宮から出ただけで肩身の狭い息苦しさを覚えた。

（お父様やお兄様が心配されていたのは、このことなのね……）

だからエレスティアが望まない限り、社交も免除したのだろう。

そのうえ、令嬢たちはわざとエレスティアに聞こえるようにひそひそと嫌みを言ってくる。

「魔法の才もからきしなんて……」

「そんな令嬢が、強い魔力を持った皇帝の子を果たして産めるのかしらね？」

「皇帝陛下は、魔力が弱いことに配慮して毎日おそばにいらっしゃるとか」

皇帝に気にかけられているという話題になるたび、すごく睨みつけられるので、エレスティアは大変居心地が悪い。

どうやら皆、後宮に上がったのち皇帝に相手にされなくなると思っていたらしい。

毎日寝所に通い、朝まで過ごしているという噂はかなり広く行き渡っていた。

（残念ながら、私の方から断ることができないんです……）

どうやらジルヴェストは、秘密の共有者であるエレスティアを〝守る〟という正義感で共寝しているようなのだ。

はたから見れば、関係良好なので喜ばれるところだ。

だがエレスティアは、皇帝の第一側室としては認められていないだろうとは、輿入れ当初の空気ですでに察していた。

前世でもそうだったので、よくわかる。

家柄と毛色、子を産むこと以外に価値はないとして毒味係にさせられた。

（あの頃に比べれば、天国のような好待遇！）

エレスティアは、冷たい視線を集めまくった移動の中、そう思い返してのほほんとした笑みを浮かべた。

唐突なその反応に、見ている貴族も警備の者たちも使用人も毒気を抜かれていた。

前世の待遇と比べたエレスティアは、公共図書館なら誰もが使える施設であるし非難もないだろうと気を取り直したのだった。

◇◇◇

――宮殿に来てから六日目の今日も、エレスティアは後宮からいったん出て宮殿内を歩いた。

「側室に上がったというのに、後宮に引きこもっておられるとか――」

「魔力が弱いから、保身のためでしょう。宮殿はわたくしたちのように心獣持ちがたくさん集まっていますもの」

(気にしない、気にしない)

嫌みは聞き慣れている。

エレスティアは、第一側室の護衛騎士であるアインスが彼らに睨みを利かせる前にと考え、本を抱えて足早に廊下を進む。

ちなみに借りた本は、古語の貴重本の合間の息抜きに読むためのものだ。

(引きこもりは事実だし、私は本が読めればそれでいいわ)

皇妃にならなくて済むようだと、初夜での話し合いがエレスティアに少しばかりの落ち着きを与えてくれていた。

実際、今のエレスティアは社交も免除され、本を読む以外に何もすることがない。

図書館や書庫などに自由に立ち入れる許可への感謝と共に、公共図書館に通うことにしたとエレスティアがジルヴェストに伝えた際、彼は『好きなことをして過ごすといい』と改めて彼女に告げたくらいだ。

(そういえば、彼のことを全然怖くないと思っているのも変な感じだわ……)

昨夜就寝する前に彼が言った台詞を思い返し、その時の戸惑いがよみがえる。

初夜でも彼はエレスティアをとても気遣った。強面なのに、彼の心の声のせいで冷酷な皇帝の印象がなくなっている。

そんな彼は、エレスティアの『怖くない皇帝』の印象と同じくして、第一側室を取らされてから予想外にも人柄部分の評価まで上がっているようだ。

エレスティアが後宮入りしてから、ジルヴェストは毎日第一側室のところで休んでいる。そのことから、初夜の情事後をいたわって気遣い、皇帝自らが第一側室の様子を見守っているのでは、という噂が出回っているのだ。

それを、公共図書館への行き来の間にエレスティアもちらほらと耳にした。

そのおかげか、令嬢たちからの嫌がらせもなく、嫌みもましになっている気がする。

（危害は加えられない。なら、読みたい本を時間をかけてじっくり探したい）

そこは譲れない。

せっかく、宮殿の本を、自由に好きなだけ読んでいいと許可をもらったのだから。

「エレスティア様、そう速く歩かれると危ないですよ」

「危なくないです、大丈夫です。それから私は走っているつもりです」

「それは——失礼いたしました」

つい言い返してしまったエレスティアは、子供っぽかったかしらと少し反省した。

優秀な魔法師としての素質を持った令嬢たちは、心獣がいるので制御のためある程度の訓練を受けて走るのにも慣れている。

（それに比べて私は……はぁ、単に私の運動不足ね）

とはいえ、速やかに移動しなければならないのだ。だから、本を数冊抱えた状態でエレスティアなりに走っている。

それは周りの声を聞かないためでもあるけれど、何より、皇帝の心獣に会わないための対策でもある。

（うっかり主とのセットで会おうものなら、また――）

そんなことを考えていると、何やら思案する様子を見せたアインスにすぐ声をかけられた。

「参考までに聞きたいのですが、現在エレスティア様が夢中になっている古本の次に読みたいと思っていたり、ご興味がある本などはございますか？」

「え、それはたくさんありますよ。そうですね、たとえば、バートリー博士の古語の専門書とか」

「ほぉ」

彼がふうんと顎を撫でる。それがエレスティアは少し気になった。

「なんです？」

「いえ。いずれ使えそうなことは頭に入れておかなければと思いまして。ここではあなた様自身の情報は少なすぎるのでご本人に尋ねるのも手だな、と」

「……はい？」

なぜ、情報収集みたいなことをするのか。

確かにエレスティアは引きこもり令嬢なので、宮殿で自分のことを知っている人はとても少ないけれど――。

（あ、もしかしたら、専属の護衛としてついているからには、いろいろと把握なさりたいのかも）

アインスは仕事に真面目な護衛騎士だ。常にそばについていて、気持ちを察したようなタイミングで休憩を提案することもある。

彼があまりにも優秀なので、エレスティアは最近ついたばかりの護衛騎士であることを普段は意識していないが、ふとそれを思い出し、改めてびっくりする時がある。

（うん、そう考えると自然だわ）

とはいえ、先程の質問が今後の彼の護衛生活にいかされるタイミングがあるとは、思えないけれど。

エレスティアは、そろそろ曲がる廊下の角へ視線を戻した。

するとその角から不意打ちで、黄金の毛並みをした心獣の顔がぬっと見えて、彼女は声なき悲鳴を漏らした。

（ひぇ、ひえぇぇぇ……!?）

心獣の隣から、続いて軍人たちを引き連れたジルヴェストの姿も現れてしまって、エレスティアは激しく動揺した。

彼は、何やら書類の束を指で叩いて難しい顔で軍人たちに話していた。心獣が尻尾で合図して、ジルヴェストはじめ軍人たちがエレスティアに気づいた。

「ああ、図書館へ立ち寄っていたのか」

ジルヴェストの目元が少し和らぐ。

それを見て周りがざわついた。つい先程まで白い目で見ていた魔法師たちも、嫌みを聞こえるように囁いていた令嬢たちも、我が目を疑うような顔をした。

（初夜の時から気のせいかしらと思っていたけれど……違ったみたい）

周りの人たちの反応を見るに、彼の強面は、少しずつ表情が豊かになってきているみたいだ。

「ご、ごきげんよう、ジルヴェスト様……ひぇ」

つい、エレスティアは「ひぇ」という驚きの声を出してしまった。

そばでアインスが足を揃え背筋を伸ばして護衛騎士の姿勢で立ち止まる中、彼女は胸に抱えた本を強く胸にぎゅっと抱き寄せた。

『なんて愛らしい。読書好きとは聞いていたが、今日も本を抱えている姿が大変かわいいなぁ』

心獣から、ジルヴェストの声が流れてくる。

心の声が聞こえてきたタイミングで、ジルヴェストはぐっと表情を引き締め、再び強面に変わった。

気を引き締めたと勘違いしたのか、連れの軍人たちも緊張感を漂わせて背筋を伸ばした。

ジルヴェストの少し前の表情とギャップがありすぎて、エレスティアは戸惑う。

やはり心獣から流れてくるその声は、彼自身だけでなく、周りの誰にも聞こえていないようだ。心獣から流れてくるその声に初めは動揺したものの、数日一緒に過ごして、エレスティアは彼の心の声で間違いないらしいとほぼ確信していた。

「少し立て込んでいて、本日も昼食に後宮へ戻れそうにない。君はゆっくり休んでいるように」

「は、はい」

エレスティアを見つめるジルヴェストの瞳には嫌みも嘘もなくて、心の声を聞かずとも配慮から本心でそう言ってくれていることがわかった。

心獣と距離を置きたいと思っているのに、それが近くにいるおかげで少しばかり彼の気持ちをくみ取れるようになった。

彼のエレスティアへのいたわりの言葉も、毎日続けられている営みのせいだと周りは勝手に受け取ったようだ。皇帝の慈悲深さだと囁き声が漏れてくる。

するとジルヴェストがアインスを見た。

「私の第一側室のことだ。彼女の読書好きは、もちろんここにいる誰もが知っていることだろうが――アインス、あまり無理をさせないよう引き続きよろしく頼む」

「はっ、もちろんでございます」

彼のその言葉で、引きこもりだのとエレスティアに嫌みを言っていた者たちの冷たい雰囲気も若干和らぐ。

（……優しいわ）

国の王が妻を娶ったばかりだということは、誰もが知っていることだ。そしてエレスティアは第一側室として国王の子を宿すため、毎日妻としての責務を果たしており今は疲労している――とジルヴェストはにおわせたのだ。

きちんと後宮で王の妻としての役目を行っているのに、非難を受けるのはお門違いだ。

（冷酷と言われているはずだけれど……そんな言葉たちは、どこに行ってしまったのかしら）

エレスティアは不思議に思ってジルヴェストを見つめる。

みんな噂好きなので、このやり取りもすぐ話が広まるだろう。

常にエレスティアを思い、王宮に出向いて彼女の情報を集めているだろうドーランたちの耳にも、届いてくれるはず――。

『まったく、一人の娘によってたかって恥ずかしくはないのか？　愚かな。俺が教育係だったならそのエリート意識をまず根本から調教してくれる』

ジルヴェストが荒っぽいことを心の声で吐いている。

不意打ちで聞こえたものだから、彼女は驚きを隠すためにまたしても表情筋を総動員せねばならなかった。

エレスティアはこれまでにも宮殿に出て顔を合わせた際、彼が時々そんなことを言うのを聞いた。それもまたエレスティアには意外だった。

前皇帝が生きていた頃は、軍人皇子として活躍した人だ。

外見が美しすぎてたまに忘れそうになるが、なので荒っぽい軍人らしい一面も持っているのだろう。

『俺のエレスティアを怯えさせたら、戦闘魔法の指導と称して、全員をぼこぼこにして性根を入れ替えてやる』

（――おかしい）

エレスティアは、耳がいっそうおかしくなったのかもしれないと思った。密かにふぅと息を漏らし、頭を軽く振る。

（『俺の』って……私は皇帝陛下のものになっていないはず）

二人は仮面夫婦で、秘密の共有者だ。

――ジルヴェストは妻を得ず、仕事に専念したい。エレスティアは〝王〟の妻にだけはなりたくない。

エレスティアの気持ちは恐れ多くも皇帝である彼には言っていないが、結婚を望んでいないことは初夜でのやり取りで伝わっているはず。

「それではエレスティア、また」

周りへ向けていた強面を少し和らげ、ジルヴェストがエレスティアにそう言った。

「あっ、はい、それでは私もこちらで失礼いたします」

エレスティアは淑女の礼をとろうとした。だが、そこで本を胸に抱えたままでいることをハタと思い出した。

向かいでジルヴェストが「んんっ」と妙な咳払いをする。

『忘れていた感じもかわいい』

そんな彼の心の声に、エレスティアは耳がぶわっと熱くなった。

(～～それもこれもっ、あの心獣さんのせいです！)

ぱっと目を向けたら、心獣はじーっとエレスティアのことを見下ろしていた。

涼しい表情で上から目線で見られている感じがする――と取ってしまうのは、エレスティアが疲れているせいか。

「皇帝陛下、そろそろ」

女性の声が聞こえて、エレスティアは我に返る。

ジルヴェストが引き連れていた軍人たちの中に、彼らと同じく胸に書類を抱えたハニーブラウンの髪の美しい令嬢がいた。

そんな彼女の隣には、同じ髪色をした魔法師部隊隊長の姿がある。

左目の下から、大きな傷痕が入った特徴的な顔はエレスティアも知っていた。

(権力がある魔法師の一族として有名な、ロックハルツ伯爵だわ)

その隣にいる令嬢は、社交界でも父娘で並んでいたのを見かけていたので彼の娘だとわかった。他にも三人の令嬢がいることに気づく。

目が合った途端、エレスティアは彼女たちから冷たく、静かに睨まれて背筋が冷えた。

（――嫌悪と、侮蔑の目だわ）

前世の姫だった頃によく見ていて、知っている。自分たちより劣るのにどうして上席に座っているのかと、嫌がられている目だ。

ジルヴェストが動きだすと、それに合わせてロックハルツ伯爵令嬢もつんっとエレスティアから目をそらし、歩きだす。周りの軍人たちも足を進め始め、そこに交じった三人の令嬢たちも彼女と同じく顎を上げて誇らしげに同行していく。

エレスティアは、離れていく様子を目で追いかけてしまった。

（あ、そうか、ロックハルツ伯爵家も優秀な魔法師一族……彼女たちもまた、お兄様たちと同じく大型級の心獣を持った優秀な魔法師なんだわ）

転移装置にて、魔獣を退ける防衛ラインへと行き、援護部隊として軍人枠で参加、もしくは魔獣討伐に心獣を貸し与える令嬢たちもいる。

皇帝がじきじきに連れている男たちの中に交じっている、ということは、彼女たちは現場で活躍している強い魔法師なのだろう。

（それに比べて、……私には強い魔力もなく、魔法師という立場では何もできない）

わかりきっていたはずなのに、なぜか胸がつきりと痛んだ。

エレスティアは、宮殿にいる者たちとは生きている世界自体が違うのだ。ドーランたちが心配していたように――強い魔法師が集まる宮殿の空気は、彼女に合わない。

アインスが行きましょうと促し、エレスティアは後宮へと戻る道を進みだした。

しかし、後ろ髪を引かれる思いでジルヴェストの後ろ姿を盗み見た。

（お忙しそうだったわ……軍でなにか大きな動きがあるのかしら）

エレスティアは、多忙なジルヴェストの身を案じた。けれど彼と一緒にいる令嬢たちと違って、自分は何もできないのだ。

彼女にできることは、離縁の時に困らないよう、彼の心の声から重要機密を知ってしまうのを避けることだ。

（……そうよね、彼は最強の魔法師で、軍人王で……だから大丈夫なのに、どうして心配に思ってしまうのかしら？）

不思議に思って、エレスティアは本を抱えた胸元に目を落とす。

できるだけ、彼に会わずに過ごすのが無難なのだ。

軍には無関係なのも幸いだった。なんだか胸が妙な感じがして、エレスティアはそう自分に言い聞かせるように思って後宮へと向かった。


彼に会わないように過ごしたいが、就寝時間だけは、どうしようもない。

その夜も、夕食は共にできなかったが、やはり就寝入りの時間きっちりにジルヴェストはエレスティアの寝所にやって来た。

「何も変わりはないか？」

「はい、何もございませんわ」

ジルヴェストは皇帝として忙しい身なのに、必ずベッドで座って向き合い、一日を安らかに過ごせかどうか、エレスティアに直接聞いてくる。

（誰かに言伝を頼めとは、絶対に言わないのよね……）

侍女や自分の騎士を疑っている様子はないのだが、彼は何かと自分でエレスティアのことを聞きたがった。

初夜からずっと共に就寝しているが、彼女はいまだに慣れない。

徐々に柔らかくなっているように感じるジルヴェストの表情も、エレスティアをそわそわさせた。

（今夜は、心獣が寝所にいなくて助かったわ）

ちらりと周囲の気配を探って、密かに胸を撫で下ろす。

その時、エレスティアはふと日中彼を見かけたことを思い出した。

「あの……一つだけ質問してもよろしいでしょうか？」

「かまわない、なんでも聞いてくれ」

「昼間にご一緒されていたご令嬢方は、素晴らしい魔法師たちなのだとお察ししました。有名なロックハルツ伯爵のご令嬢もいらしたのですが、親密にお話しされていたようでしたので、珍しいなと思いまして」

「ああ、アイリーシャのことか。彼女はなくてはならない存在だ。俺も、とても頼りにしている」

「アイリーシャ様……そう、優秀なお方なのですね」

エレスティアは、なぜか胸の奥が静かに締めつけられる感じがした。

（――アイリーシャ、と呼んだわ）

ジルヴェストが女性を褒めた。エレスティアは『ロックハルツ伯爵のご令嬢』と呼んだのに、彼は咄嗟に名前呼びするくらい信頼しているのか。

そう考えて、胸が苦しくなっていく。あの時、彼と歩いていくのを見送った際のアイリーシャの姿が脳裏をよぎっていく。

「今夜は少し冷えると聞いた。さ、ここへ」

ジルヴェストは自分で二人の上に掛け布団まで置き、そして腕枕の準備を整えてエレスティアをそばに引き寄せた。

彼は寝所に使用人は一人も入れなかった。

仮面夫婦という関係がバレてしまってはまずいからだろう。

けれど使用人を入れられないからといって、皇帝である彼がそんなことまでしなくてもいいのにとエレスティアは思うのだ。

この距離がいいのか悪いのかについても、彼女は戸惑ってはいた。朝の起床を手伝う侍女たちがこれを見れば、夫婦に見えるので納得するだろうことも想像はつくけれど。

（私の心臓がもちそうにないわ……）

でも、いったんジルヴェストのたくましい腕に抱かれると、体温が移って宮殿に緊張していたエレスティアの体は緩んだ。なんだかもやもやしそうになって、アイリーシャのことはいったん頭から追い出した。

毎日、エレスティアは宮殿内を少しでも移動するだけで気疲れを起こした。

後宮の一室に引きこもって本を読んでいると心は安定するが、外に出ると、周囲の冷たい視線や声が気になり、肩身が狭く感じられるのだ。

エレスティアにとってこの宮殿は、前世にあった敵国の城のようだった。貴族も、ここに通う優秀な魔法師たちも彼女が第一側室になったことをよく思っていない。粗探しで見てきている者たちもいるだろう。

護衛騎士のアンイスが、宮殿側では味方してくれているのが唯一の救いだ。

（――でもここに、私の居場所はないの）

ジルヴェストは三年で側室たちを解散させると言っていたが、エレスティアは三年も待たずに済むだろう。

彼は他の側室を取りたくないとはいえ、側近たちは黙っていないはずだから。

（前世の知識からすると、子が宿る気配がなければすぐにでも次の候補が後宮に……）

だめだ、とても眠い。

エレスティアは、ジルヴェストの温かさに誘われるように瞼が重くなった。

彼女は嫁いで一週間足らずで、とても疲れてしまっていた。好きなだけ宮殿の本が読めるのは魅力的だが、ここには自分の侍女も連れてこられなかったし、心の拠り所が本しかないのには限界があった。

（皇帝がいない時は、アインスだけが味方……）

――寂しい。

そう、思った。父たちからは連絡をもらえていないが、どうしているだろうか。自分からは連絡できないと思うと、彼女は余計に寂しくなる。

（他の側室たちが来るまで、もつ気がしないわ……退場したい）

うとうとしながら考え込んでいたエレスティアは、つい眉を寄せてしまっていたらしい。

「怖がらなくていい、何もしない——君に、俺のような皺《しわ》は似合わない」

眉間を、ジルヴェストが優しく撫でてきた。

低くて、穏やかないい声だ。安心できる。

「そう、そのまま眠って。おやすみ、エレスティア」

優しい手つきで額を繰り返し数回撫でられて、エレスティアは『返事をしなくちゃ……』と思いながら、穏やかな顔で眠りに落ちていた。


——そんな二人の様子を、またしても気まぐれで現れた心獣がじっと見ていた。

# 第四章　エレスティア作の魔法呪文

エレスティアが後宮に入って七日目。

（——寂しいわ）

そんな感情を引きずったまま朝の目覚めを迎えた。

だが、ジルヴェストを見送って数時間後、エレスティアは大変困っていた。

「うわぁ、大きいな……」

「俺、こんなに近くで見たのは初めてだ……」

宮殿の廊下を歩く彼女から人々が離れて、ざわめきが立ち込めていた。

唯一冷静な顔のままなのは、エレスティアの護衛として前に立ち、公共図書館へと共に向かうアインスだけだ。

「おいおい、どうなってんだ？　皇帝の心獣が、あのお方でなく側室様のそばについているぞ」

うつむき加減で足早に歩くエレスティアは、そんな声を聞いて思う。

（私も、どうしてなのかわかりません）

宮殿を歩く彼女の隣には、国一番の大きな心獣の姿があった。

たった一頭だけ、黄金色の毛並みをした皇帝の心獣だ。歩くエレスティアの顔をじーっと覗き込み、もふもふの尻尾を揺らして歩く姿はかなり注目を集めている。

エレスティアは元々魔法の才がからっきしの第一側室だと悪目立ちしていたので、普段の倍以上の視線が集まっていた。

引きこもり令嬢には、大変心臓に悪い状況だった。

エレスティアは魔力が弱いので、嫌みを言われることはあっても怯えられたことはない。

それだけに、自分が行く先で皆を脅かしてしまい、大変心苦しかった。

「うわっ」

宮殿勤めの優秀な魔法師たちでさえ、頭を噛み砕くくらい大きな皇帝の心獣に出くわすと悲鳴を上げたりした。

（あああっ、ごめんなさいっ）

主人以外の者が心獣を説得して、どこかへ行ってもらうことは不可能だ。

飽きっぽいので離れてくれるのを期待しているのだが、皇帝の心獣は一向にエレスティアの観察をやめる気配がない。

居合わせた人々の戸惑いが、進む先の廊下まで広がっていっている。

好奇心に駆られたのか、あちこちから野次馬も集まっている。

（本人の皇帝がそばにいないから、余計に怖がらせているのかも……）

主人がいれば、さすがに暴走は止められる。

後宮を出た瞬間から今までずっとついてこられているエレスティアは、とうとう、ちらりと視線を向けた。

すると、皇帝の心獣のその深い青の瞳と、ぱちりと目が合った。

（――ひぇ、想像以上に大きいし、近いわ）

いったい、何をそんなにじっと見ているのか。

敵意がないのはわかる。不意打ちでパクリと噛みつかれる危険性もなさそうだ。

でも、どうしてぴったりついてくるのか。このままだとこの心獣も図書館にまで一緒に入ってきそうだ。

「ア、アインス様っ」

ぱっと目を向けた途端、敏い彼がすぐ「無理です」と答えてきた。

「皇帝の心獣に、臣下はどうこうできません。我々が守護獣にできるのは、あくまで〝お願い〟になります」

「お願い……？」

それなら、皇帝ならばどうにかできるのではないだろうか。

「皇帝に会いに行かれますか？」

まだ何も言っていないのに、アインスがとんでもない提案をしてきた。優秀すぎるにもほどがある。

「む、無理ですっ、だめですっ」

エレスティアは、今にも跳び上がりそうな勢いで首を左右にぶんぶんと振った。

「なぜ？　あなたは皇帝陛下の第一側室様です」

「私がお仕事を邪魔してしまうのは、絶対にだめですっ」

エレスティアが腕を交差してまで必死に言うと、周りの者たちのきつかった視線が和らいだ。彼らは「おや？」という感じで顔を見合う。

「――あの公爵令嬢って、一目惚れした皇帝の妻になれるように父の大隊長にお願いした、とか聞いたのだが……」

「――あの噂はただの嫌がらせだったのかしら？」

「――彼女は皇帝陛下のこと考えているんだな……」

何やら考え込むような姿勢で話し声が続く。

だがエレスティアは、アインスが歩きながら騎士を呼び止めたのを見て動揺していた。思わず袖を掴む。

「ま、待ってくださいっ」

「緊急を要するレベルで、確認したいことがおありなのでしょう？」

「まさに今がそうですけれどっ、でもっ」

アインスは話しながらもメモに何やら走り書きしている。エレスティアがそう答えるのを聞くなり、彼は部下にそのメモをたたんで渡してしまった。

（あぁぁっ、メモが……！）

その若い騎士はアインスの部隊の者だったのか、使命感に満ちた目でエレスティアにも敬礼をすると、すぐさま駆けていってしまった。

「と、とんでもないことになりましたっ」

エレスティアは、淑女なのについ頭を抱えてしまった。

「このくらいであれば、普通です。できるだけ急ぎお会いしたいとのことと、部下に要望を持たせました。皇帝陛下は公務に支障が出ないよう合間を縫って、会ってくださるはずでしょう」

「私が皇帝陛下に要望するなんて、とんでもなく恐れ多いことですわっ」

「あなた様は第一側室でしょう。ほとんど何も希望されない方が珍しいのです」

「わ、私は、希望も要望もできる立場ではありませんっ」

エレスティアは半泣きだった。騒ぎを見ていた野次馬たちが、毒気を抜かれたみたいに噴き出していた。

とんでもないことになってしまったが、ひとまず心獣をどうにかしよう。

通行人たちから距離を置かれている状況が目に留まって、エレスティアは改めてそう思った。アインスが知らせを出してくれたとはいえ、心獣の主人であるジルヴェストは今すぐにはつかまらない。

(ここは私が、どうにかしないとっ)

皇帝のプライバシーがダダ漏れになるので、距離を置くつもりだった。

けれど、アインスはついてくる心獣をどうにかするつもりは微塵《みじん》もないようだし、仕方ないので、ここはいったん歩み寄る姿勢を見せることを考えた。

今のところエレスティアは、皇帝の心獣に噛まれない相手として王宮の者たちに認定されている。

公共図書館で暴れては困るし、その可能性があるのならここで引き離さなければ。

「し、心獣さん？　えぇと、私たちは図書室へ向かうだけなのです」

エレスティアは立ち止まり、ひとまず交渉を試みた。

兄たちの心獣も、妹だとは理解していてたまに話を聞くそぶりを見せていた。

「――ぷっ」

アインスが口元に拳を寄せて、顔を背けた。

今、彼は笑わなかっただろうか。

（いえ、そこにかまっている場合ではないわ）

心獣が眉をそっと寄せるのを見て、エレスティアは一生懸命台詞を考える。

「図書館にも他の心獣さんたちがいらしていますが、皆様、主人についているだけです。ですので、あなたにはここでお別れを……」

引き離す言葉を告げようとしたエレスティアは、直後、カチーンッと固まった。

心獣が耳を少し伏せ、じっくり覗き込んできたのだ。

その様子はまるで仔犬——目がおかしくなったのだろうか。エレスティアはそう思った。周りからあり得ない光景を見たと言わんばかりに「ごほっ」とも聞こえてくる。

「きゅーん」

続いて、目の前の大きな獣から甘える仔犬のような声が聞こえた。

（……待って、誰の声？）

エレスティアは動けなかった。

一番大きくて威圧感もある皇帝の黄金の心獣が、仔犬みたいにエレスティアの顔色をうかがっている光景が信じられない。さっきまで皆をおののかせていたはずの心獣の異変に、他の者たちも息を止めて注視していた。

それをただ一人、涼しい顔で眺めていたアインスが、しばし待ったうえで尋ねる。

「エレスティア様、いかがされますか」

「こ……」

「こ？」

「こんな仔犬みたいな目をされたら断れない……」

引きつった彼女の唇から、一呼吸でそんな思いが吐露された瞬間、アインスがすばやく横を向いて「ぶふぅっ」と噴き出した。

途端、緊張していた周りの者たちからも声が上がる。

「どこが仔犬⁉」

「目がおかしくってよ！　相手は一番大きくて強い皇帝陛下の心獣よ⁉」

堂々とこき下ろさないでいただきたい。そうエレスティアがほろりとした気持ちで思った時、それまでの弱々しい感じの表情を一変させ、心獣が『よし』という感じで頭を起こした。

（気のせいかしら、獣にしてやられた感が……）

すると、心獣がずいっと頭を寄せた。

「えっ？　な、何？　もしかして触れと言っているのかしら、まさかね――」

頭が疲労しすぎて冗談交じりに言った途端、心獣がうなずいた。

（え……嘘でしょう？）

エレスティアは、いったいどういうことだろうと思って、しばしぷるぷる震えたまま心獣と見つめ合っていた。思わずまたアインスの方を勢いよく見た。

「アインス様っ」

「はい、言いたいことはわかりました。まぁ、従順に意思疎通ができているような光景には、私も少し驚きましたが――心獣は魔力の塊のようなものですが撫でられます。輿入れの際に、皇帝陛下が触っていたのを見たかと」

「そ、そうではなくっ、わ、私は主人ではありませんがっ」

「本人がいいと言っているのですから、いいのでは？」

投げやりではないだろうか。

アインスは真顔なのでわからない。上目遣いに心獣に視線を戻してみると、『撫でてくれるまでどかない』と言わんばかりに心獣の頭がそこにある。

エレスティアは、恐る恐る手を伸ばしてみた。その様子を、周りの者たちが固唾をのんで見守っている。

――ふわっ。

触れてみた黄金の毛並みは、とても柔らかかった。

「まぁ……」

エレスティアは目を見開く。

これまで避けることしかしてこなかった心獣は、撫でるだけで癒やされる素晴らしい感触をしていた。もう少し手に力を入れてみる。もふっとした触り心地だ。

心獣が鼻息を少し漏らす。

どうだと言われているみたいだった。

「え、ええ、驚くほどとても素晴らしいわ……」

こわごわと手を動かしていると、心獣が頭をぐいっとエレスティアの両手へ押しつけ、自分の頬をぐりぐりとこすりつけてくる。

「ああ、もしかして、そんなふうに撫でて欲しいのね」

不慣れながら、両手で撫でる。

（なんて、素敵な――）

もふもふとした手触りは癖になりそうだった。一撫でごとに、ここ数日でたまっていた疲労感が抜けていくみたいだ。

「皇帝陛下の心獣もすっかり気を許されているご様子です。よかったですね、打ち解けられる相手ができて」

「えっ」

アインスの言葉に驚く。

打ち解けられる相手――そんなこと、エレスティアは思っていなかった。

（でも……）

そう思って、再びちらりと心獣に目を戻す。

「……あなたもこのまま図書館についてくる？」

尋ねると、心獣が再びうなずいた。

今までは大きくて怖いと少なからず感じていたのに、頭を起こした彼を、今は不思議とエレスティアは怖いとは思わなかった。

注目されるのは困るが、撫でられるのが好きだなんてかわいい――気がする。

触るまでの緊張がほどけた。そんなことを思った自分にもおかしくなって、しまいにくすくすと笑ってしまった。

「ふふ、わかりました。今だけですからね」

アインスが皇帝への伝言を渡すよう命じてしまったし、ジルヴェストに相談すれば、心獣もおとなしく離れてくれるだろう。

交流を持ってしまったのは想定外だったが、今だけだ。

アインスの他に、宮殿に一人『打ち解けられる相手』が増えたみたいで、エレスティアは不思議と体が軽くなっていた。一人と一頭に挟まれる形で、彼女は楽しみにしている図書館へと足を進めた。

◆◆◆

何番目かの謁見が終わった時、ようやく王の間の扉がいったん閉められた。高官が皇帝の休憩を知らせる声が響く。

ジルヴェストは隣接する特別室に移動する。

柱の陰に待機していた侍女たちが、紅茶がのったワゴンをすばやく押してくる。

その様子を視界の端に映しながら、ジルヴェストは長椅子の背にもたれかかった。疲れたような吐息は他人に聞かせるものではないという、皇帝としての自負があるので、目を閉じて静かに鼻から漏らす。

そばに移動されたサイドテーブルから、紅茶の華やかな香りが漂ってきた。

彼はしばらく目を閉じたままその匂いに癒やされながら、ここ最近の出来事を思い返した。

それは、三週間前に遡る――。

◇◇◇

「それでは、皇帝陛下はどのような女性に理想をお持ちですかな？」

ジルヴェストは執務室へ必要な書類をもらいに来たバリウス公爵から、そんなことを問われた。

（またか……）

この時、側近たちが連日妻を娶ることをうるさく言ってきたばかりだった。それでバリウス公爵が説得を頼まれたのだろうとジルヴェストは思った。

世継ぎを思ってのことだろうとはわかっている。彼も二十八歳だ。しかし同大陸内において、王として妻を迎えるのに遅い年齢というわけでもない。

「好みの話か。また、急で、安易だな」

「ふふ、申し訳ございません。誰もが気になっているようですので」

執務室には、ちょうど結婚のことを数年にわたって言い続けている側近らもいた。バリウス公爵は彼らに泣きつかれてそのような質問を振ってきた――とは考えられるのだが、彼の場合は面白がっている節もあるので、何気ない質問とも取れる。

ジルヴェストも一国の王として心理戦にも長けているはずだが、バリウス公爵の笑顔からは考えが読み取れないのだ。

心理戦についてジルヴェストに教え込んだのはバリウス公爵であり、常々予期しないことをブッ込んでくる要注意人物でもある。

だが、どれも国にとって最善のことで、ジルヴェスト自身何度も助けられていた。

ジルヴェストは仕事休憩とは縁のない男だったので、こうして気をほぐしてくれる時だってある。彼はバリウス公爵の会話に付き合ってやることにした。

「ふむ――そうだな、今思いつく限りのことでいいのなら」

「あるのですか⁉」

側近だけでなく、補佐官も驚いて声を上げる。

バリウス公爵がくくくっと笑った。

「それだけ頑《かたく》なに断ってこられたのですから、女性の理想もお持ちだと察することができるでしょうに」

「いやいやわからないですよっ」

「それでっ、皇帝陛下の思い描く妻とは⁉」

室内にいる全員に、やけに食いつかれた。

実のところ、バリウス公爵が察している通り、ジルヴェストには理想がある。

それだけでなく、複数の妻を持ちたくない、というのも正直な気持ちだった。

側室を取る制度はいずれ変えるつもりだが、とにかく、今はそんなことに時間を割いている時ではない。

国境沿いの土地は、魔獣と衝突して激戦地となっている。

（少しでも早く国民を安心させてやらねば――）

ジルヴェストは、魔獣の侵略がじわじわと国民の居住地を侵略し始めている問題に、全力で取りかかっているところだった。

血肉をそそぐためにも、今は結婚などしている場合ではないのだ。

（次の仕事にそろそろ行かなくてはならない）

ジルヴェストは補佐官が用意した書類を手に取りながら答える。

「小柄で、愛らしく、守りたくなるような小動物的な女性だ。ロックハルツの娘みたいな気の強い女は、絶対に、何がなんであろうと、嫌だ」

「語気が強い……」

「それでいてやけに具体的……」

「これはもう前々から理想像があったようですな」

ひそひそと部下たちも交じって側近らと話している。

軍人皇子時代から仕事一筋、現在は『冷酷な皇帝』などと言われているのに、ギャップに驚かれているのも気にせずジルヴェストは続ける。

「そうだな、見ているだけで癒やされるようなかわいらしさも必要だ。結婚したら妻には癒やされたいからな。もちろん、そうなると戦闘には無縁の穏やかな空気をまとった女性がいい。行動にも仕草にも、とにかく癒やしを与えてくれるような人だ」

「皇帝陛下……」

全員がほろりとした心境で見つめる中、誰かが小さな声で「そんな人いませんよ」と言った言葉をジルヴェストは無視する。

無理だとわかっているから、あえて打ち明けたのだ。

残念がられようとかまわなかった、これでしばらくは結婚関係の話も落ち着くだろう。

ジルヴェストはそう思ったのだが、なぜか室内でバリウス公爵だけが、にたぁっと笑みを浮かべていた。

「ほぉほぉ、皇帝陛下の理想は、小柄で、とにかく愛らしい守りたくなるような女性、と」

やけににやにやしているのが気になった。

その時は、また面白がる材料でも増えて愉快に思っているのだろうというくらいにしかジルヴェストは思っていなかった。

◇◇◇

――そう、そんな会話があったのだが。

ジルヴェストは、望まない結婚の日と、またその翌日も引き続き大変混乱していた。

いや、頭の中は初めて花がたくさん咲いていたと言ってもいい。

一ヶ月ほど前、ジルヴェストが宮殿のパーティー会場へ向かう途中、彼の心獣が足止めとなって困っている令嬢がいた。その時彼の方から顔は見えなかった。

あれを見た時、ジルヴェストは『まずいな』としか思わなかった。

あとで貴族の家に詫びの品を贈る、といった面倒なことになる前に、問題を解決して早々に辞そう。

そう思って近づいていった彼は――。

心獣の脇から、ひょこっと見えた令嬢の顔に心臓を鷲掴みにされた。

大きすぎる彼の心獣に対して、彼女は、ちょこんっという感じで廊下の中央に佇んでいた。

大きな若草色の瞳をした美少女だった。濡れた目は、知らない場所に放り出された小動物みたいに揺れていた。

向かいに立ってみると、彼女は小さかった。

全体的に華奢……いや、肩や腕も細いので小さく見えるのだろうかと思った。

とにかく落ち着けとジルヴェストは自分に言い聞かせた。なぜなら、彼女は夢に見ていた以上の、理想的な女性だったから。

愛らしさと癒やしの塊のような美少女に、彼は大変動揺した。

その令嬢の姿を見た瞬間、ジルヴェストの胸を大きな衝撃が貫いていった。初めてのその衝撃は、彼が一瞬言葉をかけるという行為さえ忘れさせたほどだ。

『――私の心獣が申し訳ない。普段は離れることがないんだが』

どうにかそう言葉を切り出したら、彼女は慌てて深く頭を下げた。

『い、いえっ、こちらこそ大変申し訳ございませんでしたっ』

やばかった、彼女は声までかわいかった。

ジルヴェストは、強い動悸で息も上がりそうになった。ちらっと見つめ返された彼女の上目遣いは、無性に庇護欲《ひごよく》がかき立てられる恐ろしい威力もあった。

ぜひとも名前を聞きたかった。

けれどタイミング悪く側近に呼ばれてしまい、彼女は小動物のような愛らしさで逃げるように足早に立ち去ってしまい、名前を聞き出すことは叶わなかった。

見かけた覚えがない令嬢だし、もしかしたら平民の女性だったのか――そう思った。

結局、始終びくびくされて走り去られたせいで、ジルヴェストは彼女を呼び止められなかったのだ。

ぱたぱたとして慌てて去っていく彼女の後ろ姿に、悶絶《もんぜつ》しそうになった。

そして、そのあと後宮入りする第一側室が決まったと知らされた時には、その決定のタイミングの悪さにジルヴェストは苛々した。

『オヴェール公爵家の長女、エレスティアにございます――』

望んでもいない婚姻の日、彼は父親と兄たちと共に並び立った女性に、一つの関心もなかった。

彼は苛立っていたので、簡略的な挨拶もなしに後宮内での彼女の権限など、最低限のことを事務的に伝えて終わらせた。

もちろん、第一側室を娶って後宮に上げるというのは形ばかりのものだった。ジルヴェストは結婚するつもりがなかった。

結婚してもいいと思えたのは、あのパーティーの日に廊下で偶然出会った令嬢だけ――。

(憧れの彼女の名前さえもまだ調べられていないというのに、顔も知らない別の令嬢を側室に取らされるなど、考えただけでも憂鬱になる)

公務や軍の仕事に加え、急な婚姻のため調査に割く時間さえなかった。

一刻も早く名前を知りたいのに、思わぬ事態に阻まれて彼の虫の居所は悪かった。

とにかく、側近たちを納得させるため今回は側室をとることにしたのだった。しかし相手の女性の名誉などは守りつつ、ゆくゆくは実家に帰すつもりだった。

それについて早急に考えている間に、初夜の時を迎えた。

苛立ちのままベッドに上がったジルヴェストは――そこで、廊下で出会ったあの美少女と再会することになった。

――『それでは、皇帝陛下はどのような女性に理想をお持ちですかな？』

大混乱に陥った彼は、あの質問からそんなに経っていなかったから、すぐ思い至った。

とんでもない令嬢を隠し持っていたものだ。

しかし、バリウス公爵がしでかしたことなどどうでもよかった。むしろ感謝した。

引きこもり令嬢としても知られているオヴェール大隊長の娘であるエレスティアを〝どうやって自分の正妻、つまり皇妃〟にできるのか、側室制度をなくすには何が必要かをバリウス公爵へ早急に相談しなければならないと思った。

他にも考えなければならないことはたくさんあった。

たとえば、どう接すれば彼女の心を掴めるのかわからなかった。

どんなにジルヴェストが冷たくとも、周りの女性たちは彼の『皇帝』という肩書きに集まったし、彼の美貌にうっとりとした。

だが、エレスティアは違っていた。

彼は、彼女に意識して欲しくて絶賛〝努力中〟だった。

ジルヴェストは、憧れの彼女と結婚したのに仮面夫婦でいるなんて絶対に嫌だった。食事は妻と一緒に取りたいし、後宮を家族が住むための幸せな家として、他の貴族たちがしているように妻とは同じ寝室と部屋で過ごしたいのだ。

彼はエレスティアを、妻として大切にしたいのだ。

とはいえ、今、自分の心獣が〝彼女のそばについているのを感じ取って〟、自分の心獣にかなり嫉妬しているところだ。

「ぐぅ……っ」

謁見の次の者の入室を待つ彼が肘掛けに腕をのせ、手を顔に押しつけて一人呻《うめ》く姿に宰相《さいしょう》が気づいた。

「なでなでが……」

「皇帝陛下、いかがなされましたか？」

「はい？　申し訳ございません、今、あなた様とは思えない言葉を聞いたような」

幻聴だろうかと言わんばかりに、宰相が自身の耳を叩く。

（空耳でなく、本物だ）

ジルヴェストは、本音を心に隠す。

心獣を持って生まれた者は、心獣ととある特殊なつながりもあるため、物心ついた頃には心獣に関する特別教育も受ける。

それについて、今になってようやく――ジルヴェストは悩まされた。

「く、うっ――クソうらやましい！」

「皇帝陛下⁉」

これは休憩が必要だ。宰相と周りの者たちは思った。そんな時――アインスからのメモを持った部下が、裏口から現れたのだった。

◆◆◆

「皇帝がお会いになるそうです」

エレスティアがそんな知らせを受けたのは、選んだ一冊の本を抱えて公共図書館から出た時だった。

皇帝の心獣は、まだエレスティアの隣にぴったりとついたままだった。気まぐれでそばを離れる可能性も考えていたものの、本を探している最中も何に好奇心を誘われたのか、ふんふん匂いを嗅ぎながらのしのしと図書館内を歩いた。

（こんなにも早く相談できるのはありがたいわ）

その速さには驚いたものの、ジルヴェストに感謝し、呼びに来た騎士に続いて、アインスと皇帝の心獣を連れて移動した。

謁見後彼が休憩を取っているという特別室へ案内された。

アインスに本を預けて、エレスティアは入室する。

「何か、私に相談したいことがあるとか」

ジルヴェストは紅茶で喉を潤しているところだった。エレスティアが時間をつくってくれたことへ感謝を伝えるなり、彼が優しい顔で早速そう促してきた。

（……機嫌がいいみたい？）

一昨日《おととい》より昨日、昨日よりも今日、彼の表情は日ごとに柔らかくなっているように思える。

『エレスティアの方から会いたいと言ってくれるとはっ、宰相に時間をずらせと無理を言ってよかった。後宮からここまでは遠いからな』

エレスティアは心獣から不意に流れてきた〝声〟に、えっと叫びそうになった。

仕事の邪魔をしてしまったのだと悟り、彼女は慌てて隣にいる彼の心獣を手で指し示した。

「その、実は――」

時間を取らせないよう、彼女なりに早口で説明した。

すると聞き終わるなり、彼がいい笑顔を浮かべた。

エレスティアはその笑顔にかなり驚いたのだが、ジルヴェストは気づかなかったようで、手振りを交えていい声で言ってくる。

「そうか。だが心獣は、勝手にそう動いているので俺の言うことは聞かなくてな。気まぐれなんだ」

「そ、そうでございますか……」

あの皇帝陛下が、笑っている。

そこには護衛たちも衝撃を受けたようだ。エレスティアも、彼が人並みに愛想よくできることに驚いた。

（あ、でも、皇子時代から国交や社交もできていたわけですものね……）

驚きを見せるのは失礼だろうと思って、なんとか自然に振る舞って立っていた。

『俺の心獣と並ぶと絵になる、よく似合う』

「え？」

『俺の前でも笑ってくれないかな。小さな手は柔らかく――』

彼が何を思っているのかわからない。

だが、エレスティアは全身が熱を持ったみたいに火照った。

「エレスティア？」

思わず目をそらしたら、彼のどこか柔らかな声が聞こえた。

どきんっと胸が大きくはねた。

姿が見えないぶん、気遣う優しい目をした皇帝が想像された。強面で、冷酷な皇帝だと言われた彼とは程遠い、とてもいい夫である〝王〟の姿が――。

「――お、お忙しいところ失礼いたしましたっ」

エレスティアは心獣から彼の次の〝声〟を聞いてしまう前にと思い、咄嗟に心獣を押して、一緒に部屋の外へと出た。

護衛と、外の廊下で目撃した人々が目をむいていた。

「皇帝の心獣を押しているぞ……」

「なんと勇敢な……」

「でも見てみろ、噛まれる様子さえない」

廊下に心獣と出てから、エレスティアははっと我に返った。

自分を見ている人々の顔に、じわーっと頬を染める。すくみ上がって、困った末にすぐアインスを見た。

「あ、あの、私もしかして……っ」

「落ち着いてくださいませ、エレスティア様。何も問題ありません。皆、自分の心獣に必ずやっていることです。訓練の際に、ですが」

アインスに触らない距離で手を指摘され、エレスティアは心獣に触れっぱなしだった手を慌てて下ろす。

「心獣の触り心地が気に入られたようで、ようございました」

「アインス様っ」

やはり面白がっているのだろう。また顔を背けられてしまったが、アインスがぷくくと肩を揺らしたのち「申し訳ございません」と言った。

結局、ジルヴェストに相談してみたが解決策は得られなかった。

（勝手に動いて……言うことは聞かない、気まぐれ……）

後宮へと戻るため歩きだしたエレスティアは、彼の言葉を一つずつ思い返して、ふと深刻に考えるものではないとようやく思えた。

それなら、毎日こうであるというわけではないだろう。

（だからアインス様も、からかうくらい余裕があるのかも）

例の、古語の貴重本も今日中に読み終わりそうなのだ。読書は集中して楽しみたいし、気持ちを切り替えることにした。

それから数日、心獣は日中にエレスティアのもとを訪れては、長い時間そばに居座っていた。

移動すればついてくるし、後宮で読書している時はそばに座る。しばらくじーっと見ていたかと思うと、不意に撫でることを求めてくるのだ。

「まぁ、あなた本当に懐っこい心獣なのね」

あの強面の皇帝ジルヴェストの心獣とは思えないくらいだ。

数日も居座られるとエレスティアも見慣れてしまって、つい微笑ましく思って撫でてやるのがあたり前になった。

触れることは危険ではないとわかり、今では触るのも平気になっていた。

エレスティア付きの侍女にはジルヴェストの心獣が威嚇《いかく》しない者たちが選ばれているようで、そのかたわらで平然とエレスティアの世話をしていた。

とはいえ、守ってくれる心獣がいない侍女たちなので、もしもの時を考えて一定の距離は置き、淹れ直した紅茶はアインスが代わりにテーブルに置いた。

「エレスティア様に撫でられて、満足そうですわね」

「ええ。こんなに大きな心獣なのに、こうしていると普通の動物のようね」

数日前には想像もしなかったことだが、気軽に話せる相手ができた。大きな黄金色の心獣は、肩身が狭い宮殿で過ごすエレスティアの癒やしになっていた。

エレスティアは魔力に対する防衛魔法も使えないので、両親が心配して動物を飼ったことはない。なぜなら、この皇国の動物も国民と同じく少なからず魔力を持っていた。

素直に撫でさせてくれる大きな心獣は、エレスティアが触れ合った初めての動物だ。いつまでも撫でていたいくらいに暖かくて、もふもふしていて、気持ちがいい。

（ジルヴェスト様がいらしていなければ、問題ないものね）

心獣に癒やされているエレスティアは、そういうことにしておこうと思う。

「驚いたわ、宮殿の敷地内では結構好きに行動しているのね。たまにここを出た時にも見かけるのですけれど、他の心獣たちもそうなのですか？」

「心獣はすぐに駆けつけられる距離を把握していますから、結構自由行動ですよ」

アインスがそう答えると、近くに控えている侍女も口を開く。

「主人は自分の心獣に、できる限り建物の外か、広いところを歩くようにとは訓練しているようですわ。建物の屋根や、近くに待機させている方も多いとは聞きます」

「そうだったのですね」

「場所を指定して待機するようにお願いしても、心獣が聞いてくれるかは五分五分ですよ」

長年の訓練でもその程度なのだと説明して、アインスは肩を少し上げてみせた。

その時、会話が落ち着いたタイミングで、心獣がエレスティアに頭をすり寄せてきた。

「あら、もっと撫でて欲しいの？」

心獣の顔を両手で包み込んで撫で回すと、心獣が気持ちよさそうに顔を上げて、今度は首の下を撫でさせた。

（ふふ、かわいい）

つい微笑んで、エレスティアは心獣を撫でるのに夢中になる。

なぜかアインスが小さく噴き出した。

「ぶふっ、いえ、失礼いたしました——ところでエレスティア様、こちらのご本をすべて読まれるとは思いませんでした」

エレスティアが見た時、アインスは真顔に戻っていた。

話をそらされた感じがしたが、彼女は大事にハンカチの上に置いた古い本に表情を明るくする。

「他の本に夢中になって予定より遅れてしまったけれど、とっても素敵な内容でしたわ」

「数カ国語だけでなく、古語までお読みになられるとは、わたくしたちも驚きました。しかも古語の難しい専門書まで……勉強熱心でいらっしゃるのですね」

「読み解くのが好きなだけです」

今は、バリウス公爵にもらった二冊目の本を読み始めているところだ。

（そういえば、同じ宮殿内にいてもなかなかバリウス様に会う機会はないのよね）

ふと、またしても思い出す。

嫁入りしたばかり。そして毎日の夜伽のために日中は休んでいることになっているので、バリウス公爵もエレスティアに会いたいと申し込むのも難しいだろう。

唐突な結婚命令だった。心配していなければそれでいいのだが……エレスティアはおじのような存在のバリウス公爵を思う。

その横顔を見て、侍女たちが顔を見合わせた。

「エレスティア様、後宮と図書館だけでは気分も滅入りましょう。たまには宮殿の敷地内を散歩されるのはいかがですか？」

「いいえ、後宮内を歩くだけでも運動になりますから」

不要に外を歩きたくないのが本心だった。

父たちが心配していたように、宮殿はエレスティアがいていいところではない。魔法師としての力の強さで優劣を決める者たちの視線はエレスティアを疲れさせた。

（悪く言われるのも、第二、第三の側室が来るまでの間だけ――）

侍女たちは心配しているみたいだが、本を借りる以外は後宮に引きこもっていることを嫌だと思ったことはない。

読書は好きだ。魔法教育から外されることになったあと、初めてエレスティアが手にしたのはおとぎ話の絵本だった。

『呪文のスペルを覚えるための絵本でなくて、いいのですか？』

『魔法のことは考えなくてもいいの。さあかわいい私のエレスティア、好きな本を選んで。母が読んであげますからね、一緒にまずは文字を覚えましょう』

優しい母だった。彼女も優秀な魔法師を輩出する名門貴族の出だったから、エレスティアのために〝一般の家庭での教育の仕方〟を社交界のママ友達に聞き回ったとか。

母のおかげでエレスティアは大好きなことに出会えた。外に行かなくても、本を開けば無限の世界が広がっていた。

膨大な知識、行ったことがない外国の風景もすべて描かれている。

何より魔法師のことなど書かれていない世界が、エレスティアに自分の立場を悩ませることもなく楽しませてくれた。

（でも――）

楽しいことを考えた際、本を読むこと以外にふっと、寝る前にジルヴェストと話す日課が思い出された。

今日も何事もなく平和に過ごせたのか。最近は、どんなことがあったのか聞きたがって話す時間が少し増えた。

ここ数日のジルヴェストは、とくに穏やかな顔をしていた。

腕枕をした状態で『そうか』と相槌《あいづち》を打ち、満足そうにエレスティアの話を聞く。

（その時間は楽しい、……のかもしれない）

宮殿で暮らすなんて無理だと思いながらも、心獣を撫でていた時と同じく、その時だけ宮殿にいる肩身の狭さもすべて忘れている。

どうして心穏やかな気持ちに感じるのか、わからない。

（……それは彼が、いてくださるから？）

胸が何やら温かく高鳴った時だった。

「気にされなくともいいですよ。徐々に誤解は解けていますから」

ふっとアインスの声が耳に入って、エレスティアはいつの間にか下を向いていた顔を上げた。

「誤解、ですか？」

「どうやらエレスティア様のことを、きちんとわかっていない方々が多いようです」

どういう意味なのだろう。

「侍女たちも言っていましたが、よろしければ散歩はいかがですか？　皇帝の第一側室としてのお披露目も控えていますから、会場までの道順を確認がてらにもいいかと」

「あっ……」

そういえばそうだった。皇族入りした妻は婚礼を挙げたのち、初夜の体調が完全に回復することを見越して、十日の期間が置かれる。

そして今度はヴェールを脱いだ顔で、王の間に出て臣下たちにお披露目するのだ。

輿入れした日に、エレスティアはそのスケジュールを聞かされ、お披露目用ドレスのための採寸もしてもらった。それなのに、宮殿にある膨大な数の本に心を躍らせ、すっかり忘れてしまっていた。

「そう、もうすぐ十日目を迎えるのね……」

こんなところで暮らせないと思っていたのに、皇帝の心獣と交流を始めてから、あっという間に日が経っていた。

「でもその、私は引きこもり令嬢でよく思われていませんから……」

「それが今はどう思われているのか、それを実感していただくためにも私はエレスティア様をここから連れ出したいと思っています」

「えっ？」

アインスが、何を言っているのかわからない。

すると視線を返したエレスティアへ、彼が珍しく口角を軽く引き上げた。

「バートリー博士の古語の専門書が欲しいのでしょう？　それなら、今すぐ取りにまいりましょう。その本なら、皇室専用の蔵書室にございます」

それは——とても魅力的だ。

バートリー博士は、百年前に天寿を全うした古語学の権威だ。

彼がまとめた古語全集と評されたその本は、厚く、それに見合うほどの価値があった。それは博士以上の学位を取得した者しか閲覧できない貴重な専門書の一つで、とても素晴らしい古語全集なのである。

エレスティアは貴族令嬢であるので、学問の道には進めなかった。

最弱の魔力で生まれてしまったので、自分が父のためにできることは、貴族との結婚しかないと思っていたから学位なんて持っておらず——。

そうだったのに、今ならエレスティアもバートリー博士の古語全集を閲覧できるのだ。

「…………見たい、です」

後宮から出たくないという葛藤が欲に押し負けた。その際、エレスティアは彼が先日『他に興味がある本はないか』と尋ねてきたことも同時に思い出して、すっかり完敗の気持ちになって正直な気持ちでそう答えた。

「それなら決まりですね」

アインスの無表情で生真面目な顔に、珍しく悪戯《いたずら》が成功したような笑みが小さく浮かんだ。

見守っていた侍女たちが、嬉しそうに外出のための準備を始め、エレスティアに軽めの上着を羽織らせる。

すると心獣もついてくる気のようで、これからエレスティアが進もうとする方向に立った。

「えぇぇ、あなたもまた行くの？」

「――ぶっ」

またしてもアインスがふいっと横を向いた。

「……アインス様、今、笑いましたよね？」

「失礼。あまりにも都合がいいものですから」

都合？とエレスティアは目を瞬いた。

バートリー博士の古語専門書を取りに行くべく、アインスの案内を受けてエレスティアは宮殿へと上がった。

もちろん、まずは皇帝第一側室としてのお披露目が行われる、会場までの道のりを歩くことにした。

案内があるとはいえ、階段や段差など、衣装の裾に気をつけなければならない箇所は自分の目で確認したい。

そんなエレスティアに心獣もついてくる。廊下を歩いていた騎士たちが、たびたび遭遇しては飛びのいていた。

申し訳なく思いつつも、エレスティアは思案にふける。

（これから、かなり人が通る大きな通路に出てしまうわ……）

考えるだけで気持ちが重くなる。

エレスティアは、自分が認められていない側室なのはわかっている。何もしていないし、それを改善しようとさえしていない。

魔法師として最弱。

この皇国では、魔法の強さで人間の格づけをした。

何をしたってそこだけは変えられない。それを気にして逃げ腰になっている自分を思うと、嫌になる。

（ただ、宮殿での暮らしが終わる日を待っているだけ――）

エレスティアにはとても生きにくい場所だった。

毎日、あの毛嫌いの目を向けられれば、これまで荒事も避けてきたエレスティアの精神はすり減ってしまうのだ。

大きな廊下が見えてきた。

エレスティアは、ため息をぐっとこらえて前を向く。皇帝の側室となったオヴェール公爵家の人間として見られるからだ。

間もなく、貴族たちの行き交う宮殿中央に進み出た。

表情を固くしたエレスティアは、軍人魔法師らしき男性や令嬢が気づいて視線を寄こしてくるのを見た。しかし――彼女は身構えたものの、皆嫌みも言わず何事もなかったかのように視線を戻して通り過ぎていった。

「あら……？」

エレスティアは拍子抜けしたみたいな声を出してしまった。

するとアインスが、こらえきれなかったようで肩を揺らした。

「皇帝の心獣が、あなた様のそばを離れない。それは、皇帝が常にあなた様のことを気にされている証拠だ――という噂が広まり、妬むのも少し控えめになったようです」

露骨に睨むのは控えることにした、ということだろうか。

（心獣は、お願いは聞いてくれることはあるというわ……もしかして、そのためにジルヴェスト様が寄こしてくれたの？）

まさかと思いつつも、そんな推測に胸の奥が温かく鼓動する。

エレスティアが不思議に思いつつ少し上へ視線を流し向けると、心獣が深い青色の目でじろりと見つめ返してくる。

何を思ったのか、心獣が唐突に顔を寄せてきた。

頬をこすられたので、エレスティアも反射的に両頬をもふもふと撫でた。皇帝の心獣は特別大きいので、そうするとまるで顔を抱きしめているみたいになってしまうけれど。

――ぐるるるる。

「あら？」

気のせいか、喉を鳴らすような音がする。

エレスティアは、心獣のもふもふな胸元に耳を押しあてた。そばでアインスも耳を澄ます。

「……やっぱりそうだわ。あの、猫みたいにごろごろ言っているように聞こえるのだけれど」

「ええ、私にもそう聞こえますね」

「………猫、ではないわよね？」

よくわからなくなってエレスティアがそう言ったら、アインスが今度は「ぶっくくく」と笑っている。

（生真面目かと思っていたら、普通にお笑いになるのね）

アインスの意外な笑顔を見て、エレスティアは呆気にとられた。

けれど意外というなら、ジルヴェストの笑顔もそうだろう。

寝所でも穏やかな表情を見せた。それからエレスティアが緊張しないように護衛を下げて、数人の侍女だけを残して取る朝食の時も――。

エレスティアは、彼が小さく笑った顔を思い出して頬が熱くなった。

今朝も話を促された際、本の話をし始めて、つい熱中してしまった。けれど彼は兄たちと違って『もっと話して』と目で伝えてきた。

「おや、どうかされましたか？」

「な、なんでもありませんっ」

戸惑っているだけだ。ひたすらに優しくしてくる〝王〟に。

エレスティアは会場までの道案内をアインスにお願いして、再び歩きだした。

その後蔵書室に立ち寄り、バートリー博士の古語の専門書を手にすると、それまであれこれ考えていたことは頭から吹き飛ぶことになる。


第一側室としてのお披露目は、日中に宮殿の大広間で行われた。

大理石の広々とした美しい会場だ。昼食にふさわしい料理も様々と並べられた立食コーナー、楽団の優雅な演奏をうっとりと眺めている貴族たちは夜の舞踏会かと思うほど着飾り、談笑する人々の間からは紛れ込んでいる白い狼のような大きな心獣たちの姿も見られる。

そんなパーティーの会場を見渡せる玉座の隣、エレスティアは新たに設けられた長椅子に腰を下ろしてジルヴェストと並んで座っていた。

「このたびはご婚姻をお喜び申し上げます――」

パーティーに出席した大勢の貴族が、列を成して目の前で挨拶を述べていく。

エレスティアはどうにか微笑みの表情をぎこちなく保ってはいたが、すでにくらくらしてしまっていた。

（ああ、私、今大勢の人の前にいるのだわ……）

これまで引きこもりだったので、大勢の人と顔を合わせる機会は滅多にない。

今すぐ帰りたい心境だった。何せ、いつ、隣にいるジルヴェストの心の声が聞こえてくるかひやひやしている。

つい、皇帝の心獣が来ていないかたびたび目で探してしまう。

心獣は主人の魔力そのものなので、気ままに会場に入ってしまうのは仕方のないこととされていた。

今も、ちらほらと歩いている心獣たちがいる。

主人にとっては、それだけ優秀な魔法師であることを証明する存在でもある。心獣がいない魔法師にとっては憧れだ。

（皇帝の心獣が、黄金色の毛並みをしているのはありがたいわ……）

他の心獣たちは白い。紛れ込んだとしても、すぐ皇帝の心獣だと気づける。

（来たら、速やかにそばから離れる……！）

婚姻の祝いの挨拶を受けているエレスティアが、ただひたすら思っていることはそれだった。

とにかく、一刻も早くジルヴェストのそばを離れたい。

ようやく一通り挨拶を受け終わったようだ。騎士たちが前を固めて、締め切ったと貴族たちに告げる後ろでエレスティアはほぅっと息を吐く。

「それではこちらで失礼しますわね。邪魔をしては悪いですから」

彼女は早速、ジルヴェストへと向いた。

「せっかくこうして一緒にいるのだ。そばにいるといい」

エレスティアは、彼の眼差しと共にそんな言葉を受けて、肩がぎくんっとはねた。

普段、寝所と朝食を毎日共にしているだけでも、エレスティアにとっては十分すぎるのだ。心獣からダダ漏れになっている彼の思考で、国家機密など知ってしまわないようできるだけ一緒にいないようにしている。

「不慣れなようなので一緒に来賓のもとを回ろうと思ったのだが、何か予定でも？」

困っていることを察したような彼の言葉に、エレスティアは心の中で『うっ』とつぶやいてしまう。

これからジルヴェストは社交だ。

今のところ、公務も始まっていない彼女はお飾りの側室なので役に立てない。

会場にいる貴族たちの目も、先程からずっとジルヴェストしか見ていなかった。とくに話すこともなしと、ありありと見て取れる目をしている。

なのでジルヴェストとは、ここでお別れしたい。

（いつ、彼の心獣が来るかもわからないし……）

やはり一緒にいるのは危険なので、断った方がいい。皇帝の誘いを断るなんて恐れ多いが、これなら彼も納得してくれるだろうと考えていた台詞を口にすることにした。

「父たちと、久しぶりに話そうかと思っていまして」

挨拶の列には、父のドーランたちも参列していた。長兄のリックスと、次兄のギルスタンは会話の機会を得て光栄だとも述べた。

けれど、個人的に言葉を交わす時間はなかった。

エレスティアが今日の彼らの出席を望んだのも、家族と話したいという目的があった。

「そうか。ドーラン公爵も先日、顔を見た際にまた君のことを聞いていた。親子水入らずで話すのもいいだろう」

「はい、お心遣いに感謝いたします」

護衛騎士が数人つき、ジルヴェストがパーティーに出席する。

ようやく一時解放されることになった。エレスティアは彼の背が人混みに紛れた途端、急く思いでドレスをつまんで移動を開始した。

（お父様、やはり心配していらっしゃるのだわ）

見かけた皇帝にわざわざ声をかけたと聞いて、居ても立ってもいられなくなった。早く会わなくてはと気持ちが急いた。

すると、そばにアインスがついた。

「オヴェール公爵でしたら、あちらです」

「ありがとうございます。しばらく親子で話してもよろしいでしょうか？」

「もちろんです。私は離れたところから護衛しておりますので」

声が聞こえない距離で護衛してくれるらしい。いい護衛騎士をジルヴェストには選んでもらったものだ。

エレスティアはアインスに礼を告げると、彼が手で示してくれた方向へと急いだ。

すると、三頭の心獣が周りを固めてドーランたちがいた。エレスティアを見るなり、一人通る分の道を開けさせる。

「おぉっ、エレスティア！」

ドーランが、よく通る野太い声を上げ、駆け寄ったエレスティアを抱きしめた。

「お父様たちも、お変わりなさそうでよかったです」

「エレスティアこそ大丈夫か？」

ギルスタンが心配そうにエレスティアを覗き込んだ。

会話を遮るためか、三頭の心獣たちが大きな身を寄せ合って一家を囲む。よく訓練されている心獣の様子を見て若い令息たちが尊敬の声で囁く。

そんな中でリックスが、ギルスタンに続きエレスティアに言う。

「噂は集めているが、皇帝陛下が急に婚姻に前向きになったという信じられない話もあって——父上からも、皇帝陛下から直接よい待遇をされているとは聞いた。それは本当か？　お前がつらいのなら、我ら兄弟もすぐにでも動く覚悟だ」

「いえっ、つらいことは本当に何もなくて」

そんなことをしたら謀反だ。

エレスティアは慌ててリックスの声を遮る。するとドーランが彼女の両肩を掴んで、今にも泣きそうな顔で聞いた。

「毎日、皇帝陛下の訪れが続いていると聞いた。体に障りはないか？」

すまない、こんなことになるとは……そう父の悲痛な表情は語っていた。

「大丈夫ですわ。宮殿の方々にも、よくしていただいております」

エレスティアは微笑んで見せたが、それでもドーランの眉は下がったままだった。毎日夜伽があると聞いている兄たちも、強がりだと受け取ったようでつらそうな顔をした。

彼女は、ジルヴェストとは夫婦らしいことなど何一つしていない。

今は妃が欲しくないと言った彼が、次の側室をすぐに寄こされないように、衣食を共にしているだけだ。

（二人の秘密だから——家族には、言えない）

それに皇帝と『関係』があるから、今は宮殿の者たちの目も、やや厳しいだけで済んでいるのだろう。

もしかしたら皇帝の子を宿す可能性もあるかもしれない、と。

優秀な家柄の魔法師ほど、優秀な魔力を持った子を産むと重宝されている。

とくに代々男系のオヴェール公爵家は、子息たちが各部隊の隊長を任せられるほどの魔法師だった。

そこに誕生した珍しい女児は、各家も注目したとか。

けれどエレスティアは、魔法の才能がからきしだめだった。まれにある弱い魔力の子を産む女性だったらと考え、縁談を結ぼうと動く貴族はいなかった。

「パーティーに出席できた姿を見て体調に問題がないのはわかった。だが、君が第一側室になったことに対する不満の声を聞くたび、君がその視線に晒されていることを想像して、僕は、とても胸が痛い」

リックスが正直なことを告げて、眉をくしゃりと寄せた。

国の防衛においてもオヴェール公爵家は貢献している。しかし、残念ながらその娘は出来損ないで、もし弱い魔力の子を産んだら――と陰口を囁かれているのはエレスティアも知っている。

（けれど私が、皇帝の子を宿してしまうことはないから）

自分とはまるで関係のない話をされて、胸が痛むことはない。今のエレスティアは『もしも、魔力量も少ない子を産んだら』と心配することとも無縁だった。

うっかり皇妃になってしまう危険性もなくなった。

この第一側室としての立場も、期間限定だ。それに、何よりジルヴェストはひどいことは何もしてこない。

「私は大丈夫です。風あたりをなくそうとして、この前も皇帝が宮殿内でお声をかけてくださいました」

「えっ、とすると心獣は監視ではなくて、護衛なのか？」

ギルスタンも、声を潜めつつ驚きを見せる。

家族には『監視』と懸念されていたようだ。エレスティアは、つい笑ってしまった。

「ふふっ、皇帝陛下はそのようなことはなさいませんわ。私も初めは怖いお方だと思っていましたが信頼がおけるお方を護衛につけてくださいまして。それから彼の心獣は、気まぐれに私たちの間を行ったり来たりしているだけです」

家族が顔を見合わせる。ややあってドーランが「いや、これは少し驚いた」と言いながら頭の後ろを撫でた。

「婚姻後に皇帝が声をかけてきたのは、何か策があってのことかと疑ったものだが……そうか、意外とよくしてもらっているのか」

「どんなお話をされたのです？」

そういえば、気になっていたことだった。

「う、うむ、『娘は何をするのが好きか？』と」

「はい？」

なんとも唐突な質問だ。

「それで私は、読書家であるとお答えしたのだ」

「宮殿の本がある場所はすべて出入りの許可が下りているらしいけど、それは皇帝が？」

「はい、リックスお兄様。護衛騎士をつけられた日に、早速案内いただきました」

注目されているせいで『本を借りては後宮に引きこもっている第一側室だ』という噂は、彼らも耳にしていることだろう。

「……そうか、てっきりお前が『せめてもの楽しみを勝ち取るっ』と動いたのかなと思っていた」

「リックス兄上、恐れ多いですよ」

「知った相手ならともかく、輿入れで初めて会った相手だぞ？　僕らのエレスティアが政略結婚などと――」

リックスがうなるようにため息を漏らした時だった。

ドーランが手を叩いた。オヴェール公爵家の訓練を受けている三頭の心獣が、速やかに動きだして周囲へと散る。

「暗い話はなしだ。エレスティアがいいと言っているのだから、今はそれでいい。お前たちも掘り返すのはやめなさい」

「ですが父上――」

「せっかく会えたのだぞ。すぐに〝例のこと〟ができないのも事実、エレスティアが耐えて健気にもがんばっているのに水を差すつもりか？」

説得を聞いたリックスが「確かに……」と言って口をつぐむ。

それを見たドーランが、いかつい顔に笑みを浮かべてエレスティアへ向き合った。

「エレスティア、お前は本の話が好きだろう。今日は、宮殿にいる私の友人を紹介しようと思ってな」

「ご友人様、ですか？」

「うむ、奴はなかなか宮殿の職場から動かないので、紹介する機会がなかったんだが。ちょうどいいだろう？」

それは宮殿内に味方がいた方が、という意味だろう。

屋敷によく来ていたバリウス公爵と違い、宮殿に行かないとなかなか会えない人物なのでこれまで言わなかったという。

「魔法具研究局を知っているか？」

「たしか、お父様たちが戦場でされている防弾用の胸当ての開発にも貢献した……？」

「そうだ。ここには宮殿支部が入っている。そこの支部長をしていて、資料保管の責任者でもあるのだが、その部屋に個人的に各地の古本を採集して置いているのだ」

「まぁっ、それは素敵ですわ」

昔の本は数が限られているうえ、一度製本されたら再版はない。読めるのは大変貴重なのだ。

リックスとギルスタンが視線を交わし、柔らかな苦笑を浮かべる。

「相変わらずのその笑顔が見られて、安心した」

そう言ったギルスタンと同じく、先程まで渋っていたリックスも和らいだ目で「そうだな」と同意していた。

ドーランに連れられて、待ち合わせているという場所まで会場内を移動した。

たどり着いたのは、会場の東側にある立食コーナーだった。

「ドーラン殿、待ちくたびれましたよ」

気づいて手を上げてきたのは、鼻筋にまで前髪がかかっている男性だった。

髪色は重い焦げ茶色なので、余計にもさっとした印象が増した。とても厚いレンズの眼鏡《めがね》までかけていて、目元は見えない。パーティー会場内なのに、白衣を着ているせいもあってかなり浮いていた。

ドーランは合流するなり、彼と熱い握手を交わした。

「先日サロンで会った以来だな。まったく、出席する気ゼロの格好じゃないか」

「こっちは都支部から届いた資料を読むのが楽し、いえ、忙しくてですね」

「活字中毒め」

「かの大隊長にお褒めいただき光栄です。こういう場所は苦手なんですが、まぁ娘の味方になって欲しいと頼まれたらね——ところで、そちらが噂の皇帝第一側室様かな？」

男の前髪が揺れて、エレスティアは目を向けられたのだと気づく。

「カーター、そういう茶化しは今はやめてくれ。エレスティアにジョークは少々無理がある」

「おや、ずいぶん溺愛しているという噂は本当だったんですね、先輩」

「先輩？」

エレスティアが小首をかしげると、そばについた兄たちのうち、リックスが耳打ちする。

「学校の先輩後輩だったらしい。そこから、今も縁が続いている」

「まぁ、そうでしたの」

「そうそう、そういうわけさ」

男の口元が、にーっこりと笑う。

愛嬌はあるみたいだ。怖い人ではなさそうだと感じて、エレスティアもつられて笑い返した。

「エレスティア、彼が私の古い友人で、魔法具研究局宮殿支部の支部長をしているカーター・バロックだ」

「気軽にカーターと呼んでくれ。ああ、皇帝の第一側室に対する言葉遣いではありませんでしたね」

「ふふっ、いいのですわ。簡略的なご挨拶で失礼いたします、オヴェール家のエレスティアです。お目にかかれて嬉しく思います」

エレスティアが軽く挨拶の姿勢を取ると、カーターも胸に片手を添えて、紳士の会釈を返した。

「読書家だと伺ったもので、私が集めている古本の一冊を試しに持ってきたんだ」

「えっ、それはどんな本ですの？」

食いついたエレスティアを見てドーランが苦笑を漏らし、リックスとギルスタンが「また始まった」と各々ため息を漏らす。

「う～ん、女の子が好きだとは思えないんだけど。ちなみにこれが、私がよく集めているタイプの古本だ」

カーターが、立食テーブルの上に置いてあった白い包みを取った。そこから現れたのは、一冊の古本だ。

「まぁ……まぁまぁっ、これって空想錬金術学シリーズの一冊ではございませんか！」

「え？　エレスティア嬢も読むの？」

「はいっ、我が家にもシリーズのうちの三冊があるのですが、こちらは初めてです。ああ、なんて素敵なの、早速少し見せていただいても⁉」

「え、あ、うん、どうぞ」

気圧《けお》されたようにカーターが差し出す。手に取るなり、表紙にうっとりと手をすべらせるエレスティアを見て、彼がちょっと気難しそうな顔をする。

「ドーラン殿、どういう教育をしたら空想錬金術学の本まで読む令嬢に育つんです？」

「バリウス様が一番目に持ってきた古本が、それだったんだ」

「あー……なるほど。我が国の参謀、読書家のバリウス様ですね。一番厄介な先輩だったのは覚えています」

エレスティアは、それを聞いてハタと思い出す。

「そういえば、バリウス様はお元気ですか？」

「会えていないのか？　そういえば私も全然見かけていないな」

ドーランが顎を撫でるそばで、カーターが「あ」と言った。

「なんだカーター、言いたいことがあるのなら言え」

「えーと、今回のこと、第三者視点からなんとな～く見えてきました。たぶん、バリウス様はしばらくつかまらないんじゃないですかね？　今日の出席者リストに載っていませんでしたし」

皇帝の婚姻の祝いにも出席できないほど忙しいようだ。そう思うエレスティアのそばで、二人の兄が疑惑の目をして顔を見合わせている。

その時、どこからか令嬢の焦ったような声が聞こえてきた。

「だめよっ、止まりなさいっ」

声のした方を振り返ると、そこには匂いを嗅ぎながら近づいてくる心獣がいた。

その向こうに顔面蒼白になった令嬢の姿が見えた。彼女はドーラン、そしてリックスとギルスタンに揃って美しい顔を向けられた途端、もっと青ざめた。彼らがオヴェール公爵家の者だと気づき、怯えているのだ。

「心獣をきちんと制御できていないな、どこの娘だ」

「リックス兄上、手厳しいですよ」

ギルスタンが小声で言いながら、眉をひそめた兄の腕を肘で小突く。

心獣はエレスティアの方めがけて真っすぐ向かってきた。

(何をくんくんしているのかしら？)

直後、エレスティアは持っている古本に鼻を寄せられてびっくりした。この心獣は古本の匂いが初めてのようだ。

「だ、だめですっ、水気厳禁の貴重な古本ですよっ」

エレスティアは、咄嗟に古本を持ち上げて自分の後ろへと遠ざけた。しかしその心獣は古本しか見ていなくて、そのまま前進してくる。

教育の不十分さを見て取ったのか、ドーランの強面が凄《すご》みを帯びた。

リックスの指が、魔法を発動させようとして彼の衣装の袖に氷が広がっていく。

(だめ、そんなことをしたら大事《おおごと》になってしまう)

エレスティアは焦った末、咄嗟に叫んだ。

「な、――〝仲よくしましょう〟！」

だが言った直後、ハタと気づく。

(あ、噛まれそうになっているわけではないから効かないかも――)

これでは、リックスが得意の氷属性の魔法を放ってしまうかもしれない。そう思って背筋が冷えた時だった。

心獣が、ぴたりと止まってくれた。古本から鼻先を離すと、じっと見下ろしてきて、エレスティアははっと言葉を続ける。

「そ、そうです、だめです。これはとても貴重な本なので、鼻を押しつけるのはいけないのですっ、いいですすねっ？」

心獣が鼻の上に皺を寄せ、尻尾をぱったんぱったんと振った。

まるで、考えているかのようだった。

その様子を見ていた心獣の主人の令嬢も、目撃した貴族たちも動きを止めている。カーターもぽかんとして眺めていた。

間もなく、心獣が鼻息を漏らして後ろを向き、令嬢のもとへと戻っていった。

エレスティアはほっとした。

「ふぅ、よかった。カーター様のご本は守られましたわ」

くるっと笑顔で振り返ったところで、彼の唖然《あぜん》とした顔に気づいた。どうしたのだろうと思っているると、周りのざわめきが耳に入ってきた。

「今のはなんだ？　心獣は噛もうとしていたのか？」

「わからない。しかし、回避したぞ」

「他人の心獣が〝お願い〟を聞いたように見えた」

ドーランと兄たちが訝って周囲を見た。

今や、近くにいる者たちは揃ってこちらをうかがっていた。ざわめきが伝わって、みんなが動きを止めている。

その時、エレスティアは唐突にカーターに手を掴まれた。

「きゃっ、何――」

「不思議だ。今、君は何をした？」

「え？　いえ、ただ噛まれない呪文を」

その時、地味な青いロングコートを着た中年男が、人混みを押しのけてきた。

「通してくれ！　ほらっ、道を開けて！」

「何者だ、止まれ！」

彼が人混みを抜けた瞬間、ギルスタンが腕を相手の胴体にあてて防ぐ。

その中年男が「ひゃあっ」と情けない悲鳴を上げた。

「話す許可を取りもせず、皇帝第一側室へ一直線に向かうとは、愚かな。礼を欠くなら、我がオヴェール公爵家が許さんぞ」

「ひえぇぇぇ〝風の冷徹師団長〟殿!?　ご、ごご誤解だっ。わた、私はそこのカーター殿の部下であります！　魔法具研究局の副支部長のビバリズです！」

彼が両手を上げて主張した。すると、リックスが歩み寄る。

「副支部長？　それがうちの妹、いや皇帝第一側室になんの用が？」

「どぇえええ今度は〝氷の師団長〟殿！　側室様だからこそっ、今しか話をする機会がないと考えましたもので！」

ビバリズが、がたがた震えながらそう言った。リックスは警戒レベルを上げて魔力の冷気をまとっている。

「お兄様たち、やめてくださいっ」

エレスティアはカーターに手を掴まれたままだったので、駆け寄れず、大きな声を上げて彼に答えた。

するとかなり興味があるのか、ビバリズが追って質問を投げてきた。

「側室様はあの心獣に何をされたのですかっ？」

「え？　いえ、とくに何も。私がしたのは〝ただ噛まれないだけの魔法〟ですわ」

「いやいやっ、我々には心獣に言い聞かせたように見えた！」

「言い聞かせる……？」

すると、カーターもうなずく。

「エレスティア嬢、私にもそう見えた。一瞬だが、魔力の波長に奇妙な感覚もあった」

「波長、ですか？」

「我々のような研究職だと、そういうのに敏感でね――ビバリズ、君も鳥肌が立つような不思議な圧を感じなかったかい？」

「ああ、びんびん察知した！　それで走ってきたら君たちがいたのだっ」

下品な言い方を聞いたドーランが怖い顔をした。リックス以上の魔力を怒りで滲ませて、ビバリズに凄む。

「――ビバリズ副支部長殿、娘の前なんだが」

「ひぇっ、すみませんでございました！」

ビバリズは、噛みまくったうえ変な敬語になっていた。

リックスが「興ざめした」とため息交じりで言って警戒を解き、彼から指示を受けたギルスタンも腕を下ろしてビバリズを解放する。

「こ、これは失礼をいたしましたオヴェール公爵……ですがっ、オヴェール公爵令嬢は〝心獣にお願いをした〟！　心獣は指示に従ったのではないかと我々は思うのです！」

そんなふうに考えたことはなかった。

（噛まれることを退ける魔法だとばかり……）

その時、ざわめきが一瞬でやんだ。

膨大な魔力によって場の空気が変わり、聞こえた低くていい声に、エレスティアもゾッとした。

「──私の妃に何をしている？」

人々が開けた道を、皇帝を示すマントを揺らしてジルヴェストが向かってくる。

彼の深い青色の瞳は、今は氷を宿したように冷えてさらに美しく見えた。冷酷な皇帝と呼ばれるにふさわしい威圧感だ。

「皇帝陛下……」

ジルヴェストから強大な魔力が発せられている。非難じみた眼差しだけで場の者たちを黙らせた威圧感はすさまじく、ドーランたちもごくりと息をのむ。

「魔法具研究局支部長カーター・バロック、いつまで私の妻の手を握っているつもりだ？」

「はっ、これは失礼をいたしました」

カーターがすばやく離し、深く頭を下げる。

誰もが慌てたようにそして同じく頭を下げた。皇帝の行動を妨げないと忠誠心を示すように、臣下の礼を取る。

「ジ、ジルヴェスト様……あっ」

エレスティアは来た彼に肩を抱かれ、カーターの前から引き離された。

持っていた古本が、どさりと床に落ちた。

娘の悲鳴を聞いたドーランがいち早く反応したが、息子たちとすばやく見たのち、安堵の息を密かに漏らした。

「エレスティア、無事か？　何か問題でも？」

ジルヴェストはエレスティアを抱き寄せると、少し乱れた横髪を撫でるようにして整えた。

彼の指が撫でるように頬にかすり、エレスティアは体温が上がった。

見つめるジルヴェストの表情は、一心に彼女を思っているみたいだった。第一側室に触れる彼の眼差しは気遣いに溢れ、その場にいた忠実なる臣下たちは、これまでに見たことがない皇帝の姿に感動すらしていた。

心の声が聞こえなくても、わかる。

ジルヴェストは騒ぎの中心に彼女がいると気づくなり、心配して、エレスティアのもとに駆けつけてくれたのだ。

「い、いえ、何も問題はございませんでしたわ」

「本当か？　何かひどいことを言われたりはしていないか。私は、そなたが傷つくのは見たくない」

どこからか「ごほっ」と小さな声が上がった。

令嬢たちがすっかり頬を染めている。こんなに甘い言葉を言うジルヴェストを、想像できなかったのだろう。

深い意味はないはずだが、エレスティアもまた赤面を隠せなかった。

彼が言うと、どうも心臓がばくばくして平常心でいられなくなる。

「あ、あの、心配しすぎですわ」

「だが、何やら騒がしかったようだが」

「えぇと、心獣に私の魔法呪文をかけたところに父の友人のカーター様と、ビバリズ様がご興味を抱かれて。研究熱心であらせられますのね」

「ああ、君のオリジナルの呪文の……」

つぶやいたジルヴェストが表情を戻し、その強面がカーターへと向く。

「――と私の妻は申しているが、事実か？」

「すべて事実にございます」

カーターが冷静に答え、ビバリズが慌てて声を揃えた。

興味と言われてもピンとこなかったのだろう。ジルヴェストは深い皺を眉間に刻んだ。

「私の妻が少し変わった魔法を個性として持っていることは、私も知ってはいる。しかし、それを目撃しただけでこの集まりか？」

納得しがたい顔で、彼が周囲を見やる。

気の強そうな令嬢たちが、後ろめたさのある表情であとずさりしていく。周りの貴族たちも緊迫感に包まれた。

「こ、皇帝陛下、エレスティア様の仰せの通りでございます。我々はあなた様の妻に何もしておりません」

疑いをかけられてはたまらないと思ったのか、立派な衣装に宝石の首飾りまでつけている中年貴族が、目が合った途端に情けない声でそう申告した。

誰も、余計なことは言わなかった。

皇帝の威圧感から早く解放されたいという皆の気持ちを、エレスティアはひしひしと感じた。

彼女だって同じ思いでいた。

なぜ、こんなに気まずい状況になっているのかわからない。

しかし、エレスティアは自分がきっかけであることには違いないと思い、どうにかしたいと思った。

だが――。

『なんだ、見物に集まっているのか？』

――ひぇ。

別の方向から流れてきた〝ジルヴェストの声〟に、すくみ上がった。

『さっき玉座で散々見ていただろう。けしからん、彼女のかわいらしさを見に来ているんだな？　くそっ、俺だって見続けていたいんだぞ！』

「ごほっ」

エレスティアは、もはや動揺を隠すことができなかった。

むせた彼女に気づき、ジルヴェストがはっと視線を戻す。

「エレスティア、どうした？」

「あ、いえ、なんでも、おほほほ……」

肩を抱き、気遣わしげにすばやく顔を覗き込んできたジルヴェストへ、エレスティアは慌ててそう答えた。

声がする方を見てみると、そこには皇帝の心獣の姿があった。

（もう嫌っ、なんで聞こえてくるのっ）

エレスティアは、初日の夜にあった不思議な出来事を思い返す。

やはり、心獣に額を合わせられ光った際、何かが起こったのだろうか。

けれど心獣が、主人の心の声が聞こえるように誰かに魔法をかけることができる、なんてことは聞いたことがない。

皇帝の心が心獣から全部ダダ漏れてくるなんて、大事件だ。

そんなこと、誰かに相談できるはずもない。

（相談してもし解決しなかったら、宮殿から逃げられないと思うし……）

ジルヴェストが心獣を見た。ざわついたのが気になって見に来ただけなのか、心獣は身軽にジャンプし、二階の広いテラスから外へと行ってしまった。

エレスティアがほっとした時、ビバリズがずいっと名刺を差し出した。

「とりあえず興味がありましたらっ、お時間があれば、ぜひ立ち寄ってください！」

「あはは、お前はすごいね。そこで渡しちゃう？」

カーターが笑った。

エレスティアとしても、自分がつくった魔法呪文についての彼らの見解とやらは気になる。しかし引きこもりの彼女には、パーティーのあとまた出歩くというのも気が引けた。

「お誘いは感謝いたします。ですが――」

「続き部屋が私の〝趣味部屋〟となっておりますので、いつでもどうぞ」

カーターが落ちていた古本を拾い上げ、そう言ってにっこりと笑いかけると、背を向けて悠々と手を振って去っていく。

エレスティアは固まっていた。

「……これは、行くのを決めたな」

「……ああ、なんてわかりやすい妹なんだ」

リックスとギルスタンが、あきれたようにつぶやいていた。

ジルヴェストが警戒を解いたみたいに腕をほどいた。彼が顎で合図するとどこからともなくアインスが現れ、ビバリズの差し出していた名刺を代わりに受け取ろうとする。

「皇帝第一側室への渡し物は、私がいったんお預かりします」

毒が塗られていないか確認するためだ。

「え、あ、はいっ」

ビバリズが察して、慌ててアインスに渡した。

前世で〝姫〟だったエレスティアにとって、よくあることだった。

「皆の者は、引き続きパーティーを楽しんでくれ」

ジルヴェストの声に、貴族たちが動きだした。

「それでは、私たちもパーティーへ戻ろう。――君を一人にできなくなったので共に来てくれるか？」

「えっ、しかしジルヴェスト様は、まだお会いになる方々がいらっしゃるのでは」

「妻との食事に専念して、目くじらを立てる者などいないだろう。君との昼食は、普段できないことだ」

エレスティアはそっと両手を取られ、穏やかな声で告げられて、真っ赤になってしまった。

夫婦の時間を大切にして、二人で食事してくれる夫。

それもまた彼女が抱いていた理想だった。じっと見つめてくる彼の目はあくまで了承を待っていて、そこに〝王〟が命令する威圧感はない。

「……わ、わかりました。私も……一緒に昼食を取りたいです」

「よし」

ジルヴェストの声は、まるで普段聞こえてくる心の声のようだった。

すると、ドーランが困ったような顔で微笑み、息子たちを呼んだ。

「さて、我々はお邪魔なようですので、友人らのところへ挨拶に行きます。皇帝陛下の穏やかなお顔を拝見できて嬉しく思います」

「皇帝陛下、できれば護衛騎士のアインス殿と話してもよろしいでしょうか？」

リックスが軍人としての姿勢を取って、一歩前に出て生真面目にそう言った。

「ああ、エレスティアの護衛だ、気になるのは当然のことだろうな。彼は護衛としての実力、皇帝第三補佐官としての功績もある者だ。話したいだけ話してくれ」

ジルヴェストがそう告げると、アインスが進み出る。

「こちらこそ『氷の師団長』と話せること、光栄に存じます」

「私も、ぜひお話を伺いたいところです」

ギルスタンが対外向けのにこっとした笑みをつくって言い、アインスを含めてドーランたちが歩き去っていった。

エレスティアはジルヴェストにエスコートされ、皇帝専用の二階席へと移動した。

人々からはあまり見えないところだ。

立食メニューが二人分、特別に運ばれてきた。大勢の視線から解放された彼女は安心したおかげで食欲も出て、ジルヴェストと二人しばし穏やかな昼食の時間を過ごしたのだった。


パーティーを終えて数時間後、夜を迎えた。

寝所から侍女たちが出ていくと、入れ替わるようにして心獣が黄金色の毛並みを揺らしてひらりと入ってきた。一直線に駆けてきてベッドをずいっと覗き込む。

（ひぇ……）

あっという間だった。布団に潜り込んだところだったエレスティアは、上にどーんっと現れた大きな獣の頭を見て、思わず首をすくめた。

「お前は、最近とくに気まぐれだな」

ジルヴェストが顔をしかめつつ、彼女の上から腕を伸ばして心獣の鼻の上をわしわしと撫でる。

『よしよし、いい子だぞ！』

（……なぜ、彼は喜んでおられるのかしら？）

彼の態度と、心の声が合っていない。

エレスティアは、恐れ多いがツンデレなのだろうかと考えてしまう。

『今後も、エレスティアによく懐くように！』

（え？　私？）

なぜだろう。彼に利点などあるのだろうか。そう考えて、エレスティアは初夜の日をはっと思い出した。

（そういえばはぐらかされたけど、眠る前に大きいから怖いかもしれないとおっしゃっていたような……）

初め、気まぐれにそばに来るので慣れてくれと彼は言っていた。

ああ言った時の彼の表情は冷ややかにも感じられたが、ヴェールを外す行為を勘違いさせて怖がらせてしまったことを反省していたし、実のところ、エレスティアのことを考えて言った言葉だったのではないだろうか。

（つまり心獣を持たない私が、怖くないように心獣を寄こしている……？）

そんな推測に至って、胸がどきどきしてきた。

毎夜続く彼の腕枕に少しは慣れたつもりでいたが、後頭部に触れている彼の腕さえ意識して、初日と同じく心臓がうるさいくらい大きく鳴っている。

すると心獣が、今度はエレスティアの方へ鼻先を向けてきた。

「えっ」

びっくりして咄嗟に顔の前に手を向けたら、手のひらにもふっと鼻の上を押しあてられた。

「まぁ……あなた、撫でられたいのね」

主人である皇帝の前でいいのかしら？と一瞬迷ったものの、心獣への怖さが薄れていることをアピールしてジルヴェストを安心させるいい機会でもあると思えた。

エレスティアは、ありがたくもふもふとした手触りを楽しませてもらうことにした。

皇帝の心獣はどこもかしこもふわふわとしている。首回りなんて、濃密な泡のようにもふもふと手に柔らかさが吸いついてくるようだ。彼女が不慣れな手を動かせば、心獣が撫で方を教えるように顔を動かしてすり寄せてくる。

「ふふっ、懐っこいのね」

ほっと癒やされるのを感じた。

その時、心獣の方から〝彼の声〟が唐突に流れてきた。

『――うらやましい』

腕枕越しに頭を動かして見てみると、ジルヴェストがじっと見つめている。

（……まさか、拗《す》ねていらっしゃるの？）

少し眉が寄っていてしかめ面だが、日中見た時の威圧感はない。目が合っても、何か言ってくる気配がなく考え込んでいる感じでもある。

皇国で唯一の、黄金の毛並みを持った一番大きな心獣だ。

撫でる特権は自分のものだと彼が思っていたのだとしたら、悪いことをした。

「あ、あの、ジルヴェスト様」

ごめんなさいとエレスティアは言おうとした。

だが顔の向きを彼の方へと変えて、言葉を続けようとした時、ジルヴェストが急に腕枕をしていない方の手を勢いよく顔に押しあてた。

『あーっ！　着飾った彼女も女神のごとく美しかったが、やはり自然体もとてもかわいい！　上目遣いが愛らしすぎて死んでしまう！』

（え）

死ぬとは、また大袈裟だ。

けれどエレスティアは、表情を隠している彼の向かいで、顔を真っ赤にしてしまった。

（……な、なんて表現をされるお方なのかしらっ）

会場に入る前、ドレスが似合っているとクールに言われたが、女神だなんてもったいなすぎる褒め言葉だ。

何より、あの皇帝からそんな褒め言葉が出ることにも驚いた。

エレスティアは体温が上がって仕方がなかった。彼が顔から手を離す前に、エレスティアは自身の赤面をどうにかしないといけない。

（これ以上、今の彼の心の中を聞いたら大変なことになる気がする……！）

その時、心獣が満足したみたいにくるっと尻尾を向けるのを背後に感じた。そのままどこかへ駆けていって、足音はあっという間に聞こえなくなった。

本当に気まぐれだ。だが、今は助かった。

これ以上彼の心の声を聞かされるのは、心乱されてエレスティアの身がもたない。

（ジルヴェスト様も心の方が騒がしいみたいだし……少し離れた方がいいのかしら？）

二人が親密そうな距離感で就寝しているのは、そもそも偽りの夫婦であることを疑われないためだった。

初夜からずっと腕枕をしてもらっているし、もう起床係の侍女たちも二人の仲は疑っていないだろう。

（そ、そうね。私も毎回恥ずかしくていまだ慣れないでいることだし、それなら、ここは彼に提案をして――）

そうエレスティアが考えた時、隣で彼が顔から手を離した。

「えっ？」

「あー、その……今夜は、手をつないで寝ないか」

提案に驚いて、ぱっと彼の方を見た。すぐそこに覗き込んでくる彼の深い青色の目がある。

「で、ですが」

「だめか？」

彼の眉間に、ちょっと皺が寄せられた。

まるで、仔犬みたいな表情に見えるのは気のせいだろう。

眼前に皇帝の美貌の顔を寄せられて、エレスティアは恥じらいのあまり目が回りそうになった。彼こそ、自然体の自分の色っぽさを自覚するべきだ。

「エレスティア」

たまらず目をそらしたら、彼が囁き、二人の間にある彼女の手を握ってそっと胸元へ引き寄せた。

腕枕をしている方の手で肩を抱かれてしまって、自然と彼の胸元へ体が収まった。

「な、なぜ、そのような」

許しを得ないまま強引に手をつないだのは、彼にしては珍しかった。じっと見つめてくる真剣な目を見ても、彼が何を考えているのかエレスティアにはわからない。

今こそ、心獣の存在が欲しい気がした。

近い距離で二人じっと見つめ合い、鼓動が速まっていく。

「俺の心獣ばかりかまわれて、……少し、嫉妬している。俺も、君と触れ合ってみたい」

どうやら、彼のしかめ面は今回こそ拗ねたものであるらしい。

（触れたい？　触れたいとは、どういうこと⁉）

エレスティアは激しく動揺した。

前世でも嫁いだ〝王〟に、そんなことを言われた経験がない。

「このまま寝る、いいな？」

「は、はい。ジルヴェスト様のしたいままに……」

強く望んでいるんだというふうに言われると、エレスティアも彼とそうやって眠りたくなって、どきどきしながらうなずく。

手が二人の間でつながれているので、体の姿勢を楽にするべく自然と身を寄せる。

彼が、ぐっと唇を噛むような表情をした。

「ジルヴェスト様？」

じっと見つめると、彼の強面が深刻そうな雰囲気を醸し出す。

でもそれは、心の中で何か思っているだけなのだろう。これまで彼の心の声を聞いてきたおかげで、エレスティアもそう考えられるくらいの耐性はついていた。

「その……俺たちの仲を疑われたりしていないか？」

考え込むような間を置いたのち、彼がそう切り出した。

「え？」

「君は本を借りるために後宮から宮殿へと出入りしているだろう。その際に周りから疑いの声を聞いたりして心を痛めていないか、心配でな」

彼の優しさに、エレスティアの胸は不思議な熱でぎゅぅっと締めつけられた。

「……え、えと、そんなことは今のところ起こっていません。心配してくださって、ありがとうございます」

「いや、まだそういうことがないのならいいんだ」

エレスティアはどうしてか頬が熱くなってしまって、視線を彼の喉元に下ろして恥ずかしそうに小さな声で答えた。

ジルヴェストは、納得したような言葉を口にしたのに、何やら引き続き落ち着かない様子でしまいには咳払いも続けた。

「ジルヴェスト様、他にも何か気にされていることが？」

「う、む……その、ほら、君が疑われてはいけないだろう。だから、もう一度どこかにキスマークをつけるというのは、どうだろうかと思って」

「えっ」

身を寄せ合っている姿勢だったせいか、エレスティアは肌に彼の唇を触れさせることを想像した途端に、初夜の時とは違って真っ赤になってうろたえてしまった。

でも、確かに、毎日皇帝の訪れがあるのに、肌が綺麗《きれい》なままというのも彼の言う通り疑心を生むかもしれない。

(そうなったら、困るのはジルヴェスト様だわ……)

彼は今のところ、エレスティアだけを側室にという理由で次の妻を後宮に入れることを退けている。

「んんっ——君が嫌なら、しない」

ジルヴェストが、口元に軽く握った拳をあててそう言った。

「だが、これも俺たちがうまくいっている夫婦であると見せつけるためには必要なことでもあると考えている。だから、できることなら」

「はい、いいですわ」

すんなり答えたら、彼が目を見開いた。

「いいのか？　本当に？」

「ええ、必要なのでしょう？　えっと、どちらがいいでしょうか。前回と同じ場所……だと、不審がられてしまうかもしれませんわね」

困った、どうしようとエスティアは考える。

肌に唇をつける相手がジルヴェストだと思うと、不思議なことに前世で感じていたような嫌悪感はまるでなかった。

彼が困ってしまうような事態は避けたい、という思いが彼女を突き動かしている。

彼なら、いいのだ、と。

「それなら――首の方に、つけてもかまわないか」

ぎしりと音がすると同時に、上から声が降ってきて、エレスティアはハタと視線を上げた。

すると、ジルヴェストが片方の肘をついて、少し身を起こしていた。彼がそっと手を伸ばし、エレスティアの頬と首元にかかった髪を優しく後ろへとよける。

わずかにかすった彼の指を感じて、彼女の胸が激しく鼓動した。

「もちろん、君が嫌なら、しない。他を考える」

「……いい、ですわ」

エレスティアは、どきどきしながらそう答えた。

彼に見つめられていることに胸のときめきを感じていると、そこに触れられることに期待している自分に気づいた。

ジルヴェストの目が少し細められる。艶っぽい雰囲気が増した気がして、余計に鼓動が速まった。

「ありがとう」

お礼を言われることなんてしていない。そう言いたかったが、エレスティアは胸が高鳴りすぎて、近づいてくる彼を感じていることしかできなかった。

ジルヴェストの指の背が、彼女の頬をかするようにくすぐる。

「――エレスティア」

「んっ」

近づいた彼の唇の動きや、吐息の感触を肌に覚えてぴくんっと肩がはねた。

（どうしよう……とてもどきどきして、なんだか彼を意識してしまうわ……吐息を感じただけで反応

してしまうなんて）

エレスティアは彼の方を見ていられなくて、口元に手を引き寄せて枕に頭の横を押しあてる。

「ご、ごめんなさい、ジルヴェスト様。私、過剰反応を……」

「それが恥ずかしいのか？　大丈夫だ、そんな君は」

彼が、言葉をのんだ。

なんと言おうとしたのだろうと、エレスティアは気になった。心獣がいた時に、彼が心の中で『かわいい』という表現をしていたのをふと思い出した。

（――そんなはずは）

すると彼が髪をかき分けて、エレスティアの首にキスをした。

「あ……っ」

意識しすぎていたせいか、柔らかな唇の感触に体がふるっと震える。それは温かくて、なだめるようにまずはそっと触れてきた。

「大丈夫だ、大丈夫……急にして怖がらせたりしないから」

ジルヴェストの唇が、耳の下や首筋に優しく押しつけられていく。

怖がらせないように慣らしてくれているらしい。

けれど、一回のキスで済んでくれないので余計に恥ずかしい。エレスティアは枕の下でシーツを握った。

「ひゃっ」

身もだえして耐えていると、不意に肌を舐《な》めて吸いつかれた。

びっくりして目を向けたら、彼が詫びてくる。

「す、すまないっ、つい……ではなく痕をそろそろつけても大丈夫かなと思っただけで」

「あっ、邪魔をしてごめんなさい」

「いや、その、いいんだ。俺が少し急ぎすぎたのかもしれない」

まさか、まだキスを続けるつもりだろうか。

「今すぐキスマークを残してくださいっ」

エレスティアは羞恥で潤んだ目で思わず訴えた。

その途端、彼が「ぐっ」と妙な呻き声を上げて顔を背けてしまった。しかし一呼吸分大きく吸って、目を戻してくる。

「わかった……そうする。だが、一つだけ約束して欲しい。君にねだられたばかりでうまく言葉を探してやれないんだが、俺以外にはするなよ」

「ね、ねだられ……⁉」

「ああ、君はそういうつもりじゃなかったんだな。すまない、だが、俺にはそうとしか受け取れなくて」

ジルヴェストが、珍しく余裕がなさそうに髪をかき上げる。

エレスティアだって、自分からキスマークを付けてと頼むのは、レディとしてかなり恥ずかしかった。

しかしあれは、安らかな就寝を迎えるためにも必要なことだったのだ。

「ご、誤解です。それにあんなふうに言うなんて、その……ジルヴェスト様以外にはできません」

「いい子だ」

近づいてきた唇が、耳元で甘く囁く。

そんなの卑怯だ。冷酷だのなんだのと言われているのに、優しさに溢れて夫として気遣いも満点で、そのうえ言葉の一つずつすべてが、エレスティアの胸を甘く高鳴らせるなんて――。

そう思って待っていると、予感通り彼の唇がエレスティアの首筋に触れた。

「あっ」

柔らかな白い肌を強めに吸われて、ちくんっとした甘い痛みを覚える。

(なぜか喜びを感じる……私、どうかしてしまったのかしら)

前世では大嫌いだったのに、痕をつけたのがジルヴェストだと思うと、やはり胸は温かなときめきを刻むばかりだった。

「――よし、これでいい」

彼が、気を取り直すような声を出した。

そのおかげで、寝直す彼に抱きしめられるような距離感に戻される際に、エレスティアも妙な緊張がなかった。

「おやすみ、エレスティア」

「はい。おやすみなさい、ジルヴェスト様」

その夜は、ジルヴェストが希望した通り、二人で手を握り身を寄せ合って眠った。

いつもより彼の心音がとても大きく聞こえる気がして、その音につられるように、エレスティアはすとんと眠りに落ちていった。

# 第五章　皇帝と第一側室と魔法具研究局

アインスが護衛騎士のことをお願いされたのは、突然のことだった。

「頼む」

婚姻式の翌朝、ジルヴェストが真剣な顔をして頭を下げた。

エレスティアに心地よく過ごしてもらいたいし、信頼しているのでお前に守って欲しい――告げられた内容からは、よほど第一側室を気に入った感じがうかがえる。

朝、ジルヴェストが執務室に来たかと思えば、アインスはエレスティアの護衛を頼まれた。そしてすぐ部下たちに緊急の招集がかけられ、後宮の急な人事異動の話し合いが始まった。

アインスは言葉数が多い男ではない。

（いつも一人で戦おうとしている皇帝陛下には、いいことだ）

アインスにとって、ジルヴェストは特別な人間だった。

皇子時代から、彼は国のために強くならねばならないと人一倍剣を振り、それでいて寝る間を惜しんで歴史から政治まで、あらゆる分野の勉強にも励んでいた。

唯一の後継者で、嫡男。それが重圧になっていたのだろう。

息をつくことを知らない息子なのだと、前皇帝と皇妃も心配していた。

そこで、アインスの実家であるバグズ家がジルヴェストの世話を頼まれたのだ。

バグズ家は男子家系で兄弟も多かったので、年齢の近い男子に囲まれれば、少しは子供時代を楽しんでくれるのではないかと周りも期待していた。

ジルヴェストの予定がない時には、数日ジルヴェストを屋敷で預かった。

だが、彼は『楽しむ』ということをしなかった。

国をとくに困らせている魔獣の件で、膨大な魔力を持った自分こそ、部隊の前線に立たなければとジルヴェストは繰り返し口にした。それが王族に生まれた自分の義務であり、皇子としての責務だと、雨の日も風の日も剣の鍛錬をしていた。

それに付き合ってあげることこそが、彼の青春時代に少なからず光を与えることができるのではないか――とアインスは考えたのだった。

こんなにも国のことを、そして民のことを考える皇子もいないだろうと感銘を受けたアインスは、彼の剣になりたいと考えて共に休む暇も持たず修行を積んだ。

宮殿に上がってからも、護衛部隊に所属希望を出してそばにいた。実績を積み、皇子直属の魔法騎士隊にも入った。

ジルヴェストは軍人としても有能ですごい人だった。光属性という王族特有の魔法師の素質は強大であり、膨大な数の魔法を使える彼が戦場で放つ攻撃魔法も、敵が一番に恐れるほどに強力だった。

彼は皇族で歴代最高の膨大な魔力を持って生まれてきた。それが宝の持ち腐れになることなく、二十歳になるまでに自身が使える魔法をほぼすべて習得してしまっていた。

彼が十八歳の時の、軍人としてのとある大きな功績も、部下として同行していたアインスはよく覚えている。援軍を求めたとある小国が巻き込まれていた戦争で、ジルヴェストは城をすべて覆うほどの強大な結界をたった一人で張ったうえ、攻め入る五万の敵軍に光の矢を注いで半分の戦力を削いだ。

彼は、アインスが尊敬すべき人物だ。

皇子だが一人の軍人として部隊を率いて、魔獣の群れにも勇敢に突入する。

誰もが彼をリーダーであると認めていた。その後、急な即位だったにもかかわらず、彼は混乱することなく、皇帝として素晴らしい采配で臣下と民を引っ張った。

——が、そんな皇帝がおかしくなった。

護衛騎士となった翌日、エレスティアが湯浴みへと入ったタイミングで、アインスは報告のため王の間を訪れたのだが。

「アインスッ、お前に聞きたい。妻と心から愛し合うための秘訣だ！　いったいどうしたらいいと思う⁉」

謁見を終えたジルヴェストが、唐突にそんなことを言ってきた。

（……は？）

アインスはそう思ったし、周りの者たちもぽかんとした顔だった。

彼はしばし考え、真面目に答えた。

「皇帝陛下、何をおっしゃっているのですか？」

すでに初夜も終えているのに急になんだとアインスは思った。すると、まだ全員が引いていない王の間なのに、ジルヴェストが詰め寄ってきた。

「今は皇帝ではなく、ジルヴェストと呼べっ」

「皇帝陛下、陛下どうか落ち着きを。いかなる時にも冷静にとはあなたのお言葉では」

「アインス！」

「はぁ、わかりましたよ、ジルヴェスト様」

彼の数少ない幼なじみの一人として、アインスはため息交じりに言った。

「ところで、先程の質問はいったいどういうことです？」

「違うんだ、あれは言い方を間違えた」

――皇帝陛下が？

それは、そこにいた誰もが思ったことだろう。

全員、もはや片づけなどに徹していられず動きを止めて耳を傾けている。

「そうだな、つまり――政略結婚した妻と愛し合える関係になるには、どうしたらいいんだ、と〝俺〟は聞いている！」

ジルヴェストが悩み込んだ顔で、考えに考えた末といった感じでそう言った。

「……はぁ、なるほど？」

正直、アインスはすぐ理解に及べなかった。

言い間違えたことといい、ご乱心気味の妙な発言といい、どうやらかなり切羽詰っておられる様子だ。

（つまりなんだ、彼は娶らされた第一側室と恋仲になりたい、と？）

考える時間はあったので、その可能性に考えたどり着いたのはアインスだけではないだろう。

「――ふっ、ふふふ」

「笑うな」

「すみませんっ、くくっ、ですが、これはいかなるご事情ですか？」

彼が婚姻の翌日に、朝一番に自分を呼び出して自分を護衛騎士に命じた理由が、なんとなくアスには見えてきた。

気に入っている、というよりもっと深い理由があると思えた。

しかしながら、答えはジルヴェスト自身の口から聞かなければならない。

ここでは〝皇帝〟の発言が、絶対なのだから。

アインスも、優秀な魔法師一族にしては風変わりなエレスティアに好感を覚えていた。家のことを盾に好きなだけ振る舞えばいいのに、それをしない。一対一で会話してくれる様子は、どことなくジルヴェストと似たものを感じた。

エレスティアは、魔力の優秀さで選ばれていない。

だからこそ、この皇国において平等な視線から物事を新しく見られる妃が誕生するのではないか、とアインスは不思議な魅力を彼女に感じたのだ。

「実は……パーティーの日に廊下ですれ違い、見とれた女性がいたのだ。まさに私の理想を体現したような愛らしさの塊で」

「え？　なんですって？」

「だ、だからっ、愛らしさと癒やしの塊でっ」

ジルヴェストは、目元を若干赤くしてもう一度、今度は大きめの声で言いきった。

アインスは長年一緒にいたのだが、彼が理想として抱いていたまさかの女性像に呆気にとられてしまった。

（……あなた、そんな怖いお顔をしているのですから、並ぶと犯罪級の年の差カップルと言われるのでは？）

周りの者たちが「えぇーっ！」と驚きの声を上げていた。

それはそうだろう。ジルヴェストの女性の好みもそうだが――皇帝が、第一側室として寄こされた令嬢にぞっこんだと聞いたのならば。

『ということは、皇帝陛下が毎夜行っているのも確かに夜伽で……!?』

『これで世継ぎ問題も解決ですな！』

『奇跡だ！』

感激して涙を流している老いた政務官もいた。

とはいえジルヴェストは、彼らの言葉を聞いた途端に微妙な空気を漂わせた。その瞬間、長年の付き合いのあるアインスは何かあるなと感じ取った。

それでいて妻なのに『相思相愛になりたい』発言だ。

理想の女性、彼が見初めた愛らしい美少女――。

「あ」

アインスは、ぴんっときた。

その途端、目の前のジルヴェストがすばやく詰めて、アインスの口を強引に片手で締め上げた。

「やめろ、何も言うな」

「ひどい」

ジルヴェストの反応からするとアインスの推測は合っていたようだ。

エレスティアを見ている限り、純情無垢《むく》そのものだった。そこに色っぽさはいっさいなやはり、ジルヴェストはいっさい、手を出していないのだ。

それは彼の『相思相愛の夫婦になりたい』という、冷酷な皇帝と呼ばれている男とは思えないロマンチックな理想のせいなのだろう。

(そういえば昔から、そういうところがあったような)

アインスは、口元をぎりぎりと塞がれたまま冷静に思い返す。

「――おい、おいアインスやめろ。俺を分析するな。お前のはピンポイントであたりすぎるんだっ」

「そりゃ、あなたとは兄弟のように過ごしてきましたからね」

とりあえず、ジルヴェストに手を離してもらった。それからアインスは幼なじみとしてありきたりな助言をした。

理想に近づきたいのなら、一緒にごはんを食べるなど夫婦の日々を丁寧に過ごすと心がけること。日々の小さなことでも相手を気遣い、押しつけだと感じさせないためにも、相手が望んでくれるようになったらプレゼントは贈ること――。

少しずつ距離を縮めることによって政略結婚とは思えない愛が、二人の間に芽生える。

(――かもしれない)

残念ながら、アインスは恋愛への理解度は低いと自覚している。

そのため、ジルヴェストへの助言は、男子家系のバグズ家の親戚で、年が離れた唯一の女子からアインスが聞いた話である。

「そうか、わかった。……ならば俺は、できるだけ彼女の心に入り込み、安心感を与えられる男になろうと思う」

話だけ聞いていると、残念ながらどこかの変態みたいだ。

二十八歳が、十七歳に迫っている構図――。

「いえ、失礼」

「なんだ。今、何か思ったのか？　お前基本が無表情だからわからんぞ」

「ところで、ジルヴェスト様が目指しているのは側室との穏やかな夫婦関係でしょうか」

「話をそらされた感があるが……ああ、実のところそこも悩んでいる部分なんだ。俺はエレスティアを皇妃にする」

周りから、さらなる嬉しい悲鳴が上がった。

（ここは人もいる場所なのだが、とんでもない宣言をさらりとしないでいただきたい。あなたはもう皇帝なんですが？）

アインスは、真顔でそんなことを思った。

皇子時代から仕えている数人の側近も泣きながら抱きしめ合っているし、騎士たちは祝福モードだし、柱の陰で掃除のために待機している使用人たちが頬を染め、口元に手をやっている。

「失礼ながらジルヴェスト様、エレスティア様にお気持ちは確認されたのでしょうか――」

「そろそろ俺は行く！」

「お待ちください。いや、だから待て、なんのために私が報告に来たと――」

「湯浴み後に顔を出したら、かわいく驚く顔が見られるかもしれないっ」

（あなた、そんな子供みたいな悪戯をするお方でしたっけ？）

アインスの呼び止めも聞かず、ジルヴェストは走っていってしまって、その姿はあっという間に扉の向こうへと消えた。

「そういえば、グリッドディー様もよき関係そうなら皇妃にと推薦されておられたな」

「バリウス様のご助言は素晴らしいな！　まさに運命の出会いだったのか」

「だからイリバレット大臣も、側室にまずは召し上げるのをすぐ賛成されていたのか」

皇帝がいなくなった途端、王の間に希望と安泰の雰囲気に包まれた会話が飛び交った。

騒がしくなった声の中で、ふとアインスは耳に入ってきた人物名に疑問を抱く。

（バリウス様？　あのイリバレット大臣も説得されたのか？）

護衛騎士に就任した際、急ぎ作らされたエレスティアの資料を渡された直後、アインスもバリウス公爵に声をかけられていた。

今回の推薦人は、どうやら彼だったらしい。

資料には、魔力の弱さが原因で引きこもりだと書かれていた。

そんな彼女が、最強の魔力を持った現皇帝ジルヴェスト・ガイザーの第一側室にすんなりと決定した件を、アインスも少し不思議に思っていた。

イリバレット大臣は、かなりの魔力保持者だ。

彼が納得した理由を思うと、アインスがエレスティアのオリジナルの魔法呪文による効果を資料で見た時に感じた予感は正しいと思っていいのか。

（やはり彼女の魔法は、貴重という認識でよさそうだ）

これまで聞いたこともない、心獣に噛まれないという魔法。

誰も最弱の魔法師には興味がないみたいだ。それゆえ彼女の魔法は注目されることもなく、その内容についても周知されていないようで、何かしらの防衛魔法だろうという噂を耳にした程度だ。

しかし防衛魔法の種類だとすると、心獣の主人である魔法師より魔力が高くないと、効果を発揮しないのではないか——とアインスは少し疑問に思っていたのだ。

現場は見ていないのでまだ確信はないが、〝防衛〟と〝噛まれない〟では、魔法の種類が根本から違っている気がしてならない。


それからアインスは、護衛騎士として毎日をエレスティアのそばで過ごした。

そして間もなく、彼は例の、彼女のオリジナルの魔法呪文を目にすることになった。

やはり、何かが違うと本能的に感じた。

彼は〝戦う者〟として、魔法具研究局のカーターたちと同じく魔力の波長に圧のような違和感を覚えた。そして心獣が止まった際、全身を震わせるのを感じた。

それは——恐れ、だ。

恐らく、経験を多く積んだ軍人はわずかに感じ取ったかもしれない。

心獣は従ったというより、従わされた、という感じが正解に近いようにアインスには思えた。

ジルヴェストは、最弱の魔法師である彼女をどうしたら皇妃にさせられるのか、と頭を悩ませているみたいだが——。

（もしかしたら杞憂《きゆう》かもしれない。彼女は我々が思っている以上に——とんでもない可能性を秘めている場合もある）

あのジルヴェストが見初めたのが運命なら、何か、あるのではないのか。

同じく護衛騎士として出会えたのは運命のようにもアインスは感じていた。これほどまで不思議と惹かれる令嬢も初めてだ。

（ジルヴェスト様と同じく……守りたい、と思った）

彼女がジルヴェストの隣に立ち、幸せな家族として紡いでいくこの先の未来の皇国を見たい、と思わされた。

心獣の有無や、魔力の強さに左右されず、平等に見る目を持った令嬢。

この宮殿には、彼女のような女性こそ必要だとアインスは思った。

◆◆◆

お披露目パーティーの翌日。

エレスティアは腕枕ではなく、今度は手を握って、身を寄せ合って眠ったジルヴェストのことが気になった。

穏やかな共寝は、まさに理想の夫婦だった。

（そのせいで、変に意識してしまうのかしら……）

目覚めた時はなんだか照れ臭かったし、それなのに彼ともっといたいと思って、二人での朝食も心が洗い流されて今日も一日がんばれそうな気がした。

けれど皇帝としての仕事に向かった彼を見送るなり、エレスティアの心は昨日父から紹介された古本収集家、カーターへと飛んだ。

（カーター様の古本のコレクションが、見たい）

一人になったら、彼の見せてきた一冊の古本がずばーんっと脳内に戻ってきた。

そこでアインスに頼み、『今日にでも行けそうなのだが都合はどうか』と、魔法具研究局へ知らせを出してもらった。

するとあまり待たず、副支部長のビバリズから大歓迎する手紙が来た。

そこでエレスティアは侍女たちに出かけることを伝えると、早速アインスと共に後宮を出て魔法具研究局へと向かった。

（他に、あの空想錬金術学シリーズがあったりするのかしら？）

昨日のパーティーでの件を知る魔法師たちから、以前とは違った目を向けられているとは胸が躍っていて気づかなかった。

「エレスティア様」

「はい、なんでしょう」

宮殿を進みつつ、アインスが告げた。

「目的はお忘れではございませんよね？」

彼の生真面目な横顔を見上げ、彼女はきょとんとする。

「例のオリジナルの呪文のことです。あなた様ご自身だけでなく、近くで見ていた上級魔法師たちは、皆気にされていることだと私は思っておりますが」

思い出させるように言われて、ようやく意識が向く。

「そうは言われましても……大袈裟だと思うのです」

ただ、偶然にも心獣が彼女のお願いに従うように見えた、というだけだろう。

心獣はあくまで主人を守るために動いている魔力でできた守護獣であり、従わせるのは不可能なのだ。

「心獣に効く私の魔法は、珍しいものではあるでしょう。でも噛まれない防御的なものなので、特殊だと思ったことはありませんし」

「そうでしょうか。そもそも私には珍しい、というより異色の魔法のように思えました」

「……異色、ですか？」

「はい。心獣に効く魔法を持つのは今のところエレスティア様以外には知りませんし——他国から恐れられているのも、我々の心獣に魔法が効かないせいです。オヴェール公爵家の例を見ない魔法師の素質なのではないか、と、今や尊敬が交じった好奇心の目に変わりつつあります」

考えるように声量を落としてアインスがそう言った。

エレスティアは、ちらりと周りを見やった。何やら議論のような囁き声が耳に入ってきた。睨んでいる者はいなくて、半信半疑で見送っていく貴族や令嬢たちが少し交じっている程度だ。

（……なんにせよ、平和？）

楽観的に思考をまとめた彼女の首をかしげる仕草を見ていたアインスが、密かに小さく息を漏らす。

その時、エレスティアたちとすれ違った令嬢グループの一つから小さな悲鳴が上がった。

そこにあった外通路から風のようにふわりと入り込んできたのは、皇帝の心獣だった。

「おや、またいらしたのですか」

飛び込んできた際に、毛並みがかすった使用人と貴族が『終わった』と言わんばかりに白目をむいて倒れた。

騒がしくはなったが、心獣を刺激しないよう皆のリアクションは控えめだ。

とはいえ、隣に立ち、もふっと体を押しつけられていたエレスティアの方が、どきどきしてしまった。

「し、心獣さん、心臓に悪いので不意打ちはいけませんよ～……」

広い廊下は中央が開けていたものの、皇帝の心獣が並ぶと、途端に窮屈感が出る。

エレスティアは倒れた人のことが気になったのだが、目を向けたら魔法師に手振りで『早くこの場から立ち去ってもらうことが何より助かるんです！』と伝えられてしまった。

心の中でごめんなさいと謝って、左右にアインスと皇帝の心獣を連れ、魔法具研究局へと向かう。


魔法具研究局の宮殿支部に到着した。

そこは宮殿の西側にある研究棟の階段を上がった先にあり、二階と三階に魔法具研究局が入っていた。

「最上階が見張り台、そこが我々の休憩所だ」

「はぁ、なるほど……」

出迎えてくれたカーターが、エレスティアだけでなくアインスの分のお茶も出してくれた。局員は全員で男女合わせて八名いて、一番年上が副支部長のビバリズだった。

みんなにこやかに挨拶してくれたが、気になっているらしい。壁際の周囲に設けられた棚付きの作業台で手を動かしつつ、ちらちらとエレスティアを見ていた。

エレスティアが座っているそばには、アインスがついた。

向かいには、話したくてたまらなかったというビバリズが着席した。

カーターはお茶を出したのち、彼に軽い調子で「いいよー」と話し役を譲って、近くのテーブルに腰をのせた。相変わらず髪と眼鏡で目元が見えない顔を、コーヒーカップに近づけてふーふーする。

「さて、それでは早速話を進めていきたいのですが、あなた様の家系は代々が強力な魔法師と聞きました。それでいて魔力分析にも長けていらっしゃる、と」

「はい。兄たちの魔法育成の教師も、素質を見てそれぞれ雇ったそうです」

魔法師の素質は、言葉を発するようになる時期に開花する。

エレスティアも兄たちと同じように、その時期に魔力を見てもらった。生まれた時から、彼女の魔力は魔法が起こせる量もないとは感じ取られていた。試しに呪文を唱えたが、どの魔法もまったく起こらなかった。

「そこで魔法が使えないとわかって、基礎魔法学なしで一般教育を施されました」

「なるほど、なるほど。けれどそのあとで、独自の呪文が偶然にも誕生したわけですね？」

「はい。わずかながらある魔力が、魔法として使えて私も嬉しく思いました。両親も兄たちも喜んでくれましたので」

家族は、エレスティアの前で魔法の話をしないようにしていた。

うっかりしてしまった時は、とても気にして彼女の様子をうかがっていた。

しかしエレスティアは、家族の中で自分だけが魔法師として何もできないことを恥ずかしく思ってはいなかった。そうならないように大切に育てられたからだ。

オリジナルの呪文ができてからは家族が気兼ねなく魔法の話をするようになったことが、エレスティアは嬉しかった。

「いい話ですなっ……！」

ビバリズがハンカチを目元にあてる。

聞いていた周りの局員たちも、うんうんとうなずいていた。

「しかしっ、魔力分析にも長けた魔法を持った一族だからこそ可能性を見落とすこともあるはずなのです。あなた様の父の友人であるカーター支部長からも伺いましたが、亡くなった母上様は、劣等感を抱かないよう早々に魔法教育から外したのですよね？」

「はい、その通りです」

するとカーターがテーブルにコーヒーカップを置き、人さし指を立てた。

「それがね、私たちはポイントだと思って今回の可能性を見た」

「可能性、ですか？」

エレスティアは、きょとんとして小首をかしげる。

「本来言葉を話せるようになる時期で開花するはずの君の魔力が、未覚醒のままかもしれない、という可能性だよ。それが現実のものだとしたら、かなり珍しいケースだ」

「でも私は、感じられないほど魔力が弱いですし。それに魔法も一つは使えますから、未覚醒ではないですよ」

「それが本来あるべき魔法ではなかったら？　未覚醒というのは、本来の魔力のほとんどが頑丈な箱の中に入ってしまわれている状態と想像してくれればいい。その場合でも細々と漏れ出ているので魔法は使えるんだ」

　エレスティアには、信じられない話だった。

「……私の『仲よくしましょう』の魔法呪文は、心獣に噛まれないための魔法だけど、本来はそれ以上の効力がある……?」

「私たちが思っているのは、まさにその通りだ」

　よくできました、と言わんばかりにカーターがにっこりと笑う。

「君の『心獣に噛まれない魔法』が、何かもっと有益なものに化けるのではないか、と一部の優秀な魔法師たちが噂している」

　それは彼女の父が有名な『冷酷公爵』のドーラン大隊長であり、エレスティアがあのオヴェール公爵家の娘だからだ。

「あまり現実味のない話に思えますが……」

「そう推測しているのは、研究分野にある程度詳しい魔法師たちだけですからな。皇帝陛下の耳に届かない程度の噂です」

　ビバリズが言い、カーターが「そういうこと」と言った。

「信じている者は一割、面白がって話に参戦している酔狂なのが一割。君ら一族が『心獣に噛まれない魔法』だと思っていることが、そもそもの間違いなのではないかと彼らは議論しているのさ」

　カーターが言いながら、歩み寄ってエレスティアのいるテーブルに両手をつく。

「滅多にはない話だが――未覚醒のまま大人になるのは、強力な魔法師の家系ではまれにあるらしいよ。何かをきっかけに覚醒する、とか」

まるで都市伝説みたいな話だ。

「えーと、私はその『強力な魔法師の家系』という条件が合っているから、可能性がある、とカーター様はおっしゃりたいのでしょうか……？」

「もう一つ他に理由はあるけど、まずは、私とビバリズの心を躍らせた実例の発見から説明しよう。昨日、あのあとで資料をひっくり返して調べてみたら、偉大なる英雄『エルガリオ』は幼少期に何も唱えずに物を浮かせたが、それだけだったそうだ」

「えっ」

エルガリオは近年の英雄であり、その功績は伝説となっていて、エレスティアでも知っている。

百年と少し前まで、魔獣に脅かされて暮らさなければならなかった時代があった。

エルガリオは魔獣によって荒れに荒れていた国内から、的確な指揮で部隊を動かし、強大な魔法で魔獣を国境まで退けた伝説の魔法師である。

「幼かった彼の魔法は『無呪文での浮遊魔法』、それが覚醒と同時に変質した」

「あの、彼はあらゆる魔法を唱えることができた大魔法師、ですよね……？」

「そうだ、皇国で初めて全属性の素質を持った偉大なる魔法師だった。しかし、その一方で彼の若い頃の話がほとんどないのは、今は亡きハーバスク家の人間とされているが、実は彼が当時のハーバスク家当主の愛人の子だったからだよ。魔力が覚醒したのち、ハーバスク家が後ろ盾になるために引き取って、それから快進撃が始まった、とか」

「えぇぇっ」

「その経緯については国家機密になっているんだ。秘密でよろしくね？」

さらっと重大な秘密をぶち込まれても困る。

「実のところ、大人になって覚醒した者たちが他に何人かいるんだ。どれも歴史に名を残した大魔法師だよ。魔法学の研究部門まで学んだ一握りの者たちが騒いでいるわけさ」

「はぁ、つまり私にもその可能性があるからお二人は期待されている、と……」

「その通りですよ！　エレスティア嬢！」

ビバリズが鼻息を荒くした。

「もしこれが事実だとしたらっ、それが事実なのか否か、我々はこの目でその伝説を見ることができるのです！」

「魔力回路は繊細で、本人の気持ちも影響を受けるからねぇ。君の性格も関わっているのかもしれないし」

カーターに胸元へ真っすぐ指を向けられ、エレスティアは引きこもりで自分から前に出ない性格を思い浮かべた。

それもあって、二人はいよいよ『未覚醒』の可能性を疑ったのか。

「ですが、私の魔力は――」

「最弱、だよね？　でも君がオリジナルの呪文を唱えた時、研究職という仕事柄、奇妙な波長を感じた。たとえるなら、それは圧縮された魔力が滲み出たような〝揺れ〟だ。可能性としては五分五分だが、君の父の魔力を何倍も圧縮したものに近い感覚だったのでは、と、私とビバリズの推測は合致した」

するとアインスがギョッとして、思わずといった様子で口を挟んだ。

「そんなっ、それが事実ならとんでもない話ですが……！」

「だから今は私たちの中だけの秘密にしたくて、ここで話しているわけさ。残念ながら魔力の圧というのは、我々の感覚でしか感じ取れないものだ。それを調べる機器は存在しないので、それが事実かどうか証明することはできない。けれど、もし、最強の大隊長と呼ばれたドーラン・オヴェール公爵を超えるとなると、大問題だよね？」

アインスの反応からしても、そうだとわかってエレスティアは慎重にうなずく。

それを確認してから、カーターが見えている口元ににこっと笑みを浮かべた。

「だから、この話はここだけにとどめておく。そのかわり、私たちの特訓に付き合って欲しいんだ。ここには私の古本だって置かれているよ？」

それは――なんとも魅力的で心が惹かれた。

（特訓というと、魔法を学ぶのかしら）

エレスティアは、幼少期にまず始まる魔法授業を思い返した。魔法師になるための魔法の基礎知識を学ぶこと、魔力を扱うための精神的な心構えをつくること――。

でも、と思って彼女は不思議そうに自分の手を見る。

「そんな可能性、あるのかしら……？」

「おやおや、君は喜んだりもしないんだね？　ずいぶん他人事《たにんごと》のような反応だ」

うーん、と彼女は小首をかしげる。

「私は、魔力の強弱を気にしない生活をしてきました。とても強い魔力が欲しいとも思っていませんし、結局今のままでも困りませんもの。父や、兄たちや、屋敷の使用人たちも今のままの私を愛してくれていますから」

優秀な魔法師の一家でありながら、兄弟と比べられることもなかった。

母がすぐ、一般の娘のように育てた方針は正しかった。エレスティアは美しい心を持った令嬢へと育った。

アインスがはっと息をのむ。ビバリズや立ち聞きしている局員たちは、ぐっと涙をこらえる顔をした。

「ふふっ、欲がないんだね。君の母上にそっくりだ。私のクラスの上級特別講師だった」

カーターが噴き出し、腹を抱えてくつくつと笑う。

「まぁ、母とは以前から知り合いだったのですね」

「あまりに綺麗で聡明な方だったので、誰を夫に認めるのだろうと思っていたら、君の父とあっさり婚約を。ま、思い出話はこれくらいにしておきましょうか」

そう前置きをしてから、カーターが話を戻した。

「その可能性が事実なのか、私たちは皆、一研究者としてぜひ結果を見たいわけだ。そこで、他の誰もが受けているのに君だけが唯一受けなかった基礎魔法学を、ここで勉強するんだ。どうかな？」

「それは――」

正直言うと興味があった。

魔法学の〝本〟。それはエレスティアが母の教えを守って、現在も唯一手に取ることがなかったものだった。

エレスティアは文章を読むのが好きなせいで、淑女教育に関わる作法だけでなく、自宅で最高学院の平均レベルまで専門書で学んでしまっていた。

唯一、触れたことがない学問が魔法学だ。

魔法学は読むだけでなく、魔法を使う際の本質を理解して進めていく必要がある。

一から魔法学をというと、幼少向けの授業になるので、エレスティアの年齢だと見てくれる講師はいないだろう。

「第一側室が勉強をとなると、社交免除の引き続きの理由として他の貴族らも納得すると思うよ。それなら悪口だって言えないはずさ――どうかな？」

そんなカーターの笑顔の説得が、決め手となった。


そういうわけで、エレスティアは毎日午後に魔法具研究局へ通うことになった。

魔法学は、知識を入れて心構えをつくる基礎魔法学だ。それに加え、カーターがエレスティアに課したのは〝特訓〟だった。

清められた水に手を入れ、心が安らぐようイメージして集中し、心を無にするというものだ。

魔法を学ぶ前の子供たちがする、基礎訓練だという。

「魔法の基本ですね」

エレスティアのそばから覗き込み、アインスがなるほどというふうに言った。

「そっ、魔法を使うための基盤を整える訓練だ」

「我々が思うに、エレスティア嬢は、基本となる魔力回路の感覚もわからないと思うのです。そこで少しでも感覚を研ぎ澄ませることによって、眠っている魔力を自然に呼び起こすことも可能ではないのか、と考えたわけであります」

そして座学と訓練が終わると、続き部屋で好きなだけ古本を読める。

カーターの収集した古本は素晴らしかった。一部は魔法具研究局関係の資料が保管されているが、大人が四名どうにか入るスペースを中央に残し、周りには棚に収まりきらない古本が山のようにぎっちりと積み重なっていた。

「素晴らしいですっ、私が未読の本がこんなに……！」

古書店の知人や友人、外国に伝手《つて》もあって日頃から集まりやすいという。

副支部長のビバリズは研究資料になる古本の愛読者で、彼も暇があれば利用しているとか。

「あはは、喜んでもらえて嬉しいよ。ちょっと窮屈だけどね」

大抵、ここに入るのは多くても彼とビバリズの二名だ。エレスティアが入ると、必ず護衛騎士としてアインスも同行するせいで室内は窮屈になる。

だがアインスは「問題ありません」と答えた。

「その本の上にでも座りま――」

「だめだめっ、だめですわっ」

「そこの本は自分が読んでいるところなので、崩すのはなしでお願いいたしますっ！」

ビバリズもちゃっかり主張した。

魔法具研究局に通うようになってから、そこで持つようになった大人たちの交流はエレスティアにいい影響を与えた。

宮殿内での評価への気疲れがだいぶ減り、前向きになった。公共図書館に行かなくなったことで嫌だなと感じる視線に晒される機会もかなり減ったからだろう。

局員のみんなとの交流も、純粋に楽しかった。

「エレスティア様、こちらをお持ちになってくださいまし」

後宮の侍女たちもにこにこして、感謝の印だと言わんばかりに魔法具研究局のみんなへと言って、菓子を持たせてくれた。

菓子を持っていくと、女性局員がとくに喜んで、みんなで局の最上階にある見晴らしがいい休憩所で食べながらの談笑も、エレスティアの心を和らげた。

皇帝の心獣もたびたびついてきた。

狭い室内に入られたらと想像してどぎまぎしたが、開けた扉から頭を突っ込む形で横になって眺めるだけだったので、みんながほっとしていた。

「エレスティア様、そろそろお時間です」

「はいっ、今行きますっ」

魔法学と訓練のあと、つい読書にふけってしまうが、時間はアインスが見てくれているので安心だ。

帰る際には、カーターとビバリズが見送りに出た。

「本日の授業は終わっているが、君にもう一つ助言を加えよう」

「なんでしょうか?」

「遠慮しなくてもいい、私はそう思うね」

それは、エレスティアにはとても不思議な言葉に聞こえた。

「遠慮、ですか……?」

「私には、君がそういうタイプの人間に見えてね」

カーターの目元は見えなかったが、穏やかな顔で微笑んでいるように感じた。

「自分の心にだけは嘘をついてはいけない。もし、心が『こうしたい』と強く思うことがあった時、そのブレーキを外してごらん。もしかしたら、君は自分の中の魔力を、出してはいけないと無意識に抑え込んでいる可能性もあるから」

「もし魔力があったとして、溢れ出てしまったらどうするのですか？」

「魔力に体を預ければ、魔力が使い方を教えてくれる。それが、我々皇国の魔法師が生まれながらに持った〝素質〟だ」

エレスティアが『仲よくしましょう』の呪文をつくった時と同じだ。

けれど、魔力が溢れ出て戸惑う、なんて日がくることはないだろう。

「そうですね。その時がくるのを恐れないことにします」

それでも魔法の勉強は、エレスティアに喜びを与えてくれていた。魔法でしかあり得ない事象と、それから魔法には可能性の限度などないのだという、彼ら研究職が熱心に求め続ける理由も共感することができたから。

読書以外の喜びを、誰かとこうやって共にできるのは嬉しいことだった。

エレスティアにとって、魔法具研究局へ足を運ぶことは楽しみだ。

魔法に関わる本が好きなだけ読める。それから授業後には古本三昧、というのは嬉しすぎるご褒美だった。

とはいえ、そんな彼女の行動はいつの間にか宮殿に一部の味方をつくっていたらしい。

「そこまでして皇帝陛下を支えたいのですねっ」

「勘違いしていてごめんなさいっ、応援しておりますわ妃様！」

魔法具研究局へと向かう道中、令嬢たちに唐突に声をかけられて、エレスティアは目が点になった。

（……はい？）

そばでアインスが笑っていたことから、彼は事情を知っていたようだ。

説明を求めると、どうも魔法の才能がない公爵令嬢が健気にも役に立ちたいと思い、魔法具研究局で勉強しているという噂が立っているらしい。

「そ、そんなことになっているのですかっ？」

「ぷっ——すみません、全然気づかないのも面白くて、黙っておりました」

エレスティアとしては、まさか〝妃として努力している〟と思われるなんて想像してもいなかった。

お飾りの第一側室だ。三年後には離縁される予定であり、他の側室が来たら早々に退散しようと目論んでいるのに評価を高めてどうするのか。

しかし、噂を耳にしているだろうドーランたちから知らせは何もない。

何か支障があるようなら、とくにリックスがすぐにでも家に戻れるよう手配してくるだろう。

とすると、今のところ問題はないのだろう。

エレスティアは、周りの環境については見ないことにした。局員たちとこれからまた会うのも楽しみだ。

予習用にと持たされていた魔法学の参考書を胸に抱いて、楽しい気分で足を進める。

するとどこからかまた皇帝の心獣が現れた。

「ひぇ」

「なるほど、先程まで他国からの訪問の謁見の時間でしたね。それまで皇帝陛下のそばにいたのでしょう」

玉座にいる彼の隣で、黄金色の心獣が腰を下ろしている風景は名物になっているとか。

国内の者が謁見で拝謁できる際には、みんな幸運だと喜び、その神々しく頼もしい姿に感動しているという。

（……うん。だから、どうして来るの）

今のところ、後宮から出ると、高確率で皇帝の心獣がふらりとエレスティアの前に現れて、そのまま ついてくることは問題だ。

意外と人懐っこくて癒やされる。

しかし廊下でばったりジルヴェストと会ってしまったら、その時に考えている彼の心の声がダダ漏れになるので怖い。

国家機密だけは、どうしても知りたくない。知ってはいけないと思っている。

新たに魔法具研究局という引きこもり場所ができたのに、それでもジルヴェストと会ってしまう回数が減らないのも問題だった。

「ああ、今日はこちらに早めに来たのだな」

魔法具研究局にたどり着いて安心した矢先、エレスティアは、心獣が寝そべっているせいで開かれたままの扉からジルヴェストの声がかかって跳び上がった。

（な、なぜ来るのっ）

彼は謁見後に顔を出したようで、重い皇帝のマントに装具まで身にまとっていた。

その後ろには、移動に同行する護衛小隊の姿もある。

「わー、今日も予想外のお客様ですねー」

カーターは、皇帝一行を見て棒読みでそう言った。ビバリズと男性局員は緊張のあまり固まっていたが、女性局員たちは強面だが美貌だと小さな声で騒いでいる。

困ったことに、魔法学を学ぶと報告した翌日、ジルヴェストは顔を出してきた。

今日で三回目だ。心獣が毎日ついてきてしまうのだと先日相談したせいなのか、短い空き時間ができ次第、後宮に顔を見に来てもいた。

「ジ、ジルヴェスト様は、本日どうしてこちらに……」

「先程会っていた近隣国の王の側近が持っていた本を譲り受けたので、持ってきたんだ。君は外国語も読めると聞いた」

「まぁっ、ありがとうございます！」

他国の王の側近がくれたもの、と考えると出所が貴重なだけに怖すぎたが、本の魅力はすさまじかった。エレスティアは彼に駆け寄り、差し出されていたその本を両手で受け取った。

とても厚みがあって、装丁も美しい大型本だった。

開いてみると、外国語がページぎっしりに詰められている。

「アルベリア語でございますか？　あっ、しかも新作の歴史のものですねっ。嬉しいです、本当にありがとうございます」

エレスティアは心からの喜びをあらわにして少女のように微笑み、その本を大事そうに胸にきゅっと抱いた。

「喜んでくれて嬉しいよ」

彼女の様子を見つめていたジルヴェストの目が、柔らかな線を描く。

女性局員が囁き声で「きゃーっ」と騒いだ。ビバリズが飛んで行って「しーっ」と言っている。

最近、皇帝ジルヴェスト・ガイザーの表情が柔らかくなった。

そう噂されて、彼の人気が急上昇していることは、宮殿を出歩いていてエレスティアも耳にしていた。

彼女もまた、うっかり胸が高鳴ってしまっていた。

それは心獣からダダ漏れてくる、ギャップある優しさのせいでもある。

『無理を言って側近へ聞いてみてよかった！　迎えた妻が読書家だと言ったら、おかげで話もスムーズに進んだし――こんなに喜んでくれるとは、俺も嬉しい』

そこに寝そべった心獣からジルヴェストの心の声が聞こえてきて、エレスティアはじわーっと頬を染めた。

（嬉しい。私のために、側近様へ尋ねてくださったんだわ）

仮面夫婦のはずなのに、彼が、とても優しくしてくれている気がする。

「あ、ありがとう、ございます」

胸に抱えている本が、いっそう特別なものに思えて手にきゅっと力を入れる。

「んんっ、喜んでもらえて何よりだ。勉強の途中にすまなかったな」

それではまた、と手短に言ってジルヴェストが立ち去る。表情は相変わらず涼しげだが――。

『あああああっ、かわいくて死んでしまう！』

すぐその心獣から流れてくる大音量の叫びを聞いて、エレスティアは見る見るうちに耳まで真っ赤になってしまった。

彼についていく護衛騎士たちの表情も、にやにやと緩かった。

その眼差しも猛烈に恥ずかしかったが、それは局員たちもそうだ。

「……ビバリズ様、なんですの？」

振り返ったエレスティアが照れ隠しの表情で言うと、彼が跳び上がる。

「えっ、私かい⁉　な、なぜピンポイントで私なんだねっ。他の者たちも、ほらっ、見てくださない、締まりのない顔です！」

「口に両手をあててもじもじされているのは、ビバリズ様だけでした」

見ている方が恥ずかしくなるような、成人男性とは思えない仕草だった。

「だってっ、私はそういったことと縁遠いオタク人間なのだよ⁉　許してくれっ！」

ビバリズが「あーっ」と叫び、真っ赤な顔を両手で隠す。

アインスも、にやにやして何やら言いたそうな顔だったが、向かってくるエレスティアを見てカーターが先に言った。

「いい感じじゃないか。皇帝陛下にかなり惚れられている、という噂は本当みたいだね」

「え⁉」

「あれ？　そうなんじゃないの？」

そんなふうに思われているなんて驚いた。

（違うの、あのお方は意外にも女性とご縁がなさすぎるせいで……）

周りが決めた側室だったというのに、彼は秘密の共有者だから、エレスティアを大切にしてくれている。

それだけの理由だ。

そう考えた時、エレスティアは不思議な胸の苦しみを覚えた。

その時、とうとう我慢ができなくなった様子で、男性局員もビバリズと同じく顔に手をやって胸にたまったことを叫ぶ。

「はーっ、冷酷だった皇帝と、結婚で出会った妃の関係が徐々に深まっていっている感が尊すぎ！」

「わかりますわっ。私もここにカーター支部長がいるから気にされて皇帝陛下が見に来られているのだと思うと、未婚時代のきゅんきゅんした気持ちになります！」

「俺もそう思った！　新婚としては、やっぱ『童顔の永遠の貴公子カーター』が気になるんじゃないですかっ？」

「やだなー、私は人妻には手を出さないよ。ましてや皇帝の第一側室、首が飛ぶよ」

カーターが冗談めいた口調で言うなり、場に笑いが満ちた。

エレスティアは、一人だけ話題についていけず小首をかしげた。

「あのー……どういうことですか？」

カーターが、眼鏡にかかった長い前髪を揺らしながら、ビバリズたちと振り返る。

すばやく反応したのは、若い男性の局員だ。

「カーター様の素顔を知っていて通っていたんじゃないって、マジだったんですね⁉」

「だから言ったでしょう、このお方の目当ては本ですよ……」

毎日付き合ってとうにわかっていた、と疲れた顔でアインスが口を挟んだ。

すると、ビバリズが風のように駆け寄ってカーターの眼鏡を外し、両手ですばやく前髪まで上げた。

「こういうことなんですな！」

正直、エレスティアは驚いてしまった。

瓶底眼鏡を外して髪を後ろへと撫でつけると、そこには大人の色気を漂わせた超絶美しい紳士がいた。

「カーター様、なぜ隠しておられるのですか？」

「えー？　研究と文字以外に興味がないから、声をかけられない対策で？」

カーターが「わかりやすい説明をありがと」と言って、ビバリズから眼鏡を受け取る。ビバリズは「あなたの一番弟子ですからな」と得意げに胸を張っていた。

（面白い方々だわ）

エレスティアは、微笑ましげに穏やかな目をする。

「驚きました、カーター様はとてもハンサムでいらっしゃるのですね」

「エレスティア嬢はさらりと言いますな！　さすがです！」

「皆様方も、どきどきされるのではなくて？」

「あはは、ないです。私、普段からぼさっとしている人はお断りです」

「趣味に没頭するような人は、夫候補から除外してます」

愛嬌もある女性の局員たちは、結構辛辣《しんらつ》だった。そばでビバリズが「手厳しい！」と正直な声を上げていた。

ジルヴェストは忙しくなったようだ。朝になってエレスティアが目覚めた時には、彼はすでに後宮から出ているという生活が始まった。

魔獣の件で動きがあって軍の指揮などをしているとか。

エレスティアが好まないと思ったのか、彼は詳しく話さなかった。

ただ『夕食は共に、そして夜は一緒に寝る』と言って、言葉通りに実行した。

宮殿外に出ているのか、日中は彼の心獣もいなかった。魔法具研究局への道中でも、皇帝が今何をしているのかの噂話すら聞こえてこない。

日中、どこにも彼の気配がない宮殿内は、緊張感から解放されたみたいに臣下たちのほっとした雰囲気が漂っていた。

空気はどこか穏やかで——それが、エレスティアには物足りなさを感じさせた。

「エレスティア嬢、どこか具合でも？」

「いえ、なんでも。今日は早めに出ますね」

副支部長のビバリズが気づくくらい、ぼうっとしているようだ。

なんだか長居できる気分ではなくて、エレスティアは授業後の読書は少しにとどめ、魔法具研究局から後宮へと戻った。

後宮の侍女たちは、相変わらずよく尽くしてくれた。ぼうっとしているのは婚姻の緊張が今になって解けたからだろう言い、体にいいとされている茶葉をブレンドして香りがすっきりとした一杯を出してくれた。

（たぶん、閨関係だと誤解されているわよね……）

薄い色合いをしたティーカップの中身を見て、なんとなく察する。

そういう関係にあることを周りに誤解させておくことが共寝の目的でもあるので、エレスティアから何か言うわけにもいかない。

ジルヴェストが不意打ちで現れることがないとわかって、気は抜けている。

けれど同時に、心はどこか残念がっているような――。

（ジルヴェスト様……）

心の中でつぶやいて、その人の姿を思い浮かべた時、エレスティアの胸がきゅっと痛んだ。

「あら？　何かしら、胸が……」

そこにそっと手をあてた時、大きな窓の向こうにざあっと風が吹き抜けていった。つられて目を向けると、後宮の美しい中庭がある。

忙しくなる前、朝はそこにジルヴェストがいた。

朝食後、気分を変えようと誘われてそこで紅茶を共に楽しんだ。仕事にそろそろ行くと感じたのか、そこにふらりと彼の心獣が現れて――。

（私……寂しい、のかしら？）

ジルヴェストが突然現れるかもしれない、と心配することがない状況に、落胆を覚えている自分がいる。

それは、エレスティアにとって初めての感覚だった。

（大好きな本があれば、一人で過ごすことなんてなんでもないのに）

そのはずだったのに、今のエレスティアは、一人で静かにしている自分に違和感を覚えている。

心獣からダダ漏れになる彼の心の声に怯えているのに、顔を見せに来る彼に、会えないと寂しいと思うくらいに少しずつ心が向いているようにも感じた。

（優しい人だから……心配なのよね）

魔獣関係で外出している彼を心配に思った。

結婚するまでは冷酷で、王としても完璧な人だと思っていた。

けれど彼は、エレスティアの気持ちを尊重し、不器用にも優しくしようとしてくれていて、時には守りもした。

心獣から彼の心の声が聞こえなかったとしたら、エレスティアはとんでもない誤解をして怯え続けたかもしれない。

彼は、エレスティアが前世で娶られた〝冷酷な王〟とは違っていた。

一人の皇国紳士として気遣ってもくれて、彼女と同じように嬉しがったりもする。

（父や兄たちが出陣するという話は聞いていないから、彼もその予定はないはず）

戦場入りをする場合は、必ず知らせが入る。

大丈夫、とエレスティアは自分に言い聞かせた。

（大変忙しくされているのなら、私は応援しましょう）

怖いと思っていたのに、今は彼が夕食を共にする際に楽しい話題を提供できないか、エレスティアは考えるのだった。

そのあとも、ジルヴェストを見送ることもなく、一人で朝食を取る日々が続く中、エレスティアは魔法具研究局に通った。

気づけば、結婚してから三週間目を迎えようとしていた。

ジルヴェストは二日前から、夕食までに宮殿へ帰還できないくらい忙しくなっていた。一昨日からは夕食の時間も一人だった。

上流貴族でも夫が不在なのはよくあることだ。

（でも私は……せめて食事のひとときだけでも、家族と一緒に過ごしたいわ）

そんな中、エレスティアはというと、魔法具研究局での〝特訓〟に協力し続けているが、とくに成果は出ていない。

カーターもビバリズも気長にやるものだと言っていたし、二人は古本仲間が増えたことを嬉しがっていた。

『今日は、気分が上がるような面白い本が見つかるといいね』

見送ってくれたカーターにも、少し元気がないのを悟られたらしい。

エレスティアはアインスの助言で、魔法具研究局の帰りに公共図書館へ行って本を借りることも再開していた。

ジルヴェストが後宮に来るのが遅いぶん、たっぷり本を読んで息抜きできた。

けれど――大好きな読書をしても、気持ちは上がらないままだった。

（嫌だわ、そんなに顔に出ているかしら？）

彼と一緒にいられる時間が、とても少ないこと。

（昨日読んだ本の感想を彼に伝えられたらよかったのに……ううん、ジルヴェスト様を応援すると決めたじゃないっ）

エレスティアは昨日の本を返却し、新たに借りた三冊の本を胸に抱きしめ後宮までの道を急ぐ。

「危なっかしいので、やはり持たせてくださいませんか」

「だめです。これは私の本です」

エレスティアは反射的に答えた。実家でも、自分で持っていた。

基本的に無表情のアインスが「横取りするつもりは毛頭ないのですが……」と残念感を漂わせてつぶやいていた。

その時だった。彼女は、久しぶりに日差しを受けてきらめく黄金色に目を引かれた。

（あっ……）

すぐに気づいた。通路の右手に広がる庭園の小道を歩いていたのはジルヴェストだった。

数日ぶりに見る日中の彼が、元気そうでほっとした。

だが直後、彼の隣にいるアイリーシャの姿に気づき、エレスティアははっと息を詰めた。

（――何、あれ）

エレスティアの胸が、もやっとした。

アイリーシャだけではなかった。彼の周りには、先日見た三人の令嬢も含めて合計七人の令嬢がいる。

ジルヴェストは、冷酷な皇帝といわれて恐れられていた。それでも美しい容姿で女性からは人気があったが、絶大な力を持った軍人王でもある彼は、どんな女性も突っぱねるようにして寄せつけない印象だった。

最近は、表情も柔らかくなって近づきがたい雰囲気が少し軽減されていた。

隣に並んだアイリーシャに顔を向けた彼の口元には、自然体な笑みが微《かす》かに浮かんでいる。とてもリラックスした表情で肩の力も抜いていた。

すると、彼らの方をじっと見ているエレスティアに気づいてアインスが言う。

「皇帝の隣にいらっしゃるのは、魔法師部隊隊長としても功績を残し続けておられるロックハルツ伯爵のご令嬢です。そしてあの方々は、あなた様をよくないと思って小言も言っていた令嬢たちの一部ですね」

余計な一言も挟んできたが、アイリーシャのことは社交界で華々しい姿を見かけて知っていた。

「ええ、わかっています。先日もお顔を見ましたから」

「ご挨拶なさいますか？」

そうアインスに確認されて、エレスティアはハッと我に返る。

「いえ、簡略的に挨拶を交わしたこともないんです。お名前を知っている程度でしたわ」

「そうだと思いました。それでロックハルツ伯爵のことも述べたわけですが、そちらは不要な説明だったようですね」

「ごめんなさい、その、私以前は興味がなかったからご挨拶のうんぬんも、アインス様に共有もしていませんでした……」

胸が気持ち悪いくらいもやもやしていて、エレスティアは言いながらも気になってジルヴェストの方へ注意を戻していた。

彼の隣を独占しているのはアイリーシャで、周囲には七人の令嬢たち。その歩みに合わせて、白い毛並みの心獣たちも同行している。

唯一姿が確認できないのが、黄金の毛並みを持った一番大きな皇帝の心獣だ。

（あんなに仲よさそうに話をされて……友好を深めていらっしゃるのかしら……）

声は聞こえないが、肩の力も抜いた楽しげな雰囲気は感じ取れた。エレスティアは、執務室のある棟へと向かって歩いていくジルヴェストの黄金色の髪が、日差しにあたってきらきらしているところまで目に焼きつけていた。

すっかり足も止まったエレスティアを、アインスがしげしげと観察する。

「以前は『興味がない』ですか。なるほど、今は気にされているようですね？」

「えっ」

エレスティアがどきりとして振り返ると、彼が『おっと』と言わんばかりに少し眉を上げ、それからすぐ身を引く姿勢を取って謝罪を態度で示した。

「護衛騎士の身分で、差し出がましいことを申し上げました。非礼を詫びます」

「いえ、別に……」

エレスティアは言いながら、廊下の陰に隠れるように少し後退する。

「おや、お声をかけなくてよろしいのですか？」

「……お忙しいようなので、いいです」

そもそも、エレスティアから声をかけたことはなかった。

自分が、今の彼と、彼を取り巻いている令嬢たちの存在を気にしている。指摘したアインスの言葉が頭の中で回っていた。

「別の道から行きます」

気にしてなんか、いない。そう示すように、彼女はジルヴェストのいる中庭に背を向けてきた道を戻るように歩きだした。

「このところ日中にお会いできなくて、寂しく思われていたのでは？」

「ち、違いますっ。い、今のは……そうっ、大きなもふもふがいなくて少し残念に思っただけですっ」

エレスティアに同行しつつ、アインスが「ぷっ」と噴き出す。

「そうですか」

「そうなのです」

自分でも、何をムキになっているのかエレスティアはわからなかった。せかせかと足を動かすのに、心のもやもやとした重い息苦しさは増すばかりだ。

(あの子たちが次の側室候補なのかしら)

ジルヴェストは皇帝だ。

他に第二側室、第三側室を娶るようにと言われたのかもしれない。

以前、彼がアイリーシャのことは特別視しているようなことを言っていたとは思い出していた。

ジルヴェストは以前のように、徹底して人をはねのける厳しさはないと感じた。アイリーシャは彼の左隣にいて、堂々とした態度と自信が漂う美しい雰囲気が、彼とよく似合っている気がして――。

（……ジルヴェスト様は、あの中から誰かを後宮にと選んでいるところなの？）

ずぐんっとさらに胸が重くなった。

その可能性を考えた時、頭に浮かんだのはアイリーシャの姿だった。ジルヴェストが彼女を隣に置いているのは、女性の中で唯一頼りにしている存在だから？

（なんだか――胸が、苦しいわ）

エレスティアは魔獣討伐に多忙なら仕方がないと感じ、あまり顔も見られなくなった彼に想いを馳せて応援していた。

でも、仕事で忙しくしているのかと思ったら、彼は女性たちとも会っていたから時間が余計なかったのだ。アイリーシャやあの令嬢たちといった、優秀な魔法師でもある心獣持ちの彼女たちの誰かが後宮入りしたら、エレスティアの時と同じように、彼はヴェールをめくるのだろうか。

そう想像した途端、カッと強い感情が込み上げた。

（嫌。そんなこと、して欲しくない）

エレスティアは、嫌な気持ちが胸の中をぐるぐると回るのを感じた。

あんなふうに女性たちと楽しく話す時間があったのに、自分には会いにも来ない彼にエレスティアは腹を立てた。

――皇妃になりたくない。

元々、その気持ちでここへ来たはずだった。第二側室が決まれば離縁して実家に帰れる可能性に期待していたはずだった。それなのに――。

なぜかエレスティアは、ジルヴェストに他の側室を取って欲しくないと考えている。

自分のことなのに意味がわからない。

けれど考え続けているとふっと、エレスティアの怒りが鎮火した。

（でも私は、お飾りとしても確かに役に立てない）

この宮殿でエレスティアがしているのは、実家と同じく、引き続き引きこもって好きに本を読んでいるだけ。

そして今、幼少期に受けるはずの基礎魔法学を勉強している。

他の優秀な魔法師の令嬢たちは、受ける必要がないものだった。本来側室なら今頃、公務でジルヴェストを助けて社交でも皇帝のために役に立つことをしていたはず――。

（そう、よね……私はただのお飾りでしかなくて……）

彼と有益なことを話している令嬢たちとお飾りの自分を比べるなんて、お門違いだ。急きょ側室に寄こされ、ジルヴェストが『それなら』と協力を求めただけだ。

この宮殿は、エレスティアがいていい場所ではない。

（次の側室が来たら、予定通り離れましょう）

優秀な魔法師の令嬢が後宮に来るというのなら、もう、エレスティアは必要ないだろう。なんの役にも立たない側室は退場した方が身のためだ。

ドーランたちも後宮から脱出することを協力してくれると言っていたので、今度彼らが宮殿を訪れた際に話をしてみようとエレスティアは思った。


それからエレスティアは、ジルヴェストを避ける日々が始まった。

忙しいため夕食も共にできないのは都合がよくて、彼が戻る前に就寝時間を定めれば、夜に会話することもなかった。

初めから、こうしていればよかったのかもしれない。

眠っている時にいるのなら、心獣から彼の心の声を聞かなくて済む。

けれど——何をしていても、彼が迎えるかもしれない他の側室、つまりはあの日彼のそばにいた女性たちの存在が日に日に気になって仕方がなかった。

◆◆◆

皇帝の豪華な執務室には、いつも以上の緊張感が漂っていた。

出入りする者たちも補佐官たちも、戻ってきてから眉間に皺をつくって考え込んでいるジルヴェストを恐れ、不評を買わないようせかせかと仕事を進めている。

だがそれは、書類を引き取りにやって来たバリウス公爵にジルヴェストが問いかけたことで中断された。

「もしかして俺はエレスティアに避けられていないか？」

唐突になんの質問なのだろうかという戸惑いの空気が、室内に広がる。

用が済んだのですぐ出ようとしていたバリウス公爵も振り返り、男らしく整った眉を片方くいっと上げた。

「なんですかな、急に？」

「だからエレスティアのことだ。宮殿にいても昼間に全っ然会えないのだが！」

たまらずといった様子で、ジルヴェストが拳の横をドンッと執務机に押しつける。

バリウス公爵の口元が、ぴくぴくっとしながら引き上がっていった。

「皇帝陛下、ぶふっ――後宮に妻を娶るのは、くくくっ、お嫌だとおっしゃっていたかと記憶しておりますが？」

「お前は、そうネチネチと嫌みを言って楽しいかっ？」

「ええ、楽しいですよ。我が親友でもあった前王よりいじりがいがあります。それからお言葉はここでは『私』に戻されてくださいませ」

バリウス公爵が、にーっこりと笑う。

ジルヴェストは、思いっきり顔をしかめてみせた。

昔から、この元教育係長が大変苦手だった。彼は前皇帝である父から、もしもの時はとジルヴェストのことを託されていた側近の一人だ。

前皇帝から任を引き続く形で、現在も彼のよき補佐でありアドバイザーとしてもそばにいる。

ここ数日、寝所に行くとエレスティアはすでに寝ていた。

魔法の素質のなさが気になって、自分のために魔法具研究局に通って基礎魔法学を学んでいるのではないかと思うと、嬉しくてジルヴェストは陰ながら応援していた。

それで疲れているのなら、先に眠ってしまっているのも仕方がない、と――。

だが、おかげで余計に触れたい欲求が膨らんでいる。

寝ているエレスティアの姿は愛らしく、初めて劣情をこらえるという苦しい夜をジルヴェストは強いられていた。

（先に眠られてしまうと、好きなだけ寝顔を眺められる反面、それを楽しんでいる自分がどれだけケダモノなのか思い知らされる……）

彼女の小さな愛らしい唇に触れたい、柔らかなそこに吸いついて貪ってみたい。

無垢なその瞳に情欲が宿ったさまが見たいし、彼女の声がいっそう甘くなった際の吐息を聞きながら、彼女のすべてを自分のモノにしてしまいたい――。

彼女の夫なのに、妻を求められないのはきつい。

最近そんな苦痛を嫌なくらい実感している。以前のように彼女の声を聞いて、彼女を抱きしめた満足感に浸ってそのまますとんと眠れていた頃はよかった。

ジルヴェストは、それまであまり眠れない人間だった。

満ち足りた感覚というものは、あんなに気持ちのいい睡眠を与えるものなのだと結婚してから知った。

（しかしながら、かわいすぎる寝顔を見ていやらしい想像をしてしまうたび、想像の中で彼女を汚しているようで大変良心がきりきりと締めつけられる……）

うっと額に手をあてたジルヴェストを見て、バリウス公爵が嘆息する。

「皇帝陛下、まぁあなたのご期待に添いたいところですが」

「俺は何も期待などしていない。からかわれることについてはいつだって警戒しているが」

「まぁまぁ、お聞きなさい。真面目な話、私はそこまで動向をチェックはしておりませんので、避けられているうんぬんに関しても、私の差し金ではありません」

「そうなのか？」

「皇帝陛下、私をなんだと思っているのです？」

「宮殿一の食えないタヌキだ」

近くから「ぶふっ」と笑い声が上がった。

皇帝護衛騎士隊長だ。彼も、ジルヴェストが素でいられる皇子時代からの付き合いだった。

するとバリウス公爵が「ふぅー」と息を吐きながら頭を軽く振った。

「皇帝陛下、一目惚れした令嬢が第一側室に上げられてよかったですな」

「んなっ……！　い、いきなりなんだ！」

「ここにいる者はもう知っていますよ。王の間であんなに派手な宣言までされたので、使用人の間まで噂になっております」

そういえば、婚姻の翌々日に、アインスについ相談したのだ。

「だからあの時、アインスは妙な真顔になっていたのか……っ」

「やはり気づかれていなかったのですね。はーっ、かわいいことです」

にやにやしたのに気づいてギロリと睨みつけると、バリウス公爵が余計に悪巧みするような顔になった。

「よきことでございますよ。眼差しも、だいぶ柔らかくおなりになられた。皇帝陛下は、これまでもずっとご自身のことだけで必死でしたでしょう？　そろそろご結婚を、とは私も思っていたのです。前皇帝陛下たちも天国で喜んでおられることでしょう。エレスティア嬢も、あなた様の努力のかいもあって、噂のような冷酷な皇帝というのは違うことだと理解してくれているかと」

「う、む。そうか」

かわいいだのなんだの言ったことをうまくはぐらかされた気がしたが、ジルヴェストはエレスティアの名前を出されて、はっと思い出す。

「ところで、俺の妻のことだ。お前なら何か察していることでもあるんじゃないか？」

「いや〜、どうでしょうね。誰か思いつく者はいるか？」

バリウス公爵が、面白そうに室内の者たちを眺め回した。

その時、護衛騎士隊長が小さく笑った。

「皇帝陛下、発言をお許しいただけますと幸いです」

「ここは公の場ではないんだ。バリウスと同じく気軽に言うといい」

「いえ、今はまだ勤務中ですのでお言葉だけ嬉しくいただいておきます。護衛にあたっている部下から聞いた噂話をまとめて私なりの見解を申し上げますと、最近皇帝陛下が〝複数の令嬢たちをはべらせていた〟ことが原因ではないかと」

ジルヴェストは一瞬、なんのことか本気でわからなかった。

全員が見守る中、最近の記憶をたどってようやく、魔獣の討伐で戦力として参加している令嬢たちとも移動があったのを思い出す。

「……仕事の話をしていただけだが？」

「まぁそうですが、知らない者が見ればそうは感じないかと」

「そもそも、それでどうしてエレスティアが俺を避けるんだ？」

彼女には初夜の時、他に側室は取りたくないときちんと表明していた。

護衛騎士隊長が目を丸くする。ジルヴェストが続いて室内の者たちを見渡せば、似たような視線を返された。

するとバリウス公爵が、きらめきがこぼれんばかりの笑顔を浮かべて口を開く。

「わかりませんか皇帝陛下。よくある話、つまり放っておかれて拗ねていらっしゃるのではございませんかな？」

「……拗ねる……エレスティアが？」

「つまるところ嫉妬されたのかもしれませんよ。皇帝陛下の涙ぐましい地道な努力のかいあって、エレスティア嬢もその優しさに惹かれつつある可能性も」

言い方が演技ぶっていて癇《かん》に障るものの、そんなことも吹き飛ぶくらい、バリウス公爵の最後の言葉はジルヴェストの胸に喜びを与えた。

（誤解されずに優しさも彼女に少しは伝わってくれていた？）

ジルヴェストは、初夜の際は見事失敗したと思っていた。

彼女からの第一印象は、最悪だろう。廊下で出会った時も、『冷酷な皇帝』という呼び名で怯えていたに違いない。

強面なので、誤解されないだろうかと気が気でなかった。

女性に対して好意を持たれようと振る舞ったことがないので、どうしていいのかわからず、兄弟のように思っているアインスに助言を求めた。

夫婦としての暮らしを日々丁寧に。相手に気遣いを持って接し、押しつけになるようなことをして困らせない――それをジルヴェストは心がけてきた。

「……そう、か。あの頃よりも彼女に安心感は抱いてもらっている、のか」

ジルヴェストは、口元を覆うように撫でた。

嬉しさを隠せなかった。しかめ面なのに目の下は赤らみ、付き合いの長い部下は目を潤めるほど感激し、若い部下たちは密かにほっとしていた。

「さっ、それでは私は失礼いたしますね」

バリウス公爵が満面の笑みをにっこりと浮かべ、扉へと軽快な足取りで向かう。目の前を通過していくのを見た護衛騎士隊長が、げんなりと見た。

「説得力はございますが、貴殿の笑顔はいつもうさん臭いと思ってしまう……」

「うふふ、普段の表情もうさん臭いとはよく言われるよ。半分は適当だ。次の公務でどんよりされてはたまらないからな」

「うわー……」

人さし指と中指をくっつけて額に添えた爽やかな笑顔のバリウス公爵と、それとは対照的な表情をした護衛騎士隊長のことは、ジルヴェストからは見えていなかった。

（どうにか彼女との時間をつくるためにも、仕事をできるだけ片づけていこう）

ジルヴェストはそう決めて、戻ってきてから手つかずだった書類に向き合った。

# 第六章　皇帝とその花嫁

エレスティアはその日、いつも通りの時間を過ごす予定でいた。

ジルヴェストを避けるのだ。

とはいっても、彼女が日中に彼の顔を見ることはない。朝目覚めたら彼の姿はなくて、一人で朝食の時間を過ごした。彼は引き続き宮殿を出入りしているようだし、今は不在なのかいるのかもわからない。

彼は皇帝として忙しくしていて、それでいて――。

(――令嬢たちとの話をする時間が必要で)

嫌な気持ちが、唐突に胸に込み上げる。

それを振り払うように、エレスティアは午前中は図書館へと行き、息抜きのための本をまた三冊借りた。

午後になると魔法具研究局でいつも通りの勉強と、水を使っての精神統一の特訓をする。それを終えると、楽しみだった古本の続きを読ませてもらう。

けれど今日は、読書にも身が入らなかった。

熱意がどこかへ行ってしまったみたいに文章を読む目が、止まる。

「後宮で休みます」

アインスがじっと見つめているのに気づいて、質問を避けるようにそう告げた。気分が優れない理由をエレスティア自身説明ができないでいた。

護衛騎士の彼を連れて魔法具研究局を出て、後宮へ戻る道を進む。

うつむき歩く彼女を眺めていたアインスが、ふっと窓の向こうへ顔を向けた。

「エレスティア様、いい天気ですよ。外の空気でも吸いに行かれますか？」

「いえ、そんな気分ではないので……」

気が滅入っていることは彼に察知されているだろう。配慮から提案してくれたことに感謝して、どうにか微笑み返す。

するとアインスがきゅっと眉を寄せた。

「エレスティア様、すみません、あの時きちんと私が申さなかったのが悪いです。発破をかけるつもりで、ひどく困らせてしまったみたいだと反省しています」

「え？　アインス様？」

彼は少し余裕がないのか、口調が普段と違っていた。エレスティアを引き留めて続ける。

「恐らくあのご令嬢たちが話していたのは、仕事の――」

つい足を止めて、エレスティアも彼を見上げた時だった。

――どんっ。

彼の声にかぶるようにして、窓の向こうに重い何かが着地する音がした。

びっくりして目を向けると、黄金色の毛並みをした尻尾がしゅっと窓の向こう側へと流れていった。

「え？　もしかして今の……」

まさかと思ったエレスティアは、すぐアインスを呼んで廊下を駆けていた。

そのまま走って、中庭を通る渡り廊下へと抜ける。

「まぁっ、やっぱりジルヴェスト様の心獣だわ」

中庭から乗り上げてきたのは、黄金色の毛並みをした皇帝の心獣だった。

日中に会うのは久しぶりだ。

（とするとジルヴェスト様は、今は宮殿内にいらっしゃるのね）

危険ではないから、彼のそばを離れてきたのか。

また、女性と会っているのかもしれない。そう想像して、エレスティアの胸がずぐりと重くなった。

途中で足を止めてしまった彼女を見て、心獣が首をひねり、歩いてくる。

「え？　何――ひゃっ」

心獣がエレスティアの目の前まで近寄ってきたかと思ったら、急に頭を寄せて頬にすりすりとしてきた。

大きいので、すり寄られると後ろに押されないよう、頭を抱き留めないといけない。

「えーと……撫でて、と言っているのかしら？」

驚きでまだ心臓がばくばくしているが、心獣に触れた部分を遠慮がちにもふもふしながらアインスにも確認した。彼が、小さく息を漏らす。

「まぁ、そのようですね。癒やされているようで何よりです」

胸の苦しさが和らいだと、エレスティア自身も感じていたところだった。そんなにわかりやすいのかしらと恥ずかしくなりながら、両手で心獣を撫でた。

（――魅力的なもふもふだわ）

皇帝の心獣の、意外な人懐っこさをありがたく思って顔の周りをもふもふした。

心獣は、気持ちよさそうに目を閉じた。尻尾を振って顎を上げる様子からは『悪くない』と言っている感じがある。

そのもふもふとした首元を見ていたら、飛び込みたくなった。

「ごめんなさいね、少しだけ……」

エレスティアは心獣を抱きしめた。

ここ数日、ジルヴェストの顔を見られたのはあの中庭だけ……そう思うと胸が切なく締めつけられてしまった。

厚みがある柔らかな毛並みが、もふんっと彼女の体を埋めて切なさが和らぐ。

「暖かくて……優しい抱き心地だわ……」

とても大きな心獣だというのに、絶大な安心感を覚えた。

ほっとしていると、アインスがそわそわと落ち着かない様子で近づいてきた。

「エレスティア様、そろそろお離れになった方がよろしいかと」

「あ、心獣はそういう触れ合いはやはりだめかしら？」

「いえ、そうではなく」

彼が、珍しく言いよどみ、間を置く。

「我々は自分の心獣を安易に他人に触れさせません。あなたの父上様も、兄上様たちもそうだったと思いますが……」

「そうね、心獣が嫌がるから」

「違うんです。それを抜きにしても触らせません。あなた様は心獣がいないので、心獣を持つ者の〝独特の感覚〟や心構えなどの教育は受けなかったでしょうし、私が教えて差し上げてもいいのか悩みましたが、実は――」

どういうことだろう。

エレスティアがそう思った時、頭を抱きしめていた皇帝の心獣が、突如まぶしい光を放った。

「きゃあ⁉　何っ？　どうしたの⁉」

アインスが「我慢できなかったのかよあの人は！」と叫び、慌ててエレスティアを呼んだ。

「エレスティア様！　離れてください！　心獣は、我々の魔力と心から生まれた守護獣、つまり一心同体みたいなものなんですよ！」

(……はい？　一心、同体？)

アインスは何を言っているのか。

すると光に包まれた心獣の触り心地が、変わっていくのをエレスティアは感じた。

「え、え……？」

光が圧縮され、どんどん小さくなっていく。

(まるで、人間の大きさみたいな――)

直後、光がはじけた。

あっと思って一瞬目を閉じてしまったエレスティアは、力が入った拍子に、手が固い袖をぎゅっと掴む感触を感じた。

(え？　もふもふじゃない？)

びっくりして、ぱっと目を開けた。

すると心獣がいたはずのそこには、ジルヴェストが立っていた。

「なっ……な……！」

エレスティアはあろうことか皇帝の腕を両手で掴み、向き合っている。その現状を察して彼女は頬を薔薇のように染めた。

思わず手を離したら、彼の方がエレスティアの両腕を掴んで、目の前から逃がさないように引き留めてしまった。

「ど、どうして」

「心獣は主人と感覚を共有している。立ち位置も、入れ替わることができる」

エレスティアはそんな事情を知らない。

（待って。感覚って言った？）

先程、アインスも『心獣を持つ者の独特の感覚』と口にしていたはずだ。

（主人は、心獣と感覚が共有できる？　とすると……私がこれまで心獣を撫でていた感触も全部、ジルヴェスト様に伝わって……⁉）

恥ずかしい。エレスティアは、一瞬にして耳まで真っ赤になった。

先日、ジルヴェストが唐突に『小さな手は柔らかく』と心の中で思い返していたのも、彼女が心獣に触れた際の感覚が伝わっていたからなのだ。

「い、言ってくだされば触りませんでしたのにっ」

「俺の心獣に触れるのは君だけだ。俺は触って欲しいし、心情とも仲よくして欲しいから触らせたんだっ」

アインスが額に手をあてている。

ジルヴェストは普段より感情的だった。通りすがりの貴族たちが「皇帝だ」「入れ替えは久々に見た」と言って覗き込んでくる。

（恥ずかしい、とにかく恥ずかしいっ）

久しぶりに会えた彼に胸の高鳴りが止まらない。

「し、心獣の性質はわかりましたっ。でも、なぜあなた様が入れ替わるのですかっ」

見下ろすジルヴェストの顔は美しかった。彼が『触って欲しい』と堂々と言ったことも、エレスティアの心臓をどっどっと大きく鳴らしている。

（心臓がうるさすぎて、すべて、訳がわからないわ）

その時、ジルヴェストが普段は冷静な強面を崩して、叫んだ。

「俺は君と触れ合えないというのにっ、俺から生まれた心獣が抱きしめてもらえるなどうらやましすぎるだろうっ！」

うらやましすぎる、という彼の主張が大音量で響き渡った。

居合わせたみんなが、そしてアインスも目を見開いていた。

「心獣はもう何度だって抱きしめられている！　今度は、俺を抱きしめてくれ！」

「えぇーっ」

なぜ、そうなるのか。

腕を両方からぎゅっと掴まれたエレスティアは、おかしな台詞を真剣に言い放ったジルヴェストを前に赤面した。

アインスが、今度は顔に手を押しつけて天井を見た。

人々が口に手をあて、期待した目で今か今かとその時を待っている。

（……本気で、私に抱きしめて欲しいと思っているの？）

少し影になったジルヴェストの目の奥で、冷静ではない熱がゆらゆら揺れているようにエレスティアには見えた。

「驚いて動けない？　だが、待てない」

「え？」

たくましい腕が腰に回り、エレスティアをぐっと抱き寄せた。

「そういうことなら、俺からする」

気づいた時、エレスティアは彼の大きな胸に強くかき抱かれていた。

ジルヴェストの上品なコロンの香りがした。動き回っていたのか、少しの汗と、それから日差しにもあたった衣装の匂いがふんわりと鼻腔をかすめる。

「エレスティア、ようやく君を力いっぱい抱きしめられた」

「――あっ」

首筋に、異性の吐息を感じた。

その瞬間、抱きしめられていることを実感して体温が急上昇した。

（私、ジルヴェスト様に抱きしめられているんだわ）

エレスティアは恥ずかしさと同時に、切なさなど木っ端微塵に吹き飛ぶ、心獣を抱きしめていた時の数倍の〝癒やし〟が心の底から込み上げるのを感じた。

（どうして？）

彼の腕の中はとても暖かかった。

小柄なエレスティアなど、すっぽりと隠されてしまうほどに体はたくましい。腕は男らしくて力強くて――。

そんなふうに彼の魅力を一つずつ意識するたび、エレスティアの胸は甘く疼《うず》いた。

その時、彼女は彼の脇に見える通路の外の中庭に、彼の心獣がどすんっと降り立って舞い戻ってきたのを見た。

エレスティアは「ひえぇ」と声を漏らした。

すると案の定、そこから、抱きしめているジルヴェストの心の声がダダ漏れてきた。

『優しい花のように感じる彼女、抱きしめてみたいと思っていた……いい香りもする。もっと抱きしめていたい』

腰が砕けるような甘い声に、エレスティアの心臓がどっとはねた。

あの怖い皇帝とは思えない色っぽい男の声だった。エレスティアは無償に恥ずかしくなり、咄嗟にジルヴェストを突き放していた。

「む、無理ですっ！」

真っ赤な顔でそう言った瞬間、ジルヴェストが岩に頭を打ちつけたみたいな顔をした。

「エレスティア⁉　む、無理とは、どういう……⁉」

ショックのあまり、声が出ないようだった。

彼と見つめ合っているだけで鼓動が速まる。体が熱くて、目も潤んでしまう。

(どうしよう、私、おかしくなってしまったの？)

訳がわからない。

けれど、これ以上心獣から彼の心の声を聞くのはまずいとは理解していた。

秘密の共有者というだけの立場であるのなら、心をかき乱すあの声を聞くべきではないと、エレスティアの本能が警告する。

(だって彼は、抱きしめたあの腕で、この前見た令嬢たちの誰かをエスコートするのよ)

そんなの、嫌だ。

想像した瞬間、嫌な感情が胸にどっと押し寄せた。

(他の側室なんて、嫌)

彼に、『私の妻だ』と言わせる他の女性を娶って欲しくない。

けれど彼は、令嬢たちと話していた。今度は、協力させる女性を自分から探すことにしたのかも――。

行動を勘ぐっただけで、今度は猛烈に苦しくなった。

「……抱きしめるなんて、無理ですっ。ジ、ジルヴェスト様は、新しい側室様探しをがんばればよいではないですか！」

エレスティアは咄嗟に逃げ出した。

後ろから彼の悲鳴のような声が聞こえた気がしたが、止まれなかった。

これ以上、彼から想われていると錯覚してしまうような言葉も聞きたくないし、彼の仕草も、表情だって今は見ていたくない――。

『気にされているみたいですが』

先日、アインスからそんなことを言われた出来事がよみがえった。

(私、嫉妬してしまったんだわ)

エレスティアは、激しく痛む胸に、恋だと自覚した。

彼の隣に並べる令嬢たちに嫉妬して、これから迎えられる顔も知らない未来の第二側室に胸をかき乱された。

(ごめんなさいお父様たち、解放されたいと口にしたのに、私……冷酷ではないと知ったあの人に、恋に落ちてしまったの)

エレスティアは好きだという気持ちと共に、つらくて、苦しくて涙が溢れた。

彼は皇帝、決して一人のものにはならない。

ただの秘密の共有者というだけなのに、彼を好きになってしまった。次の側室が決まった時、第一側室としてきちんとやれる自信が、ない。

エレスティアは涙が止まらないまま、嫁いで初めて宮殿から飛び出すことを決めた。


このまま後宮に戻れるはずもなかった。

追ってきたアインスは、号泣してしまって話すのもままならないエレスティアを見て、逡巡《しゅんじゅん》してすぐ「彼女が希望するままに」と宮殿の正面警備の者たちに指示をした。

彼らによって、ドーランにオヴェール公爵邸へ向かうという知らせが魔法で出された。

そしてエレスティアは、いったん自宅へと戻るため宮殿の馬車を一台貸してもらえることになった。

二人を乗せると、馬車は実家のオヴェール公爵邸へと向かって走りだした。

「ごめんなさい、ごめんなさいアインス様……」

宮殿からそのまま飛び出す形になってしまったことを、エレスティアは顔を両手で覆って泣きながら謝った。

「私は大丈夫です。大丈夫ですから」

ハンカチを貸したアインスは、困ったようにエレスティアの背を撫で続けてくれていた。

おかげで、オヴェール公爵邸に到着する頃には涙は止まっていた。

アインスが下車を手伝い、彼の手を借りて久しぶりに屋敷の玄関をくぐる。

迎えたのは執事だったが、待っていたのか、入り口から一番近い部屋からマントを揺らして父のドーランが慌てて飛び出してきた。

「どうしたエレスティアッ、『戻る』と宮殿の門番から知らせを受けて驚いたぞっ」

魔法で知らせを飛ばしてくれたとはいえ、こんなにも早く父が帰宅しているとは思っていなかったから、エレスティアは心底驚いた。

「ご、ごめんなさい。お父様、もしかしてお仕事を――」

「お前が『急ぎ会いたい』となんて言うのは初めてのことだ、これで駆けつけないでどうする」

部隊の支部には転移魔法の装置がある。そこからすぐ公爵邸近くまで戻り、自身の魔法で一気に飛んで帰宅したのだとか。

エレスティアは、父の愛に胸を打たれた。

彼女の手を父へと引き渡したアインスが、騎士の礼をとった。

「オヴェール公爵様、急で申し訳ございませんでした。エレスティア様が少し取り乱してしまい、彼女が落ち着かれるのならと思い、ご希望を叶えてこちらへお供いたしました」

「かまわない。よくしてくれた」

ドーランはすぐ娘へ視線を戻すと、そのたくましい腕で両肩を優しく掴んだ。

「ところでエレスティア、どうした？　急に会いたいなど、何があったのだ？」

エレスティアは若草色の目を潤ませた。

「お、お父様……無理を言っているのは承知の上です。ですが、どうか……次の側室の婚姻の儀式の日が決まった時点で、私と皇帝の婚姻関係を撤回して欲しいのです」

「なんだと？」

「わ、私、次から次へと側室が決まっていくのを見ている自信が、ありま、せん」

父を見上げるエレスティアの瞳から、涙がぽろぽろとこぼれ落ちた。

「もういい、わかった」

言葉が詰まってしまった娘を見て、ドーランの目に激しい怒りが宿った。

「婚姻の儀式から休む間もなくお前に夜伽を課しておきながら、皇帝陛下はもう第二、第三を娶るつもりなのか？　それで、お前はショックを？」

彼の感情に揺さぶられ、膨大な魔力が滲み出て空気を震わせた。激昂《げっこう》を抑え込んだ顔は赤らみ、獰《どう》猛《もう》な態から、野獣へと威圧感が倍増する。

控えていた執事も、顔を出した使用人たちも気圧されていた。

アインスが「まずい……」とつぶやいた。

「閣下、どうか落ち着きを。新たに側室を取られるとは、私は聞いておりません」

「だがエレスティアがこのように取り乱しているのだ。この子は純真なのだ。おおかた、女性たちをはべらせていたのを見られでもしたのではないか？」

ぎろりと睨まれたアインスが、真顔で固まった。

（鋭い）

エレスティアもそう思った。

ドーランはマントを翻し、ぐるりと回りながら一人熟考する。その姿は、怒る野獣のようだった。

「私はこの子を大切に育ててきた。容姿や、権力に任せて女性をまとわりつかせるような男も、だめだ」

「閣下、ドーラン・オヴェール大隊長閣下、落ち着きを」

「いいや、落ち着くものか。見てみろ、あの子は傷ついた。あたり前のように側室を取る男のもとへ嫁がせるなど、私はもとより許しがたかったのだ。大切にされるかもしれないと期待した私がバカだった」

ドーランが吠《ほ》えるように言い、拳を固めた。

「エレスティアにとって、宮殿は厳しい環境だ。皇帝陛下が守ってくださるのならまだしも、早々に放るのでは、話が違う。――我らオヴェール公爵家は、断固として戦おうぞ」

父が不意に両手を広げて天にかざし、すばやく呪文を唱えた。

膨大な魔力が練り上げられ、屋敷の床や壁がびりびりと揺れた。

「ワイバー、玄関を開けよ」

ドーランに低い声で命じられ、執事が慌てて玄関を開け放った。

アインスがはっと息をのむ。エレスティアも、魔力を炎へと変化させた父が何をしようとしているか察して、慌てた。

「待っ……！」

だが直後、彼が高く掲げた両手から炎でつくられた不死鳥が生まれていた。

巨大な炎の鳥が、ばさぁっと翼を広げる。

彼だけが生み出せると言われている、大きな不死鳥の姿をした炎の魔法。それは、彼の緊急の伝令方法でもあった。

火でつくられた不死鳥が、玄関から一気に外へと飛び出した。

驚く町の人々の頭上を急上昇すると、上空で一回転し、その美しい炎の翼を大きく広げて咆哮《ほうこう》を上げ、宮殿へと向かって飛んでいった。

「お、お父様っ、なんと書かれた知らせを出したのですか⁉」

エレスティアが駆け寄ると、ドーランが両手をぱんぱんっと払う。

「ふんっ。実家で引き取ると連絡をした、もう後宮には戻さない、と」

「えぇぇっ」

（──そんな、家の立場が悪くなってしまう）

そう思った時、エレスティアはそうならないために後宮に上がったはずだったことを思い出した。

（私は、なんてことを）

すると、震えた彼女の頬をドーランが武骨な手で優しく包み込み、そっと顔を上げさせて若草色の目を覗き込んだ。

「お前は、妻が私に残してくれた最後の子なのだ。不幸な結婚だけはさせたくない」

「お父様……」

「先日ようやく会えたバリウス様に、皇帝陛下は堅実なお方だと説得された。しかし、何事にも寛容的なお前に涙を流させるほどの事実を見せつけたのだろう？　彼が側室を娶ることにしたのも、ただ初々しい美しい令嬢を抱きたかっただけではないのか？」

そんな父の募る疑心の声を遮ったのは、美しい声だった。

「父上、それだと品のない言い方ですよ。エレスティアに聞かせていいんですか？」

「リックスお兄様っ」

玄関から入ってきたのは、長男のリックスだった。彼はマントを預かろうとした執事を制すると、気づいたエレスティアへ柔らかな苦笑を浮かべて手を軽く上げてみせる。

「えーと、ただいま？　父上の不死鳥が宮殿の方向に飛んだのが見えて、他の師団長たちに転移装置に放り込まれてここまで寄こされたわけだけれど——いったい何があったのかな？」

リックスの目が、最後は中立のアインスへと向く。

すると、そのタイミングで彼の背にどんっとぶつかってきたのは、慌てて駆け込んできた次男のギルスタンだった。

「おいっ、今、父上の不死鳥が宮殿に真っすぐ向かっていったんだけど⁉　なんだ、戦争でもするのか⁉」

どうやらギルスタンも、同じ支部にいた先輩師団長から投げ飛ばされてきたらしい。その髪はぼさぼさになっていて、リックスが「髪くらいどうにかしろ」と叱っている。

ドーランが「息子たちよ」と野太い声で言う。

「皇帝陛下がその気なら、戦争してでもエレスティアを取り戻すつもりだ」

「マジすか」

そう言ったギルスタンの頭を、リックスが殴った。

彼は「いてっ」と声を上げたものの、慣れたもので、すぐアインスを見る。

「で、どういうことなんです？　全然話が見えてこないんですが」

アインスが大変悩ましい顔をした。

「皇帝陛下が、――公爵閣下の怒りを買ったのです」

「わーお、それは大変ですね。言っておきますけど、俺もリックス兄上でも父上の説得は無理ですからね。我が一族は、父が指揮官です。命じられれば、兄上は氷の大鳥を無数に放って宮殿を穴だらけにすると思います」

「そこをなんとかできませんでしょうか……実は」

アインスが手招きする。リックスとギルスタンはしかめ面を突き合わせたが、すぐ同年代の彼のもとへ歩み寄って耳を傾けた。

ドーランが緊急用の不死鳥を放ってしまった。

それは、強い意思表示だ。彼が指定した送り先が皇帝であることを考えると、エレスティアは真っ青になった。

「……お、お怒りになられますわっ」

恋をしてしまったと気づいて、流した涙を見せられないという理由で宮殿を飛び出した。そのせいで、とんでもないことになってしまった。

（ああ、私の身勝手な行動のせいだわ）

無責任だった。下手をすると、アインスも罰せられてしまうだろう。

「アインス様っ、私、今すぐ宮殿に戻ります！」

エレスティアは覚悟の顔を彼へと向けた。

「何――っ!?」

使用人たちが叫ぶ。

リックスが目を丸くして、ギルスタンが大笑いした。アインスが心底訳がわからないという珍しい表情を浮かべ、二人のもとからエレスティアへと駆け寄った。

「お、お待ちください、どうしてここでお戻りになろうと決めたのですか」

「父が飛ばした不死鳥の件で、私がお詫びを」

「待て。それなら私が話をつけに行く」

ドーランが、大きな体をずいっと二人の間に割り込ませた。

「いいえっ、どうかお父様はこちらにっ。私が逃げ出してしまったのが原因ですからっ」

するとドーランの眼光が鋭くなった。

「逃げ出した？　皇帝陛下は、それほどひどいことをしたのか？　まさか、女性を連れ込んでいる現場をお前が目撃したのでは――」

「はいはい父上ストップ！　僕らの純真なエレスティアにそんな話を聞かせないでください！」

リックスが大声を上げた。

ギルスタンが声を出して笑った。彼はエレスティアの背を押して、玄関へと導く。

「ここは俺らに任せて、エレスティアは皇帝陛下と話し合ってくるといいさ」

「ギルスタンお兄様、ありがとうっ」

「いいってことよ」

玄関から外に出したところで、ギルスタンが止まっている宮殿の馬車を確認し、それからアインスへ目を向けた。

「アインス殿、来て早々ですみませんが妹を宮殿に連れていってやってください。父が行ったら宮殿が壊滅させられる気がするので、俺らでなんとか足止めしておきますね」

「は、はいっ。ご協力感謝いたしますっ」

最強の大隊長であるドーランが行ったとしたら、宮殿の屋根が、一つは確実に飛ぶ。

エレスティアもそれがわかって、アインスと共に急ぎ馬車に乗り込んだ。事情を聞いた御者が「大急ぎで向かいますので！」と言ってくれて、馬たちの嘶《いなな》きと共に、馬車は急発進して宮殿へと向かった。


エレスティアたちが宮殿に到着した時、そこには混乱した人々の姿が溢れ返っていた。

「あの冷酷公爵から、警告の不死鳥が飛ばされたらしいぞ」

「いったい何があったんだ？」

「国境の魔獣の件が急変して、激戦でも始まったのか？」

門番もいなくなっており、エレスティアたちを乗せた馬車は、人々が慌ただしく行き交ったり話をしたりしている中を進む。

（ああ、とんでもないことになってしまったわ）

あれは、ただエレスティアの件を知らせる不死鳥だ。

馬車が止まるなり、彼女はアインスの手を貸りて馬車から飛び降り、先を急いだ。

「ジルヴェスト様はどちらにいらっしゃるかしら」

「この騒ぎです。門番もいないとすると、恐らく軍部の大広間に集まっているかと」

アインスが、右だ左だと道案内してくれて、エレスティアはドレスのスカートと持ち上げて先を急ぐ。

すると大きな廊下に出たところで、目の前に複数の令嬢たちが立ちはだかった。人数分の白い心獣を連れている。

「止まりなさいな、エレスティア〝オヴェール公爵令嬢〟」

その先頭に立つ令嬢には見覚えがあった。

アイリーシャだ。糾弾するようなつり上がった目に見据えられ、エレスティアは反射的に身をすくめた。

「あ、あの、わたくし、今とても急いでおりまして――」

「知っておりますわ。ただの側室でありながら、皇帝陛下に別居を突きつけたのですって？」

「別居だなんてっ」

「逃げ出して宮殿を飛び出したのでしょう？　態度で示しているようなものです」

エレスティアは、ぐっと言葉を詰まらせた。

安易な行動を取ってしまったものだ。自分のことをよくないと思っている者たちに知られれば、そういう捉え方をされてしまうとは考えもしていなかった。

「皇帝第一側室としては失格な行動だと、ご自身できちんと理解されているのかしら？　これだから、引きこもりの何もできない令嬢は」

周りの者たちが気づき、不穏なざわめきが広がった。

アイリーシャの目立つその行為こそ、危険と隣り合わせだ。

（でも、ここには同意見の貴族もいるのかも――）

エレスティアは、視線が半々であることを感じ取った。アインスも舌打ちしそうに顔をしかめている。

「存じ上げています。ですから謝罪のため、こうしてここに戻りました」

本来ならうつむきたかったところだが、エレスティアは最後の務めを果たすように多くの視線の中で顔をぐっと上げた。

今、第一側室という肩書きを通して、オヴェール公爵令嬢として見られているのだ。

エレスティアはドーランの娘として、ここで顔を伏せてはいけないと思った。

（第一側室としては失格の行動と受け止められているのなら、それでいい。私は、自分のせいで起こしてしまった取り返しのつかない騒動を謝罪するために来たの）

それで側室が解消という運びになってしまうとしても、謝罪することを認める姿勢だった。

そんなエレスティアの毅然《きぜん》とした顔を見て、アイリーシャと他の令嬢たちも眉をひそめる。

「側室を降りると？」

「そこについては皇帝陛下のご意思に従います。ただの第一側室であるわたくしの口からは何も申せません——今は、そこをどいてください」

エレスティアは、時間が刻々と過ぎていくことに焦燥を覚えた。

早く、駆けつけなければならないのに。

「どんな状況を引き起こしたかわかっておいで？　大変な騒ぎですわ。皇帝陛下が、自ら公爵家に詫びて迎えに行くと言って聞かないでいるとか」

（皇帝が？　一臣下である公爵に、頭を下げると？）

そんなの前代未聞だ。

エレスティアはびっくりした。アインスも目を見開いている。

「あなたが側室に入り込めたのは、軍の総指揮権も持つ最強の大隊長、父のドーラン・オヴェール公爵閣下のおかげでしょう。しかしながら魔力や魔法の才能がなくとも、側室になったからには皇帝陛下を支えるのが義務ではなくって？」

「それなのに、父に泣きつくなんて第一側室の行動としてはいただけないですわ」

「支えるべき側室ですのに、皇帝陛下をあのように慌てさせるなんてっ、おかげで、私たちと話す予定も急きょなくなったのですわ！」

エレスティアは、胸に嫌悪感がざわりと込み上げるのを感じた。

（——ジルヴェスト様は、彼女たちと会う予定だったの？）

心獣の能力を使ってまでエレスティアの前に現れてくれたのに、そのあとで、彼はアイリーシャたちと談笑するつもりだったのか。

心の奥が、ざわついた。

何か、強いうねりが、蓋をこじ開けようとしているのを感じた。

（私がここで、感情的に物を言っては、だめ）

言う必要がある相手は、皇帝のジルヴェストだけだ。

彼女は家のためにも、父をこれ以上悪く言われないためにも、早く彼のもとへ急がなければならない。

するとアインスが、我慢ならないといった様子で前に出た。

「場をわきまえない発言をしているあなた方も、品性がないのでは？　皇帝陛下への忠誠心が強いのは誰もが存じ上げていることですが、心獣を持つ者として心構えも忘れてしまっては、三流魔法師です」

「なっ……！」

「あなた方がピリピリされているから心獣も同行しているのでしょう。万が一、その心獣の制御ができなくなったりしたら、どうされるおつもりですか？」

アイリーシャが顔を赤らめた。

彼女たちの心獣は、感情が移ったみたいにうなり声を上げる顔をしていた。周りからうかがっている貴族の半分は、それを心配したように見ていた。

すると、取り巻きの令嬢が叫ぶ。

「彼女はわたくしたちの中でも一番の優秀な魔法師ですわ！　あなたよりも魔力量も上ですのよっ？」

「はぁ、魔力優遇思考ですか。それがあれば貴族としての位置も関係なく失礼な我儘《わがまま》も通せるとお思いですか？　――実に愚かな」

「なんですって⁉」

令嬢がかっとした瞬間、その感情に呼応したのか、心獣が威嚇するように吠えて両前足を高く上げた。

「だめよ！」

アイリーシャの悲鳴と、激しく振られた心獣の尻尾が、エレスティアを打って周りからどよめきが起こったのは、ほぼ同時だった。

エレスティアが、どさりと倒れ込む。

彼女のドレスの装具が、大理石にあたって派手な音を立てた。

「エレスティア様っ」

ほんのわずか離れていたばかりに起こったことに、アインスが余裕もない顔で駆け寄った。エレスティアの上体を起こし、手を取る。

「見たか、アイリーシャ嬢の部隊の部下が、心獣をけしかけたぞ」

「皇帝陛下の第一側室になんて不敬を」

「子でもいたら大変だぞ」

周りの空気が変わった。ざわめきは、非難の色を帯びて広がっていく。

「ち、ちがっ、今のは事故でっ」

心獣の主人である令嬢が、真っ青な顔で首を激しく横に振る。今にも泣きそうになりながら故意ではないと震える声で訴えた。

床には、心獣もいないほど魔力が弱いと知られている第一側室。

その向かいには、全員が白い心獣を連れた令嬢たち。

――一見してどちらが悪く見られるかは明白だった。

アイリーシャも真っ青になっている。この予想外の事態で彼女たちの心が一斉に乱れたのだろう。

突如、彼女たちの心獣が咆哮を上げた。

うなり、獰猛に歯をむき出し、一斉にエレスティアへと向かう。

「いやあぁあぁ！　やめて！」

アイリーシャの口から、絶望した甲高い悲鳴が響き渡った。

その時、ゆらりとエレスティアは立ち上がった。

「エレスティア様っ？」

はっとして声をかけたアインスが、直後に息をのむ。

(――ああ、よく、聞こえないわ)

エレスティアは体を打った衝撃で、耳もぐわんぐわんと鳴っていた。

ただ一つの目的だけが、彼女を突き動かしている。

「私は、ジルヴェスト様のもとへ行かなければならないのです」

場にいた誰もが、今や息をのんでエレスティアを見ていた。

そこに立ち上がった令嬢は、先程と同じ人物とは思えないくらい意志の強い凛《りん》とした表情の女性だった。

エレスティアは、ただ真っすぐ向かってくる心獣たちを見据えていた。

水に向かって集中していた時の心の静寂を感じた。何か、胸から、とても大きな波がぐぅっと上がって自分の体から溢れているのがわかった。

(これが、魔力なのね)

体の中に、それを今、はっきりと感じる。

恐れない、受け入れる。エレスティアは押し寄せてくる魔力に身を任せて、心獣たちにすっと人さし指を向けた。

「〝絶対命令〟――心獣よ、止まりなさい」

直後、心獣たちが石のようにビタッと止まった。

苦しそうなうなり声をこぼしながらも、ぶるぶると震えて次の一歩へ進もうとした足さえも止めている心獣たちの光景を前に、誰も、動けなかった。

「なに、これ……」

アイリーシャの、唖然としたつぶやきが聞こえた。

この場を支配しているのは、まさにエレスティアがその身にまとっている〝畏怖〟と〝威圧〟だった。

(――不思議だわ。遠慮を取り払って、すべてを受け入れたら勝手に言葉が出てくる)

ただ、ジルヴェストに謝りたい。

エレスティアはその気持ちだけで動いていた。

彼女が美しい所作で視線を流し向ける。心獣の次に指を差し向けられたアイリーシャたちが、ぎくっと身を固くした。

「〝絶対命令〟」

「ひっ」

そんな声を漏らしたのは誰かわからなかった。

「――動くな、服従せよ」

次の瞬間、巨大な魔力でも降り注いだかのように、その場にいた全員が、一瞬にして動けなくなっていた。

すべての心獣も、人間も同時にエレスティアに向かって頭を下げた。

「道を開けなさい」

エレスティアの言葉に従って、全員がその姿勢のまま道を開けた。

それは異様な光景だった。

二階の廊下を駆けてきたカーターとビバリズが、目をむく。

「莫大な魔力の反応を感じて来てみれば、冷酷公爵ではなく娘の方だったのですか！」

「ああ、まずい、覚醒直後で意識が飛びかけてる」

カーターが何を言っているのか、よく聞こえない。

(どうしてかしら。足が、動かないわ)

行きたいのに。行かなければならないのに、エレスティアは人々に指を差し向けたまま動けないでいた。

「エレスティア嬢！　魔力を今すぐ引き戻すんだ！　流れが逆流して暴走したら、その膨大な魔力が外に向けて一気に噴き出してしまう！」

ようやくカーターの声がエレスティアの耳に届く。

(どうやって？)

何も、わからない。頭がくらくらする。

転倒した時に打ってしまったのだろうか。体もずくずくと脈打って痛い。奥から何かがどんどん溢れて、熱くて、重くて、刻々と苦しくなっていく。

(助けて――ジルヴェスト様)

咄嗟に、自然とエレスティアがそう思ってしまった時だった。

直後、意識が飛びかけた彼女の胸に稲妻のような歓喜が走り抜けた。

「エレスティア！」

一瞬、幻聴かと思った。

はっと目を向けてみると、黄金色をした大きな心獣に乗って駆けるジルヴェストの姿があった。

彼はカーターたちがいる二階の廊下を勢いよく駆けると、二階の欄干を乗り越え獣の身を躍らせた。

心獣に浮遊魔法をかけているのだろう。身動きができなくなった人々の上を飛び、一直線にエレスティアのもとへと向かって降りてくる。

(来て、くださった)

全身から一気に緊張が抜けた。

(ああ、よかった、ジルヴェスト様に会えた……)

エレスティアの指が、ゆっくりと下がった。

誰もが、呪縛から解放されたみたいにハッと動きだして詰めていた呼吸を吐き出す。

「エレスティアッ！」

切羽詰まったジルヴェストの叫び声がする。

手を伸ばす彼の光景が揺れた。

エレスティアは、一瞬自分の体が崩れ落ちているのだと気づかなかった。ようやく理解した時には、どうにもならなくて——。

「……ジルヴェスト、様」

彼女が倒れ込みながら伸ばし返した手は、空を切る。

動けるようになったアインスも飛びかかった。甲高い悲鳴が上がる中、アイリーシャが「第一側室様！」と両手を伸ばして飛び込もうとする。

その光景を最後に、エレスティアの意識はぷつりと途切れた。


目覚めると寝所だった。

開けられたカーテンの外はまだ明るい。西日に変わったのか、日差しの色は先程よりも濃かった。

「エレスティア……？」

憔悴《しょうすい》した声につられて目を上げると、そこにはエレスティアの手を握り、じっと見つめているジルヴェストの姿があった。

彼の紺色の目は、とても心配していることを物語っていた。

こんなにも表情が豊かな人だっただろうかと、エレスティアは場違いな驚きの感想を抱いてしまう。

「ジルヴェスト様？　とてもお顔の色が悪いですわ、お休みになられましたの？」

かえって心配になって手を伸ばしたら、彼がぐっと言葉を詰まらせて眉をひそめ、それから彼女の手を強く握った。

「よかった！」

「あっ」

横になっている体を、そのまま唐突にジルヴェストに抱きしめられた。あまりにも強い力だったものだから、エレスティアは背がベッドから浮いてしまった。

本当に、心配してくれていたのだ。

抱きしめてくれた彼の力強い腕と、温もりに彼女は涙腺が緩んだ。

(好き、好きです)

声にできない思いを込めて、エレスティアもたまらず彼を抱きしめ返した。

しばし、二人は互いの体温と心音を聞いていた。

彼の声を聞いて目覚めたとわかったのか、侍女たちが顔を覗かせて、はっと察したようにいったん引っ込んでいった。

「君は覚醒の衝撃で気を失ったんだ。気分はどうだ？」

肩を優しく掴み、ジルヴェストがエレスティアと見つめ合う。

「覚醒……まるで夢を見ているような心地でしたが、あれは……現実だったのですね。ですが今は、魔力をあまり感じないような」

「魔法が使われる瞬間にのみ魔力が外に出るのではないかと、魔法具研究局も不思議がって、頭を抱えながら推測していた――何しろ、あんな魔法を見たのはみんな初めてだ。オヴェール公爵も、自分の全盛期の頃の魔力の気配がして驚いたそうだ」

床に転倒する直前、ジルヴェストが間に合ってエレスティアを抱き留めたという。その時にドーランが炎をまとって宮殿に飛んできたとか。

魔力というのは、言葉を発し始めた時期に覚醒を迎えるものだ。

大人の状態で急激に魔力が体を巡ったエレスティアは、ショック状態になって危険だったという。

血縁者のドーランと、続いて駆けつけた兄たちが魔力を操作して安定させた。

「君の急速な体温の低下といったショック症状については、オヴェール公爵の令息らが駆けつけるまでの間、アイリーシャが時間を稼いで助けてくれていた」

「彼女が……」

「国にとってなくてはならない人物だと言って。彼女は医療魔法にも優れていて部隊の治療所を見ている。性格は苛烈だが、あれでも国を思う気持ちは人一倍あるんだ」

「……そう、ですか」

やはり彼は、彼女に決めたのだろう。

エレスティアは、ゆっくりとシーツを握った。

（言わなくては。お別れをさせてください、と……）

ジルヴェストは次の側室を取ることにしたのだ。軍でも貢献し、知的で、先頭に立って行動ができるロックハルツ家の令嬢を第二側室に選んだ――。

アイリーシャの言葉は正しい。

エレスティアでは、側室でさえも務まらない。

側室の立場なのはわかっているが、彼が他の側室を迎えることが耐えられない。

愛してしまったから。好きだから……。

思いつめた顔で下を向いてしまっていたエレスティアは、シーツを握る手を上から包まれてはっと顔を上げた。

「エレスティア、俺に会おうとしてくれていたのだろう？　公爵も、少し二人にしてくれると言ってくれた」

優しい顔で覗き込んでくるジルヴェストを見て、胸が締めつけられた。

自分がここに戻ってきたのは、父たちのためだった。

エレスティアは数刻前、ジルヴェストのもとを逃げ出した。この人の妻であることを独占したい、という醜い気持ちが溢れたから。

それをむき出しにして、彼に嫌われたくなかった。

前世のように耐え忍ぶ選択もせず、恋心を隠し通せる自信もなく――逃げ出した。

（なんて、弱いの）

彼を見つめるエレスティアの若草色の瞳から、はらはらと涙がこぼれた。

「ど、どうしたんだエレスティア」

ジルヴェストが慌てたようにベッドに座り、彼女の肩を抱き寄せた。

「ごめんなさい。私が勢いで馬車に飛び乗ってしまったせいで、父の不死鳥も飛んでしまって、こんな騒ぎを……」

「大丈夫だ、大丈夫だから」

ジルヴェストは、エレスティアの震える細い肩を撫でて慰めてくれる。

「大丈夫だなんてことは、何も……」

すると、こんな状況だというのに彼がふっと苦笑を漏らした。

「正直言うと、君の魔法でそれどころではなくなったんだ」

「えっ？」

「君の魔法は、人どころか心獣さえも従わせる、つまりすべての生き物を服従させられる最強の魔法といえる」

エレスティアはあの時、自分が魔力に動かされるがまま『〝絶対命令〟』という魔法呪文を唱えたことを思い出した。

「カーター支部長たちが言っていた通り、君は未覚醒だったようだ。魔力測定できたのは魔法が行使されている短い間だったが、その魔力量は、国で皇族に次いで二番目と言われている、ドーラン・オヴェール公爵と同じだ」

「わ、私が、父と同じ……？」

「そうだ。それによって居合わせた君の反対派もすっかり一転した。魔力に耐えられず気絶した者も続出した――それこそ、王の妻になるにふさわしい魔法師だ、と」

「っ」

彼を、好きになってしまった。

彼を独占したいという想いを抱いてしまったエレスティアは、もう、側室としてここにはいられない。

「……………いいえ、私は、ふさわしくなどありません」

すがりたくなる彼の手を、決死の思いで震えながら押し返した。

「エレスティア？」

彼女は彼の顔が見られず、うつむきながら切り出す。

「このたびの騒ぎは本当に申し訳ございませんでした。責任は負います……ジルヴェスト様、私を後宮から出してくださいませ」

「は？」

声が小さくなってしまって、聞こえなかったようだ。

エレスティアはどうにか深呼吸し、震える唇を再び開く。

「他の側室様たちを迎える前に、ここを出ていきたいのです。それで、新たな側室を迎えられた時にはそのまま婚姻関係を解消して――」

「解消なんて絶対にしない！」

突然大きな声を出されて驚いた。腕を掴まれて強引に視線を戻されると、ジルヴェストはとても怖い目をしていた。

「出ていくことは許さないっ」

激昂を宿したような目に、強く見据えられる。

エレスティアは震え上がった。するとジルヴェストの目がぐっと細められ、ますます怖い顔になった。

（どうしてそんな怖い目を？　やはり次の側室を取る前の辞退は無礼だった？）

そう、思った時だった。

『――出ていかないでくれ。どうしてだ、俺は嫌われることをしてしまったのか？』

ふっと聞こえてきた〝彼の声〟があった。

（え……？）

声が流れてくる方へ視線を少しずらしてみると、ベッドに座るジルヴェストの向こうにいつの間にか彼の心獣が座っていた。

そのもふもふとした立派な胸元から、ジルヴェストの心の声が流れてくる。

『離婚するなんて嫌だ。君を手放したくない。一緒にいたい、知らせをもらった時に心臓が止まりそうになった、君がいなくなったらと想像して絶望した――お願いだ、実家に戻らないでくれ、エレスティア』

聞こえてくるのは、次々と溢れてくるジルヴェストの〝想い〟だった。

エレスティアは彼の深い青の目を見て、ゆるゆると目を見開く。

「実家に戻らないでくれ、エレスティア」

彼が同じ言葉を口に出した。

「実家で引き取るとオヴェール公爵からの知らせを受けた時、引き留めなかった俺が悪かったのだと自分を責めた」

「い、いえっ、私が逃げたのが悪くて」

「君に出ていって欲しくないと俺は思っている。本当だ」

美しい強面をくしゃりとゆがめて、一心に覗き込まれた。

それが本心だとはエレスティアもわかっていた。心獣から聞こえ続けてくる彼の〝声〟と重なっていたから。

出ていかないでくれ、離縁なんて嫌だ――そう心獣から彼の心の声が聞こえ続けている。

「あっ、すまない怖がらせたな」

ジルヴェストが、はっとしてエレスティアの腕から手を離す。

「痛かったか？」

「いえ、大丈夫ですから、さすらなくとも平気で――」

「俺が、君にこうしていたいんだ」

ジルヴェストはまるでどこかに行ってしまうのを恐れているみたいに、エレスティアを自分の腕の中に収め、腕を優しくさすった。

「そもそも、どうして次の側室を迎えるという話になったんだ？　君を迎えてまだ蜜月も終わってさえいないのに？」

聞こえる声の近さにどきどきして、エレスティアはためらいつつも打ち明ける。

「ジルヴェスト様は、アイリーシャ様を側室にお選びになったのではないのですか？」

「は？」

彼が初めて、あんぐりと口を開けた。

「……俺が？　あの、気がやたら強いかわいげが微塵もない部下を？」

「ぶ、部下、ですか？」

かわいげが微塵もないという言い方に、エレスティアはぽかんと口を開ける。

すると彼が、察したようにハーッとため息を漏らした。

「ああ、あの話か。言っておくが、宮殿内で最近一緒に歩いていた令嬢たちは、心獣を国境戦に貸し、医療部隊に所属している班の一つだ。アイリーシャは、バレルドリッド国境戦に加わってもらっている」

「バレルドリッド国境？　父も参加している？」

「そうだ。何もない平原、毎日魔獣どもを押し返し続けている〝眠らない戦場地〟だ」

国境から入ったいくつかの土地には、魔獣の潜伏を許してしまっている。

その中で、魔獣戦争の鍵と言われているのが、バレルドリッド国境だ。

あの伝説の魔法師が、国内にいた魔獣たちをいったん国外へすべて押し出したルートでもあった。

そこを魔獣に突破されたら、遮るものが何もない土地が続く。そうなったら妨害する山も川もないルートを、魔獣たちは皇国の中心まで一挙に押し寄せて進む――と言われていた。

そう思い出して、エレスティアはハッと悟った。

「あっ……もしかしてジルヴェスト様は、その件でお忙しくされていたのですか？」

「その通りだよ」

ジルヴェストがほっとしたような吐息を交ぜて答えた。

「そこの魔獣どもが驚異的なほど増し始めてる。知識でもついたのか、勢力をぶつけて突破しようとしている動きがある。そこで俺も出陣し大隊長およびハイランク戦力に名を連ねている者たちをすべて投入し、討伐大作戦を実行するため総交戦の準備をしていた」

なんてことだ。エレスティアは、勝手な思い違いに震え上がった。

「も、申し訳ございませんでした。それなのに、私ったらなんてことを」

「いいんだ。……妬んで、くれたんだろう？」

優しく耳元に落とされた声に、エレスティアは固まった。

彼女の手をジルヴェストがそっと包み込み、握り合った二人の手を導いて、彼女の顔を自分へと向けさせた。

「嫉妬してくれた。そして、俺が他の側室を持つことも嫌だと思ってくれたんだろう？」

「それは……」

「聞かせてくれ。君が出ていこうとした理由はそこにあるんだろう」

ジルヴェストが握った二人の手を引き寄せて、指先にキスをした。

「あっ……だめ……」

彼は繰り返し唇をしっとりと押しつけた。エレスティアは好きな気持ちが溢れてしまいそうで、それ以上キスをしないでと訴えた。

「だめじゃないんだろう、君の手は震えながら……俺に委ねてくれている」

ジルヴェストが指先を舐めた。

目の前でちゅっと音を立てて吸いつかれてしまい、彼女はかぁっと頭の中まで熱くなった。

「す、好きになってしまったんですっ」

このままではまずい空気になりそうな気がして、彼女はとうとう言った。

ジルヴェストが止まる。

（言って、しまった……）

エレスティアは後ろめたさにうなだれ、視線を逃がした。

「……ただの協力者であるのに、ジルヴェスト様に特別な想いを抱いてしまったから……だから、このまま第一側室にはいられないと思って逃げ出したんです」

ジルヴェストが頭を起こす気配がした。

びくっとしたエレスティアは、頬を両手で優しく包まれてハタと警戒も解ける。そのまま彼と目を合わせられたら――彼は静かな表情で見つめていた。

「他に、側室は迎えない。そう初めに言った。今後二度と、俺の妻とつく名の女性を後宮に入れるつもりはない」

「えっ？　ですがジルヴェスト様は、いずれ跡取りを残さなくてはなりません」

「君がいる」

返ってきた彼の言葉に、エレスティアは呼吸が止まりかけた。

「俺は君がいいんだ、エレスティア。君だけでいい――俺の子を産んでいいのも、君だけだ」

動揺した彼女にもわかるように、ジルヴェストは、そうはっきりと言った。

「……わ、私は、形ばかりの側室だったのでは」

「俺は自分の想いを伝えるのは下手だ。……あの時は、協力だのなんだのと硬いことを言ってしまったが――君を正妻に、と思っていた」

「え？」

「唯一無二の、俺の妻に」

　見つめ合う二人の距離が、自然と縮まっていく。

　彼の顔が近づいているのだと、少し遅れてエレスティアは気づいた。けれど彼女はもう逃げなかった。

（彼は、私だけでいいと言ってくださった。それは――）

　近づいてくる彼の紺色の瞳を、どきどきしながら見つめていると、その目にゆらゆらと熱が揺れた。

『ああ、かわいい。君だけがいい。ずっとそうやって、俺だけを見つめていて欲しい――好きだ』

「えっ？」

　そこに、心獣がいたことをすっかり忘れていた。

（彼が本心を言っていたから、聞こえなかっただけなんだわ）

　そう理解した直後には、難しいことなど何も考えられなくなっていた。

　包んだ頬を手で引き寄せ、ジルヴェストとエレスティアの唇が重ねられた。彼は、遠慮がちに軽く
触れてくる。

「ん……ぁ……」

　彼は繰り返し、エレスティアの唇へ軽く触れるキスを落とした。

　それから許しを乞うように優しくついばむように変わる。彼女がおずおずと自ら同じことを返すと、
ジルヴェストは口同士を深くくっつけて吸いついた。

「んんっ――は、ぁっ」

　息が苦しくなった時、彼の唇が離れていった。

「好きだ、エレスティア」

見据えるジルヴェストの、どこまでも深く澄んだ青の瞳は美しかった。

キスで色づいた表情は、エレスティアの胸を熱くした。

「……私も、好きです」

自然と、エレスティアはそう答えていた。

熱く震える胸の言葉を伝えたら、彼の目がいっそう愛おしげに細められてエレスティアを見つめてきた。

「俺は、あの廊下で初めて見た時から、君の愛らしさに胸を射貫かれていたんだ。名前も知らないまま別れてしまい、初夜で第一側室が君だと知った時……再会をどんなに歓喜したことか。口下手な俺がこんなことを言っても急に聞こえて、君を戸惑わせるだろうが」

そんなことはなかった。

心獣から、強面な皇帝である彼の心はすべて聞こえていたから。

（かわいいと言ったのもすべて、好意からの言葉だったのだわ……）

夢を見ているのではないかしらと思った。

ベッドに座り、自分をたくましい腕に抱きしめてくれている夫の〝王〟。じっと見つめ合ってくれているジルヴェストは美しい。

エレスティアがぼうっと見とれていると、彼の唇が優しい線を描く。

「キスで潤んだ瞳も、かわいい」

そう言いながら、瞼にキスを落とされた。

「あっ……」

火照っていたせいか、彼の濡れた唇は少し冷たく感じた。

「ゆっくりでいい、待つ、だから――いずれは、君のすべてを俺にくれ」

「は、い、ジルヴェスト様」

彼はエレスティアの涙が滲んだ目尻に、頬に、髪をよけてこめかみにもどんどんキスしていく。甘い痺《しび》れが、腹部まで静かに沁み込んでいく感覚がした。

王の妻にはなりたくないと思っていた。

けれど、彼なら大丈夫だとエレスティアは思えた。

彼となら、がんばっていけるかもしれない――今は、ただただとても幸せだった。

好きだと言って優しくし、こうしてそばにいてくれている素晴らしい夫。

彼のためなら、皇妃になるのもかまわないと感じるほどに。

「エレスティア……っ」

手首を掴まれ、ベッドに押し倒され不意に首に吸いつかれた。

「あ、だめっ」

「そんな反応をされたら、おかしくなってしまう。俺は君にずっと触りたくて仕方がなかったんだぞ――キスをくれ。キスがしたい、今すぐに」

「ふぁっ、んん」

繰り返しついばまれて、びっくりした。

このままでは触れ合いだけでは済まないだろう。戸惑っていたら、彼がなだめるように優しく舌を差し入れてくる。

それは、前世とは全然違っていた。

（強引なのに、どこまでも優しくて、とろけてしまいそう……）

初めての彼女を気遣って、教えてくるようにゆっくりとキスを進めてくれる彼にうっとりとした。

『ようやくキスができた。ずっとしたかった』

引き続き心獣から流れてくる〝声〟に、エレスティアは胸が震えた。

（嬉しい）

エレスティアは心臓がどきどきしすぎて、顔だけでなく、全身が熱かった。彼は、キスしたいと思ってくれていたのだ。

『だめだ、止められそうにない』

心獣から、彼の余裕のない声が聞こえてきた。彼の手がエレスティアのナイトドレスの上を這《は》う。

「は、あっ、ジルヴェスト様だめっ、んぅ——」

『かわいい。声も、焦り方も、全部かわいい』

彼は先程待つと言ってくれたが、もう止まらない予感がした。

（でも彼にならこのまま——）

その時だった。

「お待ちください閣下！」

「この声を聞いて、もう待ってなどいられるか！」

蹴破られるように扉が開いて、エレスティアはびっくりした。

先頭に立って入ってきたのは、軍服姿の父ドーランだった。彼はエレスティアにまたがっているジルヴェストと目が合うなり、すぅっと目を細めた。

「――皇帝陛下、娘は倒れたばかりなのですが？」

彼に続いてアインス、兄たち、そして側近らしき男たちと医者、着替えを持った侍女たちも続く。

魔法具研究局のカーターとビバリズも入ってきた。しかしビバリズは「ひゃあっ」と情けない声を上げて、赤くなった顔を両手で覆った。

「オ、オヴェール公爵……」

組み敷いた姿勢のまま見つめ返すジルヴェストの口元が、引きつる。

「無事であるとわかって愛を確認したいと求めるほど『ゾッコン』であるとわかったのは喜ばしいですが、いささか、時と場合を考えられてはいかがかな？」

「そ、そうだな」

「急ぎ話すことがあると意見をまとめ、すでに大広間に招集までかけたのは、大指揮をとられたあなた様だったはずです。違いますかな？」

ぎすぎすとした雰囲気で小言が続く。

誰もが静かに怒気を発しているドーランを止められないでいた。カーターだけが、興味がなさそうにしてにこやかに待っている。

「……す、すまなかった、オヴェール公爵」

数秒後、ジルヴェストがそう言った。

室内に『あの皇帝陛下が謝った』という空気が、しばし流れたのだった。

# 第七章　隠されていたチート魔法「絶対命令」

ドーランによって室内の時間は動きだし、まずは医者がエレスティアを診た。

体調が良好だと判明したのち、ジルヴェストが側近やカーターたちに呼ばれて移動した。

「ささ、妃様もお早く」

エレスティアは、侍女たちによって急ぎ外出のため着替えさせられた。

なんとも慌ただしかった。いったい何がどうなっているのかわからない。着せられたのは軍服仕様のような動きやすいドレスで、それでいて皇族の紋が金の刺繍で入れられ、一目で皇帝の妃だとわかる美しい衣装でもあった。

侍女たちにせっつかれるように部屋の外へ出される。

待っていた父と兄たちと合流するなり、両側を護衛騎士代わりに兄たちが固め、先頭に父が立ってエレスティアは共に歩きだす。

「お父様、どこへ行かれるのですか？」

「大広間だ。みんなが集まっている」

「みんな……？」

ドーランが鼻から息を吐き、それから続けた。

「私は、当初魔法具研究局からあがった意見に反対だったのだが、お前を悪く言う者が一挙にいなくなるとするのなら、まぁ、実行してみてもいいだろうとも思えた。我が部隊も、お前の兄たちの師団も前を全面的に守ると誓おう。あまり目立つことは苦手だとは知っているが、今回はがんばってもらいたいと思っている」

父にそんなふうに言われたのは初めてだった。

よくわからないが、彼の期待に応えたいとしてエレスティアの胸は熱くなる。

(何か、私でも役に立てるの？)

この行く先で、ジルヴェストを助けられるような何かがあるのだろうか。

人が多く集まっている場所に移動するのはわかったが、緊張よりも高揚感で胸がどきどきしてきた。

「詳しい事情は会場で」

「皇帝らが説明なされる」

ギルスタンも、そしてリックスも左右から耳打ちしてきた。その横顔は師団長しての凛々しさをまとわせて頼もしかった。

「わかりました」

いつも屋敷の玄関から見届けるだけだった父と、兄たちといる。今はそれを誇ろうと気弱な自分に言い聞かせ、エレスティアは胸を張って共に歩いた。

その姿は、特別なドレスもあって彼女の美しさをさらに神々しくさせた。

厳重な警備が敷かれた廊下で、魔法騎士の男たちが畏敬を込めて敬礼で見送った。

「オヴェール公爵家の到着です！」

大広間に到着するなり騎士によって両開きの扉が開かれる。声が響き渡る中、室内の光景を見てエレスティアは息をのんだ。

そこには、階級が高いとわかる魔法師の軍人たちの顔ぶれもあった。大臣たちや側近たちといった重要人物たちまで揃っている。

立ち見席には、進行と決定を見届けるための証人として見守る貴族たちの姿もある。

その全員が、一斉にエレスティアを見た。

「我が信頼のおける臣下たち、集まってくれて礼を言う」

大広間を見渡す二階の皇族席から、ジルヴェストがそう言った。

「まずは数刻前に起こった第一側室による魔法について、魔法具研究局が説明する。異例の魔法であるが、危険性がないことを聞いて欲しい」

彼が手を示すと、カーターが瓶底眼鏡にかかった髪を揺らしながら「やぁ」と大広間の者たちに言って歩み出た。

そばから右手と右足を同時に出し、ぎくしゃくとビバリズが続いて演説のため前に立つ。

「え、えー……私は魔法具研究局の副支部長ビバリズでございます。第一側室のエレスティア様の魔力、その素質によって現れた魔法は、今の時代には存在しない『絶対命令』という魔法呪文になります。これは、あらゆるものを従わせる強力な魔法です」

会場に集まっていた者たちが、不安を残した顔で戸惑い気味に顔を見合う。

その様子を、ジルヴェストは冷ややかな目で眺めていた。

（元が怖いお顔だからそう見えるだけなのかも……）

エレスティアは、軍人たちの統率に乱れがないことを見てそう感じた。心獣から彼の心の声を聞いていた反動もあるのかもしれない。

「で、ですが、害はまったくありませんっ。えー、大昔には暗黒魔法と呼ばれる派閥もございましたが、そちらとも関係がなく、それどころか歴史上に存在していた魔法であることも貴重な古い書物から確認が取れました！」

ビバリズはそう力説したが、貴族たちの「どういうことかしら？」というざわめきを見るなり、手も足もいっそうがたがた震えだした。

「……きょ、支部長〜っ、そろそろ無理ですっ」

「あははは、ほとんどもたなかったねぇ。ご説明ありがとう我が副支部長殿。さて、私が説明を代わります」

カーターがそう言い、ビバリズを少し後ろに下げた。

「調べてみましたところ、古代王『ゾルジア大王』が唯一使えた魔法であったことがわかりました。彼が統治していたのはオールディラウッド期——学者の間でも有名な国内で魔獣戦の記録がいっさい存在しない幸福な時代【謎の三百年】の最後の大王だと言われています」

「なんとっ、あのゾルジア大王⁉」

「謎多き大王の一人ではないか！　貴重文献が残っていたのかっ？」

場がざわつく。

「はい。国内で発見された文献がこの宮殿に厳重に保管されています。これについては『絶対命令』のキーワードに覚えがあるとバリウス様がおっしゃり、そこからすぐ調べに入ることができました」

カーターが手で示した先、　階の立見席の下に全員の目が向く。

そこには、バリウス公爵が壁にもたれるようにして立っていた。

（バリウス様が……？）

ひらひらと軽く手を振って人々に応えていた彼が、エレスティアに気づくと、ウインクを送った。

「オヴェール公爵家は、当時の王家と血縁関係にあったとされています。そこで、かなり長い時を経て、古代王ゾルジア大王の魔法が、エレスティア様に遺伝したものではないか――と推測されます」

「つまり恐れなくともいい偉大なる魔法だと……？」

「現代に復活した歴史ある大魔法の一つ？」

「まさに復活ですよ、魔法は我々の魔力の素質に左右され、偉大な魔法が別の誰かによって再出現する確率はほぼ皆無と言われているほどですからね！」

カーターが興奮したように説明する。

「エレスティア様の魔法は、実に、皇国が始まって以来数千年の時を越えて再発露した、この世に存在していたことが一度しかない唯一無二の魔法！　詳細の記述もまだない素晴らしい魔法ということなのです」

彼は、言葉を交わし始めた場の者たちに問いかける。

「皆様、これでもおわかりいただけませんか？　一つの希望が見えたといっても過言ではありません。偉大なゾルジア大王は、その魔法を使って国内の平和を守ったという伝説を持っているのです」

「まさかっ、それは拘束魔法も効かない魔獣にも有効なのかっ？」

「国境の魔獣の進行も止めることができる可能性があると⁉」

「はい、彼女なしには勝利を収められないだろうと我々は確信しています」

会場内が希望と賛辞で沸く。

わざと煽っているのだ。エレスティアは止めようとしたのだが、兄たちが左右から肩を抱き「そういう演出も大事だ」「少し我慢な～」と言った。

「魔獣というものは、魔法が存在する限り生まれ出てくる〝闇〟です。完全消滅させることはできません。英雄エルガリオは魔獣を国の外まで押し出すことができましたが、再び舞い戻ろうとする魔獣の侵攻と、それを防ごうとする我が皇国の戦いが今も続いている――それを、彼女は終わらせる可能性を秘めているのです。『絶対命令』は心獣にも効きました。つまり負の魔力から生まれた魔獣にも効くと思われます」

カーターが演技ぶった動きで、大きく腕を向けた。

全員の目が、その先にいるエレスティアへと集まった。そこで彼女もようやく自分の役目が見えてきた。

「……私が、魔獣に言い聞かせる、のですか？」

もしかして、と思って口にした声は静まり返った場によく響いた。

ドーランがうなずく。

「そうだ。とくにバレルドリッド国境がひどい、国民にはまだ知らされていないが、大討伐に向けて出陣の準備がされているところだった。総攻撃を仕掛けて一ヶ月をかけて魔獣の数をできる限り減らす作戦だったが――今回、そこにお前を参加させて、進行を食い止められるか試してみたいというのが軍部の総意である」

集まっているのは、大討伐に参戦する予定の者たちだったのだ。

（誰もが、この戦いを終わらせたいと思っている――）

エレスティアは、こちらに向けられた全員の顔を見てそうわかった。

先程ドーランが『がんばって欲しい』と言っていたのは、このことだったのだ。数刻前に彼女が魔法を発動したのを見た者たちは、戦い終結の可能性に希望を抱いたのだろう。それは、アイリーシャも、その一人――。

「エレスティア、皇帝として問おう。バレルドリッド国境の魔獣大討伐に力を貸してくれないか？」

ジルヴェストが二階の皇族席から静かに言った。

「バレルドリッド国境は、かなりの激戦区だ。最近は魔獣の大群に押され、国境線から国土六十キロにわたって侵略されている状況だ」

「そんなに……」

エレスティアは絶句した。

大広間の一階にいる者たちは、実際にそこに行き来して討伐に行っている者たちばかりなので、誰もが黙り込んでいる。

「だが、――一人の男として言わせてもらうと、このことを君に頼むのは、胸が張り裂けそうでもある」

「えっ？」

同じくカーターがそばから「え」とジルヴェストを見た。彼は白亜の曲線を描く手すりを固く握りしめていた。

「惚れた女性に何かあってはと想像すると、とても苦しい。俺は……これまで国を守り、導くことだけに専念してきた。けれど、君を愛する喜びを知ってしまった」

「ジルヴェスト様……」

「できるならば、連れていきたくないのが俺の本音だ。あそこは今、とても厳しい状況にある。だから、もし君が行くと言うのなら、俺は命に懸けて守ると誓う。夫婦だ、手を取り、君ががんばる時には、君の隣で共にすべて見届けよう」

屈強な軍人たちも騎士たちも涙ぐんだ。

令嬢たちは感涙して「応援します」と言い、貴族たちもハンカチを取り出して涙を拭いながら、一同から上がり始めた声援の声は、やがて嵐となって広間を包み込んだ。

同じく注目を集めたエレスティアは、耳まで真っ赤になっていた。

父のドーランは面白くなさそうな顔だ。

「皇帝陛下め……ここでわざわざ口にして全員を味方につけるとは……」

「まぁまぁ、父上」

リックスがなだめるそばから、ギルスタンは皇帝に「いいぞー！」と声援を送る。

その時、皇族席の下にバリウス公爵が歩み出て、手を叩いた。注目の合図を受けた全員が私語をやめた。

ジルヴェストが、「んんっ」と不慣れな咳払いをする。

「エレスティア、今日すぐにと無理強いはしない。ここに集まった者たちも、同じ気持ちだ。君は魔法師としての訓練は受けていない――準備期間を設けてもいい」

「いいえ、行きます、すぐにでも行かせてください」

エレスティアは手をきゅっと握り、震えをこらえた声を響かせた。

「父も兄たちも、我が国を守ってきました。私は、いつもそれを見送るばかりでした。その戦いに一族の者として私もお役に立てるのなら、ついていく覚悟です」

──彼は絶対の王だが、優しい人だ。

エレスティアにも協力できることがあるのなら、したい。

先日も、魔獣のことに忙しくしているジルヴェストを心配に思った。待っているだけでなく、彼のそばに行き、共にがんばりたいとエレスティアは思うのだ。

「今回の出陣のために大勢の方々のがんばりと準備があったことでしょう。私のために、次の大討伐を計画し準備するのにも、莫大なお金と人員が必要になります。そんなお手間はかけさせられません。どうか、この戦いに私も連れていってください」

あなたのそばに連れていって──。

エレスティアは、そんな想いを込めてジルヴェストに微笑みかけた。

ジルヴェストが深い青の瞳を濡らした。目元がほんのりと赤く染まり、視線を右へ左へと逃がすと、こらえるように手すりを掴んで下を向く。

「……皇帝陛下はどうされたんだ？」

「まさか嬉しがって震えているとか……ははは、まさかな」

会場の者たちから、そんな小さな声が飛び交う。

エレスティアはそれを恥ずかしそうに聞いていた。心の声が聞こえなくても彼の喜びが伝わってくるように感じた。

（あの心獣のせいで何かが変わったのかしら）

そんなことを感じてしまったエレスティアは、不思議がって熱くなった頬を両手で押さえる。

右にいた長男のリックスがぼそりとつぶやく。

「……あの冷酷な皇帝陛下が、堂々のろけておられるぞ」

「ぶぅっ、ぶふふっ」

ギルスタンが笑い声をこらえようとして、品のない音を漏らしていた。

その時、皇帝の言葉がなかなかこないことに戸惑いが漂っていた場に、一つの大きな拍手が起こった。

「皇帝第一側室様のご返答、大変に素晴らしかったですな皆様！」

そこにいたのはドーランくらい大柄な男だった。彼はわざわざ注目を集めるように人混みをかき分けて、エレスティアへ歩み寄る。

「申し遅れました。私は国境部隊魔法師大団、将軍ティーボ・バクゾイと申します。お言葉に感服いたしました」

「あっ、ご丁寧にありがとうございます」

彼が手を差し出したので、エレスティアも慌てて両手で握り返した。

「でも私、あの時の魔法をまたきちんと使えるかわからないのですが……」

「魔力を探ることから始まるとは承知しております。それにつきましても、我々はすでに策を練っておりますので心配に及びません。さっ、そろそろ我々も出立の手はずを進めませんと」

ティーボ将軍の目が、ジルヴェストへと向く。

「ありがとうティーボ将軍。複合型大転移の準備もある、戦場地へ行かない者は退出を」

ジルヴェストの言葉で、二階の立見席の貴族たちの退出が始まる。

カーターとビバリズが走る。魔法具研究局の者たちが突入してきて、彼らと一緒に、魔法師たちが会場の周りに魔法具を設置するのをすばやく手伝っていく。

無関係の者が早々に全員出て、扉が閉められた。

「私に、やれるかしら……？」

エレスティアは不安に揺れる目で父を見上げた。

「大隊長として、私が責任を持ってお前を危険から守ろう」

「お父様……」

すると、周りの者たちが陽気な雰囲気でエレスティアに言った。

「我々も同じ気持ちです、妃様」

「一度で成功させると気負わないでください。何度でも挑戦していいんです、我々も部隊で何度も国境に行っては戦うことを繰り返しています」

「あなた様と、いつか魔獣たちとの長き戦いが収束し、国内が魔獣の脅威から守られるのなら、一ヶ月、二ヶ月くらいどうってことありません。我々も共にがんばらせてもらいますから」

エレスティアをただ一心に見つめている者たちの中には、身動きがしやすいドレスの令嬢たちの姿もあった。

その中には、アイリーシャもいた。彼女が、数人の令嬢を従えて進み出て、困った顔で小さく微笑む。

「不安にならないでよいのです。あなた様には、皇帝陛下がついていますから」

「え……？」

彼女はそう言うと、他の令嬢たちと共にドレスのスカートをつまみ、エレスティアへ恭しく頭を下げた。

「これまでの非礼をお許しください。すぐには信じられないでしょうが、わたくしたちは皇帝が選んだ妃に忠誠を誓い、戦場では、皇帝と皇帝第一側室様のために力を尽くすことをお約束いたします」

「王の力を持った、皇帝の妃に忠誠を」

「奇跡の魔法を天から与えられた皇帝の妃に、臣下共々ついてゆきます」

周りの者たちも、深い尊敬と敬意を示しどんどん頭を下げていく。

エレスティアは、その光景を信じられない思いで見つめていた。

その時、軍服のマントをアインスに着せられたジルヴェストが二階から飛び降りた。どこからともなく彼の心獣が現れ、彼を背に乗せると、エレスティアたちのところまで駆けて向かってきた。

「今回、俺が君を支える」

心獣から降りた彼が、エレスティアの手を取った。

「君が魔法を起こす際に、魔力をできる限り安定させて魔法が成功するように手伝う」

「えっ、ジルヴェスト様が？」

「俺の家系魔法は『指示魔法』だ。それは他者の魔力を従わせ、全軍の魔法の威力を最大まで引き出すのが強みだが——君の場合は魔法が使われる時にしか魔力が出てこない。俺にとっても、魔法ではなく魔力の安定に働きかけるのは初めてになる」

「で、ですが、魔力というのは同じくらいの量か、それ以上でないと発動した際の補佐はとても難しいのでしょう？」

魔法具研究局で、エレスティアは基礎魔法学で習った。

すると、自身の心獣から降りたアインスが言った。

「皇族が代々戦闘の指揮に立つのは、皇帝一族だけが持つ『指示魔法』があらゆる魔力の主導権を握り能力値を百パーセントまで解放させられる強力な魔法だからです。それは膨大な魔力がなければできないことです。エレスティア様の魔力の出力にも皇帝陛下なら耐えられると、カーター殿たち専門家も予測を立てました。私も、戦地までお供いたします」

「アインス様……」

その時、ティーボ将軍がにやにやと彼を見下ろした。

「なんだ、今回は皇帝護衛のアインス殿も参加するのか？」

「ティーボ将軍、皇族だけが持つこの家系魔法には、弱点があるのはご存じでしょう。浮遊魔法を心獣二頭に同時にかけられるのは私くらいです」

「弱点？」

エレスティアが戸惑いの声を上げると、ドーランが渋い表情でうなずく。

「皇族が持つ家系魔法が知られていないのは、その魔法を使っている間は防御も攻撃もできないからだ。それを承知で、皇帝陛下はお前と共にがんばるとおっしゃってくださった」

「そんなっ」

ぱっと振り向いた時、ジルヴェストがエレスティアの手を両手で優しく包んだ。

「共にがんばらせてくれ、そう言っただろう？」

「ですが、ジルヴェスト様に何かあったらっ」

「そうやって君が想ってくれているように、俺も同じ気持ちなんだ。俺がこれから連れていこうとしている先で、君に何かあったらと思うと胸が張り裂けそうだ。俺だけでなく——君という俺の妻を失うことは、国にとっても大きな損失のはずだ」

エレスティアは、嬉しい言葉に胸がぐっと詰まった。

『好きなんだ、愛してる。他の誰かに任せるのは嫌だ、俺の腕の中で守られていて欲しい』

彼の心獣から、彼の心の声が聞こえてくる。

（——そんなの、ずるい）

ジルヴェストの真摯な眼差しは、彼の内に秘めた想いをエレスティアに伝えてきた。

「いやー、熱いですな」

ティーボ将軍が、さりげなくドーランを引き離す。

「戦地から戻ってきたかいがありました。オヴェール大隊長も娘を安心して任せられますな」

「離せティーボ坊や、丸焼きにするぞ」

「それは勘弁してくださいよ、元指導教官殿」

彼もまた父の知り合いの軍人だったようで、恐れなどなくドーランに凄まれてもがはがは笑っていた。エレスティアも、つられて笑ってしまったのだった。

そういうわけで、エレスティアも魔獣の大討伐作戦に加わることになった。

会場の周囲に設置されたのは、オヴェール公爵家によって開発された転移魔法装置の最新型で、魔法具研究局と技術開発局によって改良された移動式だ。

「魔力の流入、装填を開始します！」

転移魔法装置が作動した瞬間、ラッパ音が鳴り響いた。

外から、送り出しの盛大な太鼓の音も鳴り響く。

これは宮殿の魔法師たちが出立することを、国民へ盛大に伝えるものだった。転移魔法装置はぐんぐん光を放ち始める。

「全員、心獣へ騎獣！」

ジルヴェストの声を聞くなり、全員が心獣へとまたがった。

強い魔法師は、全員心獣を持っている。この中でただ一人だけ心獣を持っていないエレスティアは、黄金色の毛並みをしたジルヴェストの心獣に乗せてもらうことになった。

「い、いいのでしょうか」

「心獣も受け入れている、君が乗っても大丈夫だから――ほら、おいで」

ジルヴェストが手を差し出すと、心獣がエレスティアの方へ重心を傾ける。

『エレスティアを乗せられるとは！　夢のようだ！』

落ち着き払っている彼の大人びた表情とは、全然違っている。心獣の胸元からダダ漏れてくる彼の心の声に、エレスティアは赤面した。

「えと、微塵にも悪く思っていないようで安心しました……」

「ん？」

「いいえっ、何も！　そ、それでは失礼いたします」

勢いで彼の手を取ると、たくましい腕が彼女の腰をさらって、あっという間にエレスティアを彼の前に騎獣させてしまっていた。

もふんっとした座り心地は、まるで夢みたいだった。

家族の中で唯一持つことができなかった〝心獣〟に、自分が乗っている。

しかしその感動は、ジルヴェストの前に座っているという恥ずかしさにすぐ塗り替えられた。彼の腕はエレスティアの腹にしっかりと回されていて、背中にはたくましい体がある。

「それに、俺の特別な妃であると見せつけられる、それも嬉しい」

話しかけるために屈まれて、耳にあたる吐息に心臓が大きくはねた。より密着した姿勢になって体温がかぁっと上がる。

「ジ、ジルヴェスト様……」

彼から『妃』と言われて胸が甘く締めつけられた。

（嬉しい）

彼は、妻はエレスティアだけでいいと先程も言ってくれた。こんなにも一心に想いを向けられたのは初めてだった。

そのうえ、下から彼の心の声がダダ漏れてくるのだ。

『ここから見る恥ずかしがる表情もまたかわいすぎる……！』

（お願いですから集中してください）

エレスティアは、真っ赤になった顔でそう思った。

『心獣に乗れるのは伴侶のみ。この姿を見せつけられるのは役得だ。何より、俺の前にエレスティアがいる。後頭部だけでかわいいなんて、こんな愛らしい生き物他にいるか？　後ろから抱きしめられるのも最高すぎる！』

……言うべきだろうか。心の声がダダ漏れになっていることを。

でも、そもそもどうしてジルヴェストの心獣だけこのようになってしまっているのか、わからない。

（特別なのは大きさと唯一無二の毛色だと聞いたのだけれど……）

「はー、熱いですねぇ」

魔法呪文を唱え、皇帝の心獣に浮遊魔法を施したアインスが、わざと聞こえるように棒読みで言った。

「……皇帝陛下、気を引き締めてご出陣の指揮をなさいませ」

後ろで見ているドーランが、ぎりぎりと奥歯を噛んだ。

ジルヴェストの背がすぐさま伸びた。二人の兄たちが苦笑し、ティーボ将軍が「あちゃー」と言って密かに笑う。

「出陣する！　全員、我が心獣に続け！」

ジルヴェストが皇帝の剣を掲げた。彼の剣から黄金色の光が放たれて真っすぐ上へと伸びると同時に、耳が割れそうなくらいの軍人たちの雄叫《おたけ》びが続く。

「転移魔法、始動！」

場を取り囲むように設置された機器の左右にそれぞれついた魔法師たちが、一斉に呪文を唱え始めた。

すると、銀とエメラルドのまばゆい光が機器同士をつなぎ、その直後に、水のヴェールのような魔力がざーっと一斉に天井まで伸びた。

「あっ」

エレスティアが目で追いかけると、ジルヴェストの剣から伸びた光と、転移魔法の光が天辺でぶつかる。

その瞬間、呪文をまとった光の輪が現れた。

ジルヴェストの膨大な魔力で魔法が完成するのがわかった。

天井に現れた光の輪はくるくる回り始め、あっという間に超高速へと変わり、巨大な虹色の空間の穴を押し広げた。

(――これが、転移魔法)

魔法から離れていたエレスティアは、初めて見る光景だった。

(ジルヴェスト様だけが起こせる宮殿用の転移魔法なのだわ、なんて――美しいのかしら)

黄金と虹色の輝きに、つい見入る。

するとジルヴェストが剣を鞘にしまい、彼の心獣が飛んだ。

アインスもドーランも、隊列を組んだ大討伐作戦の国家魔法師軍たちも一斉に浮遊魔法で浮かせた心獣であとに続く。

エレスティアは、怖さを感じなかった。

初めての騎獣と飛行への高揚感、それは――彼がいるから、恐れなどない。

しっかり支えてくれているジルヴェストを肩越しに見上げた。すると、ぱちりと目が合った彼が、不意にガバッと顔の下を手で覆った。

『今っ、俺の唇が頭にあたりそうだったっ。あああぁ上目遣いもかわいいいっ、猛烈にかわいすぎる！　このまま見つめられ続けたら死んでしまう！』

それは危ない。

何よりエレスティアも、このままだと羞恥で騎獣が危うくなりそうな気がした時、ジルヴェストが咳払いをした。

「エレスティア、危ないから前を見ているといい。大丈夫、俺が支えよう」

「は、はい」

目を戻した時、彼の心獣が転移魔法の輪をくぐった。

銀色のとろりとした魔法の網が、巨大な穴を押し広げて一本の光のトンネルをつくっていた。それはぐねぐねしながら続いている。

ジルヴェストに続き、後ろから次々に突入してきた軍人たちも心獣たちを見事駆使し、動き回る穴の廊下も難なく突破していく。

間もなく、光り輝く〝出口〟が見えてきた。

そこから抜けた途端――一気に風景が変わった。

そこにあったのは〝黒いベルト〟だった。

高原から真っすぐ行くと、そこから国境まで森が続くといわれている。そのはずだったのだが――

エレスティアはどこが国境線なのかわからなかった。

向こう約六十キロに加えて、国境の先に広がっているという岩と砂の荒野の一部で、大きな黒い帯がかかっていた。

黒一色、それはすべて魔獣だった。虫の大群のようにひしめいている。

「こんなに……」

森の向こうは、人の住まないデッドグラウンドと言われる土地だ。

そこは国と国の間にある〝死の大地〟と言われる場所で、植物さえも生えないとされた地図の空白部分だった。

魔獣は生物を求めて、人のいる土地を目指すと言われている。

英雄エルガリオが国内から魔獣をすべて国境へと押しやることに成功したが、いまだ魔獣は国へ侵略しようと年中休むことなく国内を目指し続けている。

その現場は永遠に終わることのない戦争地帯だ。

それを見るのは初めてで、エレスティアは絶句した。

「怖いだろう。すまない」

後ろからジルヴェストに抱きしめられて、金縛りが解けた。

「――いいえ、がんばります」

心配して待つよりも、共にがんばれるのがどんなに嬉しいことか。

(前世の私は、ただ死という解放を待つしかできなかった)

愛も、期待も、何もかもなかった。この魔法をみんなが望んでくれているというのなら、エレスティアはがんばるしかないのだ。

ジルヴェストたちの心獣は、国境から森の一部まで黒く覆いつくした戦場へと急ぐ。

戦況が思わしくないのは、素人のエレスティアの目から見てもあきらかだった。

地上では、魔法師たちが心獣に乗って魔獣たちを討伐し続けている。上空では翼を持った魔獣を魔法と剣で撃ち落としているが、じわじわと押されているのが見て取れた。

「ティーボ将軍っ、上空部隊と地上部隊へ支援部隊組を投入せよ！」

「御意！」

ティーボ将軍が心獣で飛び出し、大きな声で号令をかけ、部隊が続々と彼に続いた。

上空、地上へと新たな部隊が注がれていく。

すると一頭の心獣が黒々とした地上戦状地から舞い上がり、体にしがみついていた魔獣の群れを回転しながら振り払うと、旋回してこちらへと飛んできた。

「皇帝陛下！　ご報告いたします！　交代した第七から第十二部隊は、もはや限界です！」

交代で足止めにあたっている部隊が、苦戦しているという。

「先程東国境の大隊長たちが魔力回復のため引き上げましたが、交代のペースが速まっております。数名の隊長と師団長クラスでは、太刀打ちできないほど一気に魔獣の数が増し――例の決行のことは聞き及んでおります、すぐにご準備ください」

「ご苦労。魔力回復の医療部隊班も到着した。戦力投入で魔獣を抑えている間に重傷者は至急治療舎へ。――死者を絶対に出すな」

「はっ」

先に魔法で知らせが飛んでいたようで、個々の者たちもすでにエレスティアがすることを共有させられているらしい。

その会話だけで自分たちの行動の指示を察したようで、アイリーシャが心獣の動きを止めて前進をやめ、叫ぶ。

「医療部隊班、ゴーッ！」

アイリーシャの掛け声と共に、彼女が連れていた令嬢たちが、光のような速さで心獣を急上昇させ大きく後方へ旋回した。

その方向にあるのは、国境の手前にある森だった。見張り台のある建物が見える。

「なるほど、心獣の速度だけは相当鍛えられている」

リックスのつぶやきに、ロックハルツ伯爵が睨む。

ジルヴェストの心獣に浮遊魔法をかけているアインスが、彼の後方で静かにため息を漏らした。

「ここでいざこざはおやめください、部下たちに空気が伝わりますよ」

「ふん、この者が一方的に敵視してくるのだ」

「誤解だったとはいえ、すぐに和解に流れるのは無理ですよ」

「私が誤解させたわけではないだろう！　皇帝陛下に自分の娘を、などと、そんな大それたことを考えるとでも――」

言い合いを始めた二人の間に、アインスが心獣を移動させて割って入った。

（ロックハルツ伯爵は、もとより側室にとは考えていなかったんだわ）

エレスティアは、先程も見た芯の強いアイリーシャの姿を思い返す。自分もまた、失礼すぎるとても大きな誤解をしていた。

出ていったエレスティアに彼女が怒ったのは、確かに皇帝と国への忠誠心の強さゆえなのだ。

「彼と一緒に地上部隊の援護へと回り、まずは救出の手助けを。できるだけ早く抑えて上空戦と護衛に戻れ――いけるか」

ジルヴェストが、リックスとギルスタンへ目を走らせた。

「お任せを、皇帝陛下の望むように活躍してご覧にいれましょう」

「我が部隊も、リックス兄上に続きます。父上、エレスティアの護衛は任せましたよ」

兄たちが抜刀し、部隊を率いて魔獣が蠢《うごめ》く地上へと突っ込んでいった。

新たな部隊が大勢駆けつけたことを察知したのか、翼を持った魔獣の群れが一気に森から噴き出してきた。

その時、父ドーランの野太い低いつぶやきが上がる。

「――〝地獄の炎鳥〟」

直後、エレスティアたちの進行方向の先から扇状の炎が炸裂《さくれつ》し、近くに集まってきた魔獣たちを一瞬にして焼きつくした。

その光景は圧巻だった。エレスティアは、灰と化した魔獣と熱風に、ごくりと息をのむ。

「さあゆくぞ、特別編制部隊は上空戦だ。――できるだけ狩り殺せ」

「もちろんです、大隊長」

ドーランが声をかけるなり、彼とその部隊が急発進した。編制を組んだ状態でくんっと五方向へ綺麗に分かれると、それぞれが空中戦の援護に加わって魔獣たちを次々に討つ。

「最強の冷酷公爵、相変わらずすさまじいな！」

「ああ、身震いするぜ！」

「さあどんどん行け！　我らにはオヴェール公爵家の三傑がついているぞ！　近づく魔獣を減らす勢いで行くんだ！」

「皇帝陛下と第一側室様の魔法を、邪魔させるな！」

他の男たちも、上空と地上戦へどんどん流れ込んでいく。

医療部隊を降ろしたのか、人を乗せていない心獣が、後方からエレスティアたちの頭上を光のように走り抜けて地上へ突っ込んでいった。

（――なんて、すさまじいの）

エレスティアは、初めて見た父や兄たちが戦う〝戦地〟の光景に気圧された。

どうか、怪我《けが》をしないで欲しい。そう願ってしまう。

後ろからジルヴェストがエレスティアの両手の甲に手を添え、彼女の手のひらを上へと向かせた。

「エレスティア、君の家族なら大丈夫だ。魔法を使う時には冷静さと強い意思が大事だ、魔力を引き出す感覚に集中して魔法をイメージするんだ」

「は、はいっ」

魔法具研究局で水に向かってやっていた特訓は、魔法を使うための基礎だ。

魔力の感覚へ集中し、練り上げて魔法へと変える。

引っ張り出された魔力が安定しないと、魔法は正しく発動しない。今回はジルヴェストが手綱を握ってくれるので、エレスティアは最大威力で魔法を魔獣に放てばいい。

（私にできるの？）

今回、エレスティアは覚醒後初めて自分の意思で魔法を使う。

まず彼女が魔法を起動させないと魔力は出ず、ジルヴェストも何もできない。

（もし、失敗してしまったら――）

特訓していた時のように心の雑念を払いたいのに、どんどん浮かんできて鼓動も速まる。

近づこうとした翼を持った魔獣を、軍人が炎の剣で焼き切った。

目の前にあるのは本物の戦場だ。息もつけないほど動き回る魔法師たちの戦いと、破壊し、食いつこうとする魔獣の動きは止まることがない。

「大丈夫だ、俺がついている。俺もみんなも、待つから」

ぷるぷると震えたエレスティアの手を下から支えているジルヴェストが、優しく撫でて穏やかな声でそう言った。

「みんなわかって時間を稼いでくれている。初めて大きな魔法を使う時は不安になるものだ。ここにいる誰もが経験しているし、俺だってそうだった」

「ご、ごめんなさい、訓練したのにいろいろと考えてしまって」

「なら落ち着くまで少し話そうか。そうだな――魔法の力で妃に求められた、と誤解されたくないのでここで改めて言っておくことにする。こんな時に言うのもなんだが、俺は君に一目惚れをした。好きだから、離れたくなくて寝室も共にした」

「ふぇ⁉」

急に言われて心臓がばっくんとはねた。

そんな話をされたら、余計に精神が乱れるだけだ。

「こ、こんなところで打ち明けなくてもっ」

「俺が大切にしたいと思ってしていた態度だけでは、好意が全然伝わっていなかったようなので、口下手ながら打ち明けていく練習をしようかと。一分一秒も惜しい」

「ジ、ジルヴェスト様……！」

エレスティアは、たまらず潤んだ目で肩越しに彼を見上げた。ジルヴェストは生真面目な顔で見つめ返している。

（いったい、何を考えてそんなことを言って――あら？）

ふと、彼の心獣から〝声〟がしないと気づいた。

なぜ心獣から彼の心がダダ漏れになっていないのか、すぐ察した。ジルヴェストは真摯な目で真っすぐ告げる。

「エレスティアへの想いを、これからもっと態度にも言葉にも……それから表情にも出していこうと思う。この顔は地顔なので、すぐには変われないだろうが……君のために俺も変わりたい。いつか生まれてくる子供に『冷酷なパパ』なんて言われてしまわないように」

エレスティアは彼と見つめ合い、胸が甘く高鳴った。

（――ああ、彼が思ったことを、そのまま口に出せているからなのね）

彼は今の彼女に、心から寄り添ってくれているのだ。

「失敗を恐れなくていい、エレスティア。引きこもりの君が、覚醒のショック状態から目覚めてすぐ、ここへ来たことを誰もが勇敢だと思っている」

「ジルヴェスト様、ありがとうございます……ですが、私が役に立てなかったら」

「どんな君でも好きだ」

「え……？」

「俺の隣に立とうとしてくれている覚悟は嬉しい、でも俺のために完璧であろうとしなくてもいいんだ。魔法があるから妃にふさわしいだとか、周りのそんな意見なんてどうでもいい。俺は君の素晴らしいところはもちろん、不十分なところも、すべて愛してる」

不安や恐れといったすべてを吹き飛ばす歓喜が、胸に広がった。

なんて、嬉しいことを言ってくれる人なのだろう。

『――お前なぞ血筋しか価値がない』

『――姫でなかったのなら一族に迎え入れなかったというのに』

姫だった前世の記憶。

それが、ジルヴェストの愛情と真心がこもった言葉で、パリーンッと壊れていくのをエレスティアは感じた。

その瞬間、胸の内側から、熱い何かが噴き出してきた。

「えっ？　――あ」

どっくん、と血が燃えるみたいに呼応する。

「エレスティア？　うわっ」

突如、エレスティアから強烈な光が放たれた。

巻き起こった爆風に打たれて、ジルヴェストと心獣がはじき飛ばされる。アインスが慌てて彼を受け止めた。

「皇帝陛下！　この急な魔力量はなんですか……！」

「わからない！　普通、こうは一気に噴き出さないはずだ！」

「おいおいおいっ、側室様はまだ声も出していない状態だったはずでは⁉」

異変を察して光のように上空へ心獣を発進させたティーボ将軍が、自分の心獣に飛び移って戻ったジルヴェストへ言った。

少し離れた場所にいたドーランも、魔獣たちを切り伏せていく男たちも気づく。

「どういうことだ！　まだエレスティアの魔法は起こっていないだろう！」

「オヴェール大隊長っ、それが我々にもわからず――」

エレスティアは洪水のような魔力を放ち、光と共に宙に浮いている状態だった。

翼を持った魔獣たちは次々に地上へ吹き飛ばされていた。

「そもそもこの莫大な魔力はなんだ！　暴走にしてもおかしすぎるぞ！」

ジルヴェストが自身の魔力を放ち、エレスティアから吹いてくる強い魔力の暴風を止めようとする。

だが、魔法防壁を張って部下たちの方へ風を行かせないようにするので精いっぱいだった。

リックスも上空へ駆けつけた。ギルスタンも大慌てで心獣を向かわせて合流したが――唐突に叫んだ。

「あっ、あああぁぁわかった！」

「叫ぶなギルスタン凍らせるぞ！」

「兄上、俺に手厳しいなオイ！　じゃなくて、エレスティアには〝心獣〟がいないだろうっ？」

その言葉を聞いて、全員の目がはっとギルスタンへ向く。

「我が皇国の強い魔法師は、魔力が多すぎるせいで心獣という存在がいる。エレスティアは弱いからいなかった——でも事実は違った、本来、彼女にだって〝いなくてはならなかった〟はずなんだ」

「とすると大きすぎる魔力を収めるための貯蔵庫がないせいで〝溢れる〟のか！」

空中に居合わせた軍人たちも納得した。

——人間の体に、収めておけない魔力。

ドーランが真っ青になる。

「今のエレスティアは、私と同じか、それ以上の魔力量だぞ⁉　その場合どうなるんだ、押しつぶされてしまう可能性があるのではないか⁉」

「オヴェール大隊長お待ちください！」

エレスティアのもとへドーランたちも向かう。

「誰か妃様を！　なんでもいいから魔力を削るんだ！」

「だめだ皇帝陛下の魔力さえもはじいている！　これでは誰の魔法も届かないぞ！」

「リックス様も加わったが——親族の魔力でも反発しているとはどういうことだ⁉」

「かなり魔力が濃いんだ！　爆発でもするのか⁉」

みんなが慌てている。

でも——よく、聞こえないのだ。

(私、どうしてしまったのかしら)

光に包まれたエレスティアは、とても心が穏やかなのを感じていた。そのまぶしい輝きは国境の向こうからも見えるようで、すべての魔獣が視線を引きつけられたみたいに彼女を見上げているのを感じた。

（ああ、だめ、胸がとても熱い――）

エレスティアは両手を広げ、大きく息を吸うみたいに胸を押し上げる。

その時、彼女の胸元からまばゆい黄金の光が放たれた。

誰もが驚愕して注視した。彼女の胸から光の玉がゆっくりと出てきて、それは周りに溢れた彼女の魔力をどんどん吸い上げて大きくなった。

「――ピィィィイイッ」

次の瞬間、翼を広げて現れたのは巨大な鳳凰《ほうおう》だった。

それは皇帝の心獣と同じく、金色をしていた。広げられた翼は、西日になった太陽を背景に神々しい魔力の輝きを放つ。

「ま、まさか心獣、か……？」

誰がつぶやいたのかわからない。

それは出産直後、赤子の胸元から心獣が生まれる光景と同じだった。だが、大人の状態でそれを見た者はいない。

巨大な鳳凰が、エレスティアの足場をつくった。

彼女はぼんやりとしたまま足をのせ、金色の波打つ羽毛の上を歩く。

「な、なんと神々しい光景なんだ……魔力量が桁違いだぞ」

「そうか、エレスティアには心獣がいなかったから、魔力が覚醒したことで〝心獣も生まれた〟のか！」

リックスの声を聞きながら、ドーランがほっと息を漏らす。

「だがまずいぞ、意識が飛びかけてる！」

「ジルヴェスト様！」

「わかってる！」

つい幼なじみとして名前を呼んだアインスに、ジルヴェストがすばやく右手を前に出し、それを左手で支えた。

「くそっ、魔力に意識を完全に持っていかれたらまずいっ――〝我が皇族の魔力をもって命じる、我が魔力の加護のすべてをもって彼女を支えよ〟！」

直後、エレスティアを巨大な黄金の魔法が包み込んだ。嵐のように上空で暴れていた魔力が少し和らぐ。

「効いているのか⁉」

「ぐぅっ、なんて重い魔力だ……！　まるでドーラン大隊長くらい扱いにくい！」

「それはあとでじっくり聞きましょうか。皇帝陛下、そのまま魔法指示を！」

暴風が弱まって上空に飛び出してきた魔獣へ向けて、ドーランが炎を放つ。

「家系魔法〝魔法指示〟！」

エレスティアと黄金色の鳳凰を取り巻いている魔力が一瞬波打ち、ぼうっとしていた彼女の体がぴくんっと反応する。

続いてジルヴェストは、手を動かして魔法呪文を唱えた。

彼の心獣がうなり、黄金色の光をまとった。ジルヴェストの魔力を最大まで引き上げるように魔力を移していく。

「なんとか魔力が荒れ狂わないように抑えているが、とにかく、重いっ。恐らく最大で放てと言ったことは覚えているはず……！　魔法補助を！」

アインスがそばにつき、魔法呪文を唱える。

皇帝を支えろ、魔法同時展開の補佐も——そう飛び交う怒号も、エレスティアには遠くに聞こえていた。

（ああ、そばに、あのお方がいてくださるのを感じるわ）

自分たちを包み込む魔力に、ジルヴェストを感じた。

大丈夫、一人じゃない。

【我が主よ、我もそばにおります】

足元から〝意思〟を感じた。

【奮闘する時も、喜びある時も。そして最期にその身が滅びる時も、共に】

頭の中に伝わってくるそれは、まるで喋っているかのよう——。

（ああ、お兄様たちが言っていた『話すみたい』とは、これなんだわ）

エレスティアは鳳凰の姿をした心獣に、今は彼と、家族と、みんなのために最大限がんばりたいと願った。

「——〝絶対命令〟最大発動」

彼女は地上と上空、国境を黒く覆う魔獣たちに向けて手を差し向けた。

その瞬間、ずんっと空気が揺れた。

魔力がのしかかって木々がざわめいた。屈強な軍人たちも呻き、地上にいた魔法師たちも魔獣も、すべて動きを止めた。

「ぐ、ぅっ……巨大な石がのっている気分だぜっ」

ティーボ将軍が歯ぎしりした。

「全員意識を保て！　心獣の浮遊魔法を解いたら落下するぞ！」

「皇帝陛下っ、あなた様への補助魔法は死んでも解きません……！」

「全員で妃様と皇帝陛下の魔法を支えろ！」

人々のそんな声も、エレスティアの耳には届いていなかった。

何も、聞こえない。

魔法具研究局でしていた時の訓練の『無』が、彼女の体に満ちていた。

けれど体中に人々の思い、そしてジルヴェストの存在を感じていた。

（――彼がいてくれるから、大丈夫）

今のエレスティアには、前世から絡みついていた『国の王の正妻になりたくない』という呪いは、もう、ない。

あの時とは違い、愛し、信頼されているのだから。

エレスティアの若草色だった瞳が、黄金の輝きをまとった。

「すべての魔獣たちへ命じます、今すぐ出てお行きなさい」

鳳凰が咆哮して空一帯に最大魔力放出を手伝った。彼女から出される魔力量がさらに上がり、空間が震える。

「そして今後、我がエンブリアナ皇国の敷地を踏むことは許しません」

彼女を一点に見上げて動かないでいた魔獣たちが――その頭を、ゆっくりと後ろの国境に向けた。

魔獣たちが国境に向けて前進を始めた。

歩みは駆け足に変わり、数秒後には全力疾走へと変わっていた。

空、そして森の魔獣たちも、つい先程まで襲いかかっていた魔法師には目もくれず、命令に従うと言わんばかりに国の外を目指して駆けた。

その光景は圧巻で、そして異常だった。

黄金色の鳳凰の背に立ち、たった指一本で服従させたエレスティアへ、魔法師たちがぶるっと身震いする。

「……ははっ、なんつー壮観な眺めだよ」

「害はないと説明は受けたが、こうして最大威力を見ちまうと――使い方を間違えば、なんとも恐ろしい魔法だと感じるぜ」

そう言ったティーボ将軍だけでなく、上空で心獣に騎獣しているドーランたちも、地上部隊たちも、誰もがこの光景を忘れないと言わんばかりに見つめていた。

その時、エレスティアの足元にいた鳳凰が、黄金色の閃光《せんこう》を空中に放った。

「なんだなんだ今度は何事だ⁉」

警戒した全員の視線の先で、ドーランの不死鳥ととてもよく似たその大きな鳥が――突然、ぽんっ、と小さくなった。

「ぴぃ！」

そこに現れたのは、手のひらにのるくらい小さい、丸々っとした小鳥だった。

「な、何いいいいい!?」

驚愕の悲鳴が、空と地上から一斉に上がった。

「魔力が主人の方にほとんど戻ったのか……!?」

ここにいる者たちは全員が心獣を持つ優秀な魔法師だ。

その魔力の動きを感じていたドーランも、まさか心獣が変化すると思っていなかったようで驚愕の表情を隠しきれない。

「ばかなっ、本来心獣の役割は魔力貯蔵庫のはずだぞっ」

ジルヴェストも唖然とし、動揺したように額を手でなぞって考える。

「ちょっと待て、とするとなんだ？　彼女自身が、元々巨大な貯蔵庫のような働きもあるということなのか……？」

ジルヴェストが口にした推測は、とんでもないことだった。

だが、それであれば生まれた時に膨大な魔力が封じられていたにもかかわらず、心獣がいなかったことにも説明がつく。

「な、何もかも規格外だ、どうなっとるんだ……」

ロックハルツ伯爵が、くらくらした様子で額に手をあてる。上空でエレスティアの様子がよく見えていた男たちが混乱していた。

「神々しさはどこに行ったんだ！　なんだ、あの全っ然脅威も感じないもふもふは!?」

「翼もちっさ！　どうやって飛んでるんだよ!?」

「ぴっ、ぴぴぴぃっ」

「あいつ、混乱している俺らを指差して笑ってないか⁉」

「団長！　混乱するし気が抜けそうです！　助けて！」

上空にいた部下の情けない悲鳴を聞いて、回答を求められたリックスが青筋を立てて叱りつけた。

「そんなことを言っている場合か！　エレスティアの魔力が引っ込むぞ！」

全員が、はっと規格外のもう一つの彼女の、魔力事情について思い出した顔をした。

（なんだか騒がしいわ）

大きすぎる魔力によって浮いていたエレスティアは、体内に熱いうねりがすべて戻ってくるのを感じながら聴覚がわんわん揺れていた。

全身から力が抜け、指一本にさえ力が入らない。

黒く蠢く魔獣の群れが国境へ向かう光景は不思議で、ぼんやりと眺めていた。

（ああ、なんだかとっても疲れたわ――）

よかった、そう思った直後にまとっていた魔力がふっと消えた。

「ぴぃいいいいい⁉」

ふらっと頭が傾いた直後、エレスティアはそのまま地上へ向けて落下していた。

顔の周りを、小さな鳥が大慌てで飛び回っている気がしたが、エレスティアは目を開けていられなかった。

沈んでいく意識の中で、ジルヴェストやアインスや父たちが、そして空や地上からたくさんの人たちが「妃様を絶対に守れ！」と言う声が――ぶつりと途切れた。

# 第八章　守られたモノ、皇帝夫婦に祝福を

魔獣大討伐作戦では、エンブリアナ皇国の精鋭たちが、誰一人予想もしなかった国の歴史に残る偉業を収めた。

国内に隠れていた他の魔獣たちも続々と国を出ていく。心獣に乗った魔法師たちによって、国土一帯に『山や森から出ていった魔獣は危険ではない』と至急知らせが回り、まるで逃げていくかのような魔獣たちの姿は皇国中で話題となった。

どんな魔法を使ったかは知らないが、国内最強の大隊長ドーラン・オヴェール公爵の娘、エレスティアも関わって成功を成し遂げた――とだけ新聞に載った。

詳細が明かされなかったのは、彼女を守るためだった。

いまだ規格外なことばかりで説明をするのは難しいというのも、本音でもあった。関わった者たちや宮殿の専門家たちもそう声を揃えている。

「心獣が、鳥だと」

「ドーラン大隊長の魔法が鳥の姿をしているし、それで、か……？」

「この前見たけど、手のりの小鳥だったぜ。あれ、魔力を蓄えられんの？」

「まぁ、なんにせよ、エレスティア嬢はまさにドーラン・オヴェール公爵の娘だったということだろう」

皇国は、優秀な魔法師であるほど偉い存在として見られる。

宮殿でまさに噂話をしている者たちも、結局のところ、詳しいことは追及せずなんとなく納得していたのだった。

そんな大注目の的の彼女は、というと――。

「む、無理ですっ、今出たら大注目を集めてしまいますぅ！」

現在、後宮で引きこもりを主張していた。

寝所から私室へと連れ出されたエレスティアは、シーツをかぶって、嫌々と態度でも示していた。

そう答える彼女は半泣きである。

侍女たちは、困った様子で笑顔を張りつかせていた。

「えーと……アイリーシャ様からも、お詫びにぜひ茶会にご招待したいとお手紙に書かれており――」

「無理です‼」

侍女たちの向こうで、アインスが口元をひくっとさせて「言いきった……」とつぶやいた。

一昨日の魔獣大討伐作戦の華々しい成功、そして、とあるお祝いもあって手紙もたくさん届いていた。

女性の身でバレルドリッド国境の激戦地まで行ったことを褒めたたえる貴族たちや魔法師たち、これまで煙たがっていた貴婦人や令嬢たちも、仲よくなりたいと態度を一転させ、同じ年頃の令嬢たちも憧れを抱いて『会いたい』と熱望している。

引きこもりのエレスティアにとって、こんなに連絡をもらうことがなかったのでパニックにもなっていた。

（な、何かの腹の探り合いかしら？　私には無理っ）

後宮に暮らし続けることを決めた彼女だったが、すぐにいろいろとするのは無理だ。

ジルヴェストも、妃教育で貴族関係を把握したり社交の不安をなくせたりするまでは、無理に出席する必要はないと言ってくれていた。

甘やかしているだけだとは、彼の心獣から心がダダ漏れだったのでわかっていた。

エレスティアは一昨日あった大討伐で一気に精神力を使いきった気分だったので、とにかく、しばらくは放っておいて欲しい気持ちだった。

そもそも目を覚ました時、自分を取り巻く環境が一気に変わっていたら、引きこもり令嬢としては動揺しかない。

「きょ、今日はどこにも出ませんっ」

エレスティアは、引き寄せた足にぼすんっと顔を押しつける。

侍女たちが、どうしましょ、という目でアインスを振り返った。

彼は小さく息を吐くと、ソファの上に丸くなっているエレスティアに歩み寄った。

「エレスティア様、そう丸くなられておいでだと本も読めませんが、よろしいのですか?」

「うぅっ、よろしくないです。楽しみにしていた新刊を、きゅ、宮殿に置いてきてしまったのもショックですし……！」

一昨日、最大の威力で『絶対命令』という魔法を使った彼女は、そのまま意識を失った。

目覚めたのは翌日の昨日で、宮殿側の寝所だった。そこには大勢の医師たちがいて『よかった！』『お目覚めになられたぞ！』と喜び合っていた。

魔法が成功したおかげで、一晩の眠りで回復してくれたのだ。

ジルヴェストが、不測の事態が続いたにもかかわらず対応して、エレスティアを助けてくれたおかげだろう。

魔法具研究局のカーターとビバリズは、他にも理由があったはずだと、研究者視点から興味津々だった。

初めての魔法を皇国全土に影響させる、という最大級の威力で発動できたのは何か心境のきっかけがあったのではないか、とカーターは勘ぐって推測を論じた。

『魔法は、精神的なことが強く要因するんだよねぇ』

『精神面……』

思いあたるのは、前世の記憶によるトラウマだった。

それが、ジルヴェストのおかげでなくなってくれたことで魔法の威力を最大に引き出すことができたのだろうか、とエレスティアは思ったのだ。

とはいえ『前世の記憶』だなんておかしな話をカーターたちに言えるはずもなく、今回のことを精神部分から読み解いていくのは無理だった。

難しいことはわからない。

でも、それでいいとエレスティアは思った。

エレスティアは『命令』したり『服従』させたりするつもりなんてなくて、目覚めて以来は、使っていないから。

昨日、後宮に戻る途中で、心獣とすれ違った際に噛まれないよう、咄嗟にいつものようにオリジナルの魔法呪文を口にした。

『〝仲よくしましょう〟っ』

するとか変わらず効いていて、彼女は呆気にとられた。

なので自分では、たいして大きな変化は感じていない。

ただ先日までと違って、宮殿で目覚めを迎えてからは、もう後宮に引きこもっていられる立場ではなくなってしまったけれど。

「〝皇妃〟、我儘を言わないでください」

アインスがぴしゃりと言った。

「少しずつ慣れていくのでしょう？　引きこもりの臆病癖についても、あなたの父上からも『娘が決めたことだ、よろしく頼む』とじきじきに言われています」

「で、でも、妃教育もこれからですし、療養で猶予期間があってもいいと思うのですっ」

大討伐作戦での偉業の功績により、エレスティアは目覚めた時には皇妃となっていた。

それをベッドでジルヴェストから聞かされた時はびっくりしたが、それが皇国の総意なのだと聞かされて、嬉しくて涙が出た。

（彼の妻でいていいと、みんなが認めてくださった――）

彼の希望するとある意見を支えるべく、ベッドから出てそのまま集まりの場に出席し、とある書面に彼女も名を連ねた。

そして今朝、それが承認されたという嬉しい報告が舞い込んだ。

異例だが現皇帝の側室は廃止、エレスティアが唯一の妃となった。

それもあって、いよいよアインスは彼女に宮殿を少しでもいいから歩くことを勧めようとしているのだ。

功績を上げた皇妃が顔を見せるだけで、臣下の士気も上がるという。

そもそもアインスは、社交活動に今から慣れていけとエレスティアに手厳しい。

「人に注目されることくらい慣れてください。この前も平気だったでしょう」

「ほ、他のことに気をやっていて、それどころではなかったのですっ」

目覚めてから恒例になったアインスとエレスティアのそんなやり取りを、侍女たちはにこにこして眺めている。

「あー……パーティーに出席された際にはバリウス様の本のことで頭がいっぱい、というあの現象ですか」

「現象ではありませんっ」

バリウス公爵といえば、宮殿に忘れてしまったその新刊を見舞いでくれたのだった。

そのあと目覚めたと知らせを受けて父が来ていたのだが、その際ドーランはエレスティアから新刊の件を聞くなり、笑顔でうなずき――。

『そうか、先程来ていたのか。一発殴ってくる』

笑顔だったので、たぶんエレスティアを笑わせようとして珍しくジョークを交えたのかもしれない。

入れ違いで来ていた兄たちは、なぜか頬を引きつらせていたけれど。

ベッドから出るまでの間、入れ代わり立ち代わり人が来て手紙もばんばん届いた。昨日の今日で疲労感は拭えなくて、返事を書くという作業に向き合える状況でない。

「それに、ピィちゃんには毎日散歩させるとおっしゃっていませんでしたかね」

「えっ、戻ってきたの⁉」

アインスの言葉に、エレスティアは本と聞いた時と同じ反応をする。

「いいえ、まだ木の実をつついているようですが、集中力がないうえに飽きっぽいとここ二日で判明しましたし、そろそろ戻ってくるのでは」

嬉しかったのは、本だけが趣味だった彼女にもできた、見ていて楽しいという新しい出会いだった。

それは、エレスティアにも〝心獣〟ができたことだ。

「そうねっ、迷子になったら大変だわ！」

「迷子になる方がおかしいんですよ……」

アインスがげんなりとした表情で感想を述べると、侍女たちがくすくす笑う。

エレスティアは顎を指でつまんで真剣に考える。後宮内で迷子になるたび彼に捜すのを手伝ってもらっていたので、迷子にさせないよう自分がしっかりしなくては。

「私も感覚が共有できたらよかったのだけれど、それもないみたいだし。まだ木のところにいるのかもわからないのよね」

「それもおかしいんです、心獣はペットではないんですよ」

「ふふっ、アインス様、ペットだなんておかしな言い方ですね」

「心獣に名前をつけたあなたがそれを言いますか……」

エレスティアが顔を上げて笑うと、彼が天井を見て疲れたようにつぶやいた。

「あなたも心獣も規格外すぎるんです……皇帝の妃が新しいペットを飼いだしたのかなど一部誤解もされているみたいですよ」

だが言葉の途中で、エレスティアは彼の向こうに見える出入り口に目を輝かせた。

「ピィちゃん！」

黄金色のふわふわとした産毛に包まれた毬——ではなく、小鳥が小さい体で新刊をくわえ、翼をぶんぶん羽ばたかせて運んでいる。

エレスティアはシーツを放り出して駆け寄った。

「すごいわっ、小鳥なのに意外と力強いのね！」

「いえ、皇妃様、心獣は獣ではなく魔力そのものですわ」

侍女が笑顔でツッコミを入れたが、エレスティアは手にぽんっと置かれた本を見て、そしてピィちゃんに視線を戻し、努力にじーんっと感動した。

「ありがとう！　私が新刊のことを言っていたから？」

「ピッ」

うん、というようにピィちゃんが丸々とした体で上下する。

「お菓子があるのよ、さ、糖分補給しましょう」

「ピィッ」

ピイちゃんが嬉しそうにエレスティアへと続く。

侍女たちが身を寄せ合い、こそっと話す。

「でもエレスティア様の心獣は不思議ですわよね、空腹でぐうぐうお腹《なか》が鳴りますし」

「そうそう、ごはんもおやつも所望されて、お小さいから一日に何度も食べ物を口にして」

「なんでも食べるところは普通の鳥ではないですけれど、ほんとに不思議です。アインス様はどう思われますか？　――あら」

エレスティアからご褒美のクッキーをもらうピィちゃんに、アインスが舌打ちしていた。

「新刊を取りに宮殿に上がってもらおうと思っていたのに」

「あらまぁ、ふふっ」

魔法のことだけでなく、エレスティアの心獣も異例なことだらけだった。

たとえば『鳥』の姿をしていたこと。巨大な鳳凰から、どんな心獣よりも小さい鳥に変身してしまったこと――。

あれ以来、エレスティアは〝お喋り〟は聞いていない。

小さくてかわいい小鳥を、ピィちゃんと名付けた。

心獣なのに感情豊かで、よく食べてよく眠り、夢まで見て寝言も発する。普通は魔力を感知して警戒するものなのだが、他の心獣とすれ違うのも平気で、皇帝の心獣の背中に勝手にのってぐーすか寝るところを見ると、ただの怖いもの知らずにも思える。

『あり得ない――調べたいですな』

『あはは、ビバリズ、皇帝陛下と冷酷公爵に抹殺されるよ～』

そう告げたカーターも興味津々そうだった。来る時には観察させてね、とエレスティアに言っていた。

エレスティアは、魔法具研究局で基礎訓練を続けることを決めていた。

何かあった場合に、制御できるだけの力は身につけていた方がいい。大きな魔力ほど、暴走した場合の危険性は測り知れない。

愛してくれている父や兄たちや屋敷の者たち、そしてジルヴェストを安心させたかった。

本来は魔法師が幼少期に数年かけて体に覚えさせる基礎訓練なので、妃教育が終わってもしばらく、ずっと続いていくことだろうけれど。

「それにしても、相変わらずお忙しい皇帝陛下がおかわいそうですわねぇ……」

侍女の一人が頬に手をあてててため息を漏らす。

「そうですわね、側室制度を撤廃して唯一の妃とするご希望が認められましたのに、今朝も朝食前には出られてしまって」

（それは……一理あるのよね）

エレスティアは、ピィちゃんへ手渡していたクッキーの手を止める。

『妻はただ一人、側室などいらない』

今回のことを一番楽しみにしてくれていたのはジルヴェストだった。

彼はプロポーズでエレスティアに告げたことを証明するかのように、大討伐のあとの大変な忙しさの中で、すぐ動いてくれたのだ。

【大魔法を使ったオヴェール公爵家のエレスティア嬢、彼女は国内で最も皇帝にふさわしい子を産むだろう】

バレルドリッド国境で魔力を目の当たりにしたことにより、彼女以外の側室に跡継ぎを産ませることこそ反対だ、という意見が多出したようだ。

皇帝の唯一の相手、できるだけ子をたくさんもうけて欲しい――。

誰からもそう望まれている現状に、エレスティアは恥ずかしくなった。しかし同時に『俺の子を産むのは君だけ』とジルヴェストに言われたことが叶ったことに、とてつもない幸せと喜びを覚えているのだった。

ジルヴェストは、妃教育には閨でのことも含まれているので、それまで待つと言ってくれていた。

彼女は前世の記憶があるので方法は知っているのだが——この世界では、まだ十七歳。十八歳には第一子を授かれるように妃教育が進められる予定だ。

『私は、ただ一人の彼の妻でいたいです』

後宮の制度に変更を加えるには、皇帝と皇妃の両者の同意がいる。

ベッドを出てジルヴェストと集まりの場へと移動し、改めて彼の意見を助けるべく自分の気持ちを正直に話したら、なぜかみんなが泣いていた。席にいたドーランも目頭を押さえて小さく泣いていた。

感動の涙だった。

彼女も幸せで、目が潤みそうになった。

昨日、エレスティアは皇帝の隣で一生を捧げることをその言葉で家族に示し、晴れて本当の意味でジルヴェストの妻となったのだった。

大討伐作戦後、日中で二人ゆっくりする時間はまだ取れていない。

今日もジルヴェストは公務をこなしつつ、今回の大討伐作戦の完全収束に向けて心獣で飛び回って忙しくしている。

そんな彼に、ねぎらいも兼ねてエレスティアはサプライズを用意してあるのだ。

「では、作戦を変えましょう」

「アインス様、今、作戦とおっしゃいました?」

つらつらと思い返していたエレスティアが顔を向けたら、彼が冷静な顔で続ける。

「引きこもりだったあなたの体質については、精神面の強化の教育も公爵閣下より任命を受けましたので遠慮せずにいきます。それにですね——とっとと皇帝陛下と〝きちんと夫婦になって〟少しは皇帝陛下のあの挙動不審を元の状態にまで戻してください」

「ひぇ」

実は、ジルヴェストは信頼がおける一部の者たちに、エレスティアとの関係を打ち明けたらしい。

それは、これからの閨の教育にも関わってくるからだ。

皇妃の護衛を頼まれる者たちも清い身なら嫁ぐ前の貴族令嬢と同じ配慮でもって、気を引き締めて護衛しなければならないことも理由にある。

「と、とっとと、と言われても、それは妃教育が終わってからの話で……！」

「はい、存じ上げておりますよ。ただ私の本音も言っただけです。ちなみにサプライズの件ですが、少し早めに選ぶ茶葉が届きそうです」

「えっ、本当ですか？」

どうやらそれがアインスの『作戦』だったらしい。

見事術中にハマっているとはわかったが、ジルヴェストのことなので、今は自分の事情は二の次だ。

エレスティアは思わず彼へと駆け寄った、ピイちゃんも残りのクッキーを一生懸命食べてから、ぱたぱた飛んで向かう。

華奢な彼女の無垢な駆け足に、侍女たちが「んんっ」と尊さを隠す。

アインスが珍しく噴き出した。

「どうして笑っているのですか？」

「いえ、駆け足には満たなかったな、と」

「こ、これから体力もつくっていきます！」

「いい心がけです。私が耳にした情報だと、正午前には業者が到着するのではないかと噂されていました。気になるのなら、正面入り口で張ってみますか？」

一刻も早く、ジルヴェストに出すのに合いそうだと思える茶葉を選びたい。彼のタイミングが不意に訪れるかもしれないと考え、そわそわしていたところだ。

「行きます！」

エレスティアは迷わず答えた。

実家と同じく、後宮に自分が選んだ銘柄の茶葉もいくつか用意しておきたい。何より自分で開く〝茶会〟のためには必要だ。

「かしこまりました。それではどうぞ、皇妃エレスティア様」

アインスが騎士として美しく頭を下げ、それから、どこか誇らしげに珍しい微笑を浮かべてそう誘ったのだった。

# エピローグ　妻は、国の王にご褒美を

そのサプライズ実行の機会は、翌日すぐに訪れた。

「皇妃、午後に皇帝が早めにお仕事から戻られるようです」

「ありがとうございます、作戦を実行しましょうっ」

昨日茶葉が届いて本当によかった。午前中に侍女の一人から嬉しい報告を受けたエレスティアは、早速アインスを連れて宮殿の厨房へと向かった。

後宮から出たら人の目が集まるが、視線を集める緊張感よりも、今はがんばっているジルヴェストをねぎらってあげたい気持ちが勝った。

事前に計画を打ち明けていた厨房のコックたちは、快くエレスティアを迎えてくれた。

「ピィちゃん、悪戯をしてはだめよ?」

「ピッ」

もちろんと言うようにピィちゃんは翼を上げて答えると、窓辺へと飛んで窓枠に着地し、ちょこんっと座った。

翼を閉じていると、ふわふわの黄金色の毛に覆われた小さな丸い生き物だ。

「これが心獣とは思えない……」

コックたちがそう言って、ほっこり癒やされていた。

エレスティアはずっと屋敷にいたので、ケーキ作りも得意だった。作業が始まると、厨房を貸してくれたコックたちも、それからアインスも意外だと言わんばかりに彼女の手際に感心していた。

そして数時間かけて、茶会に出す焼き菓子とケーキの準備が整った。


席の用意も整え終わったのち、ジルヴェストが後宮にやって来た。

到着した彼に騎士が〝招待状〟を渡してくれたようで、ジルヴェストは後宮で休憩すると告げてすぐに立ち寄ってくれた。

「おかえりなさいませ。お疲れさまです、ジルヴェスト様」

中庭の円卓には、ティーセットと菓子が美しく盛りつけられていた。

他にもチョコケーキ、それから男性なので足りなかったらと考えてミルフィーユも彼のために用意してあった。

エレスティアは彼が皇帝として気を張らないよう、案内を終えた侍女と共にアインスへ人払いをお願いし、二人きりの茶会を始めた。

ケーキを切り、作っていた紅茶を彼のためにティーカップへと注ぐ。その作法の所作も菓子の腕も、紅茶のブレンドから淹れ方まですべて、亡き母と彼女が頼んだ講師たちによる花嫁教育の賜物だった。

「お代わりはありますから、お好きなだけお飲みになってくださいね」

「ありがとう。とてもいい香りだ」

ティーカップを持ち上げる仕草は洗練され、香りを楽しむジルヴェストは凜々しい。

――のだけれど、内心は喜びに浸っているようだ。

『ここは天国か……』

紅茶を飲む彼の心の声が、少し離れたところから聞こえてくる。

背の低い鑑賞木の前に、彼の心獣が伏せの姿勢で腰を下ろしていた。ピィちゃんは早々にこの一番大きな心獣を気に入ったみたいで、またしてもすかさず頭の上にのり、ふわふわの毛にもふっと体を沈めてくつろぎモードだ。

『心獣に名前をつけているのもかわいすぎる……俺の妻はかわいいの塊でしかない……』

そちらを見ていたエレスティアは、彼の心獣の胸元からダダ漏れてきた心の声に、不覚にも赤面しそうになった。

(だめ。彼は何も言っていないのだから、変に思われてしまうわ)

ここで反応したら、タイミングのよさに不信感を抱かれるかもしれない。

以前も彼に『妻』だの『妃』だのと言われていたが、ここ数日は同じ言葉なのに重みが違っていた。想っている人に、想われ、添い遂げようと誓った今が幸せすぎた。

(うぅっ、しっかりするのよっ、赤面してはだめっ)

そう葛藤していたエレスティアは、ふと、彼の心獣が無愛想な顔を向けてくるのに気づいた。心境を察したみたいに首をひねってくる。

(……もしかして、わかっていてやっている？)

この大変困っている現象は、そもそも心獣が初夜の前に額を合わせてきてから起こり始めたのだとエレスティアは思い出した。

けれど心獣は魔力を使えないはずで、そして他人の心も読めないはずで――。

『幸せだな』

ふっと心獣から流れてきた〝声〟に心を惹かれた。

そう心の中で言ってくれた彼の顔を、見たい、とエレスティアは思ってしまった。視線を移してみると、彼女の目に移ったのは、穏やかな顔でティーカップを覗き込んでいるジルヴェストの姿だった。

（……こんなお顔もされるのね）

強面なはずの皇帝は、目元を少し染めて紅茶を見ていた。

誰が見ても、それは嬉しいとわかる表情だった。

ジルヴェストは少し口に含んでは香りを楽しみ、ほっこりして紅茶を眺め、それからまたティーカップに唇を寄せてじっくり堪能している。

「お気に召したようで、よかったです」

エレスティアも嬉しくなって、温かな気持ちで微笑んだ。

「本当においしい。ここでは初めて飲む味だが、君がブレンドを？」

「はい。ジルヴェスト様に合うように少々工夫をこらして配合しました。気に入っていただけたのなら嬉しいです。また、休憩でお淹れいたしますね」

ジルヴェストが、ティーカップを微妙な位置に持ち上げたままピシリと固まった。

無表情になると強面なので、何を考えているのかわからない。

「ジルヴェスト様？　あの――」

『ここは本当に天国だった、エレスティアがっ……俺のために考えて作ってくれた紅茶！』

（……えぇと、喜んでもらえて何よりだわ）

かなり感動を噛みしめているらしい。

感情がこもると、彼は怖い顔が増すのだろうか、などと考えつつエレスティアは疲れている彼に菓子も勧める。

皿を寄せると彼はガン見し、慎重な手つきでティーカップを横に置いた。

「あのかわいい……んんっ、あの招待状にすべて手作りだと書かれてあったが」

「はい、その通りです。ふふっ、緊張します」

いざジルヴェストが食べるとなると、照れ臭くなってエレスティアは笑ってしまった。見ていられなくて、スカートを指先でいじりつつ打ち明ける。

「皇帝陛下であるあなた様に、手作りのお菓子なんてごめんなさい。でも、張りきってしまったのは認めます。母が得意だったから、本を読む以外に私も家ではお菓子作りをして、父や兄たちに食べてもらっていて。……ジルヴェスト様が嫌でなければ……たまに、また作らせていただけたら嬉しいです」

これが――この風景が〝姫〟だった頃、そしてまだ幼かった頃のエレスティアの〝夢〟だったから。

そのために花嫁教育をこなした。

今となっては、幼い当時に抱いた夢の風景も、前世の影響もあったのだろうとわかっているが、そのおかげでこの時間がいっそう尊く思える。

(ジルヴェストがそこに座って、私と時間を過ごしてくださっている……嬉しいわ)

ゆくゆくは彼のために子を産み、育てられるのも嬉しかった。

前世では、叶わないことだったから。

「エレスティア」

不意に手を両手で包み込まれて、エレスティアはびっくりした。

ぱっと見つめ返した先に、前のめりになって覗き込んでくるジルヴェストの顔があった。

「な、何も変じゃないっ。妻の手作りの菓子を食べられるなんて、幸せ者の夫だっ」

「……そう、なのですか？」

やけに興奮した彼の口調に気圧される。

「そうだ。かわいい妻の手作りの菓子なんて、男のロマンだ」

「ロ、ロマン、でございますか？」

「いやっ、そうではなく、いやいやその通りなんだが、俺が言いたいのはだな……！」

彼はかなり焦っているらしい。

『うわあああ何を言っているんだ俺は！　伝えたいことをスマートに言えんのかっ、誤解される！』

心獣からダダ漏れてくる心の声まで、パニック状態だった。

（落ち着いてください皇帝陛下）

エレスティアは、彼の心と口が同じ感じになっていて気が抜けた。落ち着かせた方がいいのだろうかと思って手を握り返した時、ジルヴェストがもっと顔を近づけてきた。

「ひゃっ」

彼とはすでにキスまでしてしまった仲だが、目の前に美しい顔を寄せられて驚いた。

「あ、あの、ジルヴェスト様っ」

近い、と言おうとした時だった。

「つまりだなっ、俺は、作ってくれるととても嬉しく思う夫だということだ！」

力いっぱいの告白に、エレスティアは目を見開く。

変な遠慮も、不安も緊張も全部飛んで行ってしまった。それくらいに彼は、彼女も自覚していなかったとても欲しい言葉を言ってくれたのだ。

「……ジルヴェスト様は、嬉しいのですか？　私、また、あなたの貴重な時間をいただいてお茶を入れて差し上げてもよろしいの……？」

「いいっ、かまわない。とても嬉しい」

「わ、私も、嬉しいです」

エレスティアは、見る見るうちに体温が上がってきた。すると彼が、何かに気づいたみたいに眉をぴくっとして、まじまじと見つめてきた。

「もしかして、これが君の理想だったのか？」

「なっ、なんでわかってしまうのですかっ」

恥ずかしさのあまり、手を振り払って赤くなった顔を腕で少し隠した。

目の前のジルヴェストが、真顔で一瞬固まる。

『――胸がきゅんとした。かわいすぎるっ』

心獣さん勘弁してください、とエレスティアは思った。

顔だけ見ていたら困らせてしまった感があるのに、なんで本心の方は、いろいろと正直な反応をするのか。

「その、だな……エレスティアはこういうのが好きか？」

「すっ――好き、です」

彼が気遣わしげな声で優しく尋ねてくるものだから、はぐらかすには罪悪感が先行し、エレスティアは正直に答えた。

「結婚したら、夫になった人にお菓子を作って、お疲れさまと言って紅茶を出したりしたいな、と……昔から思っていて……」

「実を言うと、俺ももし結婚したらそういう時間が欲しいと理想を抱いていた」

「えっ？　ジルヴェスト様も⁉」

びっくりしたら、彼が口元にふっと笑みをこぼした。

「そんな理想を抱くようには見えない？」

「ご、ごめんなさい、お忙しいので、てっきり……」

「俺も王冠を取れば一人の男だよ、エレスティア」

ジルヴェストが優しい顔でそう言った。

「妻になった人には癒やされたいし、心を通わせたい。家族として過ごす時間が欲しいと思っていた。こうして互いが話せる時間も、常につくっていきたいんだ。――協力してくれると、嬉しい」

エレスティアはかぁっと頬が熱くなるのを感じた。彼がくすぐるようにエレスティアの赤くなった目の下を撫でた。

(――なんて、優しい人なの)

目の前にある彼の顔に浮かんだ、穏やかな微笑に胸が甘く高鳴った。

あくまで皇帝である自分が意見したことにするなんて、ずるい。

それは、エレスティアの望みなのに。

「……は、はいっ。これからも、ジルヴェスト様のために紅茶も淹れますっ」

「楽しみにしている」

心獣からは何も聞こえなかった。本心を口にしたのだろう。彼が幸せそうな笑みを口元に浮かべ、エレスティアの頬からそっと手を離した。

「さあ、君が作ってくれた菓子を食べよう。まずはケーキからがいい」

彼はいつもの真顔に戻ったが、うきうきしているのが伝わってくる。

エレスティアは緊張して見守った。彼は小皿にのせられたチョコケーキにフォークをすっと入れると、一口分を切り分け、形のいい唇へと運んだ。

「これはおいしいっ。甘すぎず、少しビター感もあってしっとりとしている」

「本当ですか？　ああ、よかったです。紅茶の香りも甘めなので、少し調整したんです」

エレスティアは両手を合わせ、ほっとした。

ジルヴェストは、数口ずつ食べてはおいしいと感想を伝えてくれた。そんなに慌てて口に運ばなくてもいいのにとエレスティアは思ったけれど、一人の王ではなく、夫としての彼の気持ちが彼女はとても嬉しかった。

緊張なんて、すぐになくなってしまっていた。

彼と言葉を交わすのが楽しくて、いつの間にか二人は食べながら紅茶も飲んで楽しんだ。

時間の経過に気づいたのは、いまだ静かなピィちゃんを思い出したからだった。

「あら？　そういえば、ねだりに来ないわね」

ふっと気づいて彼の心獣の方を見てみると、ピィちゃんは胸の前に置かれた足に体をもふっと埋めて幸せそうな顔をしていた。

「ふふっ、仲がよくなってくれて安心しました」

口にミルフィーユを入れたジルヴェストの手が止まった。

「……ん？」

遅い反応と共に、彼が秀麗な眉をほんの少しだけ寄せて宙を見る。

『もしかして、知らないのか？』

黙って考えていても、その考えはここにいる心獣からすべて筒抜けだ。

(ほんと、彼の心獣だけどうなっているのかしら)

とはいえ、その心の声はかなり気になった。

「えーと……もしかして、心獣については私が知らないことが他にもまだ何かありましたでしょうか？　その、私は心獣ができたばかりですので勉強も始めたばかりで」

「そ、そうか、そうだったな」

ジルヴェストはフォークを置くと、緊張を落ち着けるような様子でナプキンを取って口元を拭った。

「その、心獣とは、主人の心と魔力でできた守護獣のようなものだ。そんな彼らの性質上、主人の心や感情が反映される面も一部ある、とされている」

「反映……？」

すると彼が、言いづらそうに視線を泳がせた。

「あー……君には、単刀直入に言った方が伝わりやすいだろう。簡単に言うと、主人が好き同士なら心獣同士もくっつきたがる」

エレスティアはぶわっと赤面した。

そう簡潔な結論を告げたジルヴェストも、顔が赤かった。彼はそこで黙り込んだが、効果はない。

（ああ、お願い、だめよ）

すぐそこに、こちらをずっと見ている彼の心獣がいる。

これ以上彼のその言葉を聞いてしまっては、羞恥のあまり大変なことになりそうな予感があった。

けれどそう思っている間にも、心獣から彼の心の声がダダ漏れてきた。

『露骨な言い方だっただろうか。しかし俺はエレスティアにくっつきたいし、できればそれ以上の親密な関係にだってなりたい。ああ、それにしても赤くなった顔もなんとも色っぽくて、かわいい。このまま食べてしまいた――』

エレスティアは耳まで真っ赤になった。

彼の場合は心獣のせいで、男としての色っぽい考えもすべてこちらにダダ漏れになってしまうのは本当に困りものだった。

とにかく、がーっと続いている彼の心の声を遮らなければならない、と思った。

「あのっ、ジルヴェスト様！」

「ん？　なんだ？」

「キ、キスくらいならっ、いいですからっ」

皇妃になった日、待ってくれると言った彼にキスをすることは合意していた。

初めて二人の気持ちが通じ、唇を重ねた日から彼はいつもタイミングを探していた。今朝も見送れなかったのでしたがっているはずだ。

案の定、ダダ漏れていた彼の心の声もぴたっと止まった。

考え事を変えるためとはいえ、彼の興味を引くキスという発言を自分からしたことが恥ずかしかった。

けれど唐突に感じさせないよう、エレスティアはどうにか話を続ける。

「えとっ、その、人の目もないですし……そ、それに、私のピィちゃんが一番寄り添っているので、私の本心もそうなのかしらと思いまして……えっと、ジルヴェスト様もまたキスがしたいのなら、今、していいと言いたかったと申しますかっ」

恥ずかしい。とにかく、恥ずかしい。

エレスティアは何を言っているのかわからなくなってきたが、どうにか無理やり話を結びつけられたようだ。

聞き届けたジルヴェストが、ややあってから納得したと言わんばかりに真っ赤になって口元を手で覆った。

『俺の妻がかわいすぎるだろ！　恥ずかしがりながらエレスティアの方から言ってくれるとは、嬉しくて死んでしまう！』

口を塞いでもダダ漏れなのだけれど、言わないでおこう。

この不思議現象を教えたら、皇帝の彼が羞恥で死んでしまうかもしれない。それは、大変まずい、とエレスティアは思った。

「それでは、まず一つ目のキスをもらおうかな」

ジルヴェストがエレスティアを抱き上げ、彼女を膝の上にのせた。その台詞も流れるようなあっという間の行動も、大人の男性の余裕がたっぷりだった。

彼はエレスティアの顎に手をかけて、引き寄せる。

『すぐにでもキスのチャンスがくるとは思わなかった！　我慢できそうにないと知られたら幻滅されそうで言わないでいたが、俺の方から〝キスしてもいいか〟と確認すればよかったかもしれない、エレスティアを恥ずかしがらせてしまった。しかし彼女の方から言ってくれたのが大変嬉しくもあって……！』

けれどジルヴェストの心の声は、だいぶうるさい。

（彼も、どきどきしているんだわ――）

たくましい腕に背を支えられたエレスティアは、彼の胸板に添えた手から、大きな心音を感じてそう思った。

でも――その心の声も間もなく消える。

「ン」

二人の唇が合わさると、不思議と彼の心の声も途絶えるのだ。

キスに集中しているのかもしれない。もしくは、一心にキスの感触を得ようとしているのか。

だってそれは、エレスティアも同じだったから。

まずは一つ目のキスだと言ったのに、ジルヴェストは軽く触れるように何度も繰り返し唇を重ねた。

それは、時間も置かず深い口づけへと変わって、艶っぽく吸い立ててくる。

「エレスティア……愛してる」

彼と唇が触れ合うと、そこから幸せな気持ちが広がって姿勢も気にならず、エレスティアも彼に応えたくて舌も伸ばした。

「んっ、んぅ――あっ、私も好きです、ジルヴェスト様」

二人はそこで、一度熱く見つめ合った。

視線が交わった途端、猛烈にキスがしたくなった。今度は互いが顔を寄せ合って、再び唇を重ね合う。

『好きだ、かわいい、もっと奥まで舌を撫でてあげたい――』

今のところ、夫の心の声がダダ漏れになってくるのは困っているが、彼の表情に気持ちが出すぎているように見えるのも、心獣がそばにいる間だけだ。

空気でも読んだみたいに、彼の心獣が立ち上がりひらりとどこかへ駆けていく。その背に、ちゃっかりピィちゃんが座った。

――好きな人の、妻でいたい。

エレスティアは、幸せだから今世では〝王の妻〟である皇妃になった。

引きこもり令嬢で人付き合いもてんでだめだったエレスティアも、ゆくゆくは心獣がそばにいなくても、彼の気持ちなら察せるようになっていくのかもしれない。

まずは今向けられている愛を確かめるように、彼女は幸せな気持ちに包まれたまま、しばらくジルヴェストのうっとりとするようなキスを受け続けていた。

一巻完

# あとがき

百門一新です。ベリーズファンタジースイートの創刊にお声掛けいただき、刊行第一弾の素敵なメンバーに加えていただいて大変光栄で、そして緊張しております……っ！

このたびはベリーズファンタジースイートの書き下ろし新作『引きこもり令嬢は皇妃になんてなりたくない！～強面皇帝の溺愛が駄々漏れで困ります～』をお手に取っていただきまして本当にありがとうございます！

かなりファンタジーも強めの作品を書かせていただきましたっ！

こういうファンタジーも大好きです。担当者様たちには、私の妄想炸裂の特殊設定に「ここはこうなんですよね？」とご理解いただきながらついてきていただき、一緒にがんばってくださいまして本当にお世話になりました！

あと、ヒロイン側がかなりの最強設定も大好きです。

今回「心獣」という特殊な相棒を持った魔法師たちがいる国のお話でした。皆様に楽しんでいただけていたのなら、とても嬉しく思います。

本作をご担当いただきました担当編集者様、担当者様、このたびは本当にありがとうございました！　改稿からかなりの加筆もさせていただいて「今回で一番の加筆は終わりにしますから……っ」と申し訳ない気持ちでいっぱいだったのですが、スケジュールもばちっとこなして親切丁寧な原稿チェックにも感謝感激でございました！

世界設定が分かりやすくなり、皇帝と引きこもり令嬢に「いい！」「甘々シーン追加最高です！」

「もっときゅんきゅんしてきましたーっ！」などなど、嬉しいお言葉もとても嬉しくって、励みにもなりましたっ。

本当にありがとうございました！

本作をお手に取ってくださった読者様の皆様にも、プロットや初稿から、がつんっと世界観の深みや甘さも倍増となってボリュームたっぷりのこの新創刊の書き下ろし最新作を、お楽しみいただいておりましたら本当に嬉しいです。

双葉はづき先生、このたびは素晴らしいイラストを本当にありがとうございました！　先生のイラストは好きな作品と共に以前からとても拝見しておりました！　このたびご一緒できると知った時はとっても光栄で、本当に嬉しかったです！

先生に描いていただけるなんてっ！と嬉しさマックスで、原稿作業もフルパワーで磨きに磨かせていただきました。かっこよくて彼の魅力まで詰まった皇帝、彼が一目惚れしてしまうのも分かる可愛いエレスティアも本当にありがとうございました！

この作品をお手に取ってくださった皆様にも、先生の素敵なイラストと共に、ファンタジーも強い本作をお楽しみいただけましたら幸いです。

たずさわってくださったすべての皆様に感謝申し上げます！

また、ご一緒できると嬉しいです。

百門一新《ももかどいっしん》

引きこもり令嬢は皇妃になんてなりたくない！
～強面皇帝の溺愛が駄々漏れで困ります～

2023年4月5日　初版第1刷発行

著　者　百門一新



発行人　菊地修一

発行所　スターツ出版株式会社

〒104-0031　東京都中央区京橋1-3-1　八重洲口大栄ビル7F
☎出版マーケティンググループ　03-6202-0386
（ご注文等に関するお問い合わせ）

https://starts-pub.jp/

印刷所　大日本印刷株式会社

ISBN　978-4-8137-9225-3　C0093　Printed in Japan



［百門一新先生へのファンレター宛先］
〒104-0031　東京都中央区京橋1-3-1　八重洲口大栄ビル7F
スターツ出版（株）　書籍編集部気付　百門一新先生

ISBN：978-4-8137-0528-4　※価格、ISBN は 1 巻のものです